典藏诵读版

婉约词全鉴

东篱子◎解译

扫一扫
免费赠送3种国学音频！

国家一级出版社 中国纺织出版社 全国百佳图书出版单位

内 容 提 要

在中国古代文学的发展历史上，婉约词散发着独特的色彩与魅力，为我国古典诗歌增添了不少光彩，同时也对文学的发展起到了重要的作用。本书特意精选了从唐代到清代婉约词中的经典名篇，同时还特意挑选了一些不甚出名但是颇具风格和魅力的佳作。本书主要分为作者简介、原文、注释和评解四个板块，并配有朗读音频以方便读者了解和欣赏婉约词。

图书在版编目（CIP）数据

婉约词全鉴：典藏诵读版 / 东篱子解译．—北京：中国纺织出版社，2019.5（2023.6重印）

ISBN 978-7-5180-6090-0

Ⅰ.①婉… Ⅱ.①东… Ⅲ.①婉约派-词（文学）-作品集-中国-古代 Ⅳ.①I207.23

中国版本图书馆CIP数据核字（2019）第063524号

策划编辑：陈 芳　　责任校对：寇晨晨　　责任印制：储志伟

中国纺织出版社出版发行

地址：北京市朝阳区百子湾东里A407号楼　邮政编码：100124

销售电话：010—67004422　传真：010—87155801

http://www.c-textilep.com

E-mail：faxing@c-textilep.com

中国纺织出版社天猫旗舰店

官方微博 http://weibo.com/2119887771

永清县晔盛亚胶印有限公司印刷　各地新华书店经销

2019年5月第1版　2023年6月第2次印刷

开本：710×1000　1/16　印张：20

字数：336千字　定价：68.00元

凡购本书，如有缺页、倒页、脱页，由本社图书营销中心调换

前言

我国的词坛是一个色彩缤纷、百花齐放的大花园。在古典诗词这一领域，婉约词，特别是宋朝的婉约词，散发着独特的色彩与魅力，为我国古典诗词增添了不少光彩，同时也对文学的发展起到了重要的作用。

婉约，顾名思义委婉含蓄，婉约词是一种配乐演唱的新体诗，从其出现之日起，便跟音乐相辅相成。历史上有名的词作家，不仅有着高超的文学素养，而且还精通音律。每填一阕，往往精雕细琢，审音度曲，将语言与音乐紧密结合起来，既传情达意，又有着优美的音律，极富感染力与艺术价值。“婉约”一词最早出现在《文心雕龙》之中。刘勰以“睿旨幽隐，经文婉约，丘明同时，实得微言”来评价《春秋》，这里的“婉约”是“幽隐”的意思。最早将“婉约”概念从诗文批评中借来评论词的，是明朝的张綖，他开始强调词的含蓄委婉风格。至今，人们常用婉约来代指词派，以李清照作为婉约词派的代表人物。

婉约词的特点，大致分为四个方面：协音律，主情致，词章绮丽，典雅蕴藉。

首先，协音律。因为词本身就是配乐演唱的，所以婉约词也不例外。婉约词的音律较为柔媚，容易让人接受。

其次，主情致。婉约词大多都是抒情之作。言情，是婉约词的传统题材，也是婉约词的主要特点。婉约词主要就是以情动人，道尽人间的悲欢离合，喜怒哀乐。词人们将自己的感情，通过婉约词细腻地表露出来，引起读者的共鸣。

爱情，是词人们绕不开的话题。男女之间的离情别绪，爱恨纠缠，写得尤为动人，情深意长，让人回味。另外，很多词人都会对那些生活在社会底层人的不幸遭遇表示同情，于是常常会在婉约词中通过细腻的刻画淋漓尽致地表现出来。除此之外，婉约词还会把感时伤世之情、国仇家恨等表现出来。

其三，词章绮丽。由晚唐五代花间词所确立的崇尚雕琢、追求婉媚的词风所致。章节精雕细琢，辞藻的运用十分用心。

其四，典雅蕴藉。晚唐之后，文人中作词的人日益繁多，词也越来越雅致。蕴藉是历代诗文的重要要求，可以让词有着言有尽而意无穷的魅力。

本书特意精选了从唐代至清代婉约词中的经典名篇，同时还特意挑选了一些不甚出名但是颇具风格和魅力的佳作。需要说明的是，婉约词虽然传承悠久，但是并没有一个严格意义上的婉约流派。“婉约派”的“派”，更接近于一种风格。因此，我们在选婉约词的时候，主要注重根据风格来选词，而并非根据词人来归派。

本书主要分为作者简介、原文、注释和评解四个板块，方便读者去了解和欣赏婉约词。由于编者水平有限，如有差错，敬请指正！

同时，本书将纸质图书和配乐诵读音频完美结合，以二维码的方式在内文和封面等相应位置呈现，读者扫一扫即可欣赏、诵读经典片段。诵读音频由中国国际广播电台、中央人民广播电台专业播音员，以及中国传媒大学等知名高校播音系教师构成的精英团队录制完成，朗读中融进了对传统文化的理解，声音感染力极强，欢迎下载品鉴。

解译者

2019 年 1 月

目录

唐玄宗

【作者简介】

李隆基（685 ~ 762 年）：即唐玄宗。睿宗李旦第三子，登基之初，勤勉善政，开创了“开元盛世”的繁荣景象。后沉溺声色，被奸臣所惑。天宝年间，安禄山反叛，导致唐朝衰败。唐玄宗通晓音律，以诗词见长。词作已经散失，仅存《好时光》一首。

好时光

宝髻偏宜宫样，莲脸嫩，体红香①。眉黛不须张敞画②，天教入鬓长。

莫倚倾国貌③，嫁取个，有情郎。彼此当年少，莫负好时光。

【注释】

①红香：原指池塘中荷花的颜色与散发的香味，这里用来形容女子年轻貌美，如同荷花一般。

②张敞：汉宣帝时，平阳人，为京兆尹。曾为妻子画眉。后来夫妻恩爱传为佳话。

③倾国：形容妇人样貌美丽。

【评解】

这首词摘取了篇末的三个字作为名字，词句之中描写了一位倾城倾国的佳人的姿态与容貌，男子希望她不要因为自己的好容貌而孤芳自赏，应当抓紧时间嫁个好情郎，不要辜负大好的时光。这首小令，风格委婉多情，描写颇为细腻，被后世广为传唱。

刘长卿

【作者简介】

刘长卿（约 726 ~ 约 786 年）：字文房，唐代河间人，开元中进士。曾经担任监察御史、随州刺史等职务。据《全唐诗话》载：长卿以诗驰声上元、宝应间（760 ~ 763 年）。皇甫湜云：“诗未有刘长卿一句，已呼宋玉为老兵矣；语未有骆宾王一字，已骂宋玉为罪人矣。”其名重如此。著作有集。

谪仙怨

晴川落日初低[1]，惆怅孤舟解携。鸟向平芜远近[2]，人随流水东西。
白云千里万里，明月前溪后溪。独恨长沙谪去[3]，江潭春草萋萋[4]。

【注释】

①晴川：指在阳光照射下的江水。

②平芜：指草木繁多且茂盛的田野。

③长沙：这里指的是汉代贾谊谪迁长沙的典故。

④萋萋：草木茂盛的样子。

【评解】

刘长卿在担任鄂岳观察史期间，被权臣吴仲儒所诬陷，贬为了潘州南巴尉，后为睦州司马。离开故地的思乡之情，油然而生。“白云千里万里”，“人随流水东西”。离别筵上，歌此一曲，含蓄地表达了自己怀才不遇，远离故乡的感慨。全词描写的虽是眼前的景物，抒发的却是无尽的情谊。蕴涵丰富，耐人寻味。

白居易

【作者简介】

白居易（772～846 年）：字乐天，号香山居士。太原（今山西）人。善于写诗，是中唐新乐府运动的佼佼者。其词颇受民间词所影响，通俗平易，清新典雅，被广为流传。

忆江南

江南好，风景旧曾谙[1]。日出江花红胜火，春来江水绿如蓝[2]。能不忆江南。

【注释】

①谙（ān）：熟悉。

②蓝：蓼科植物。叶子可以制成青绿色的颜料。

【评解】

这首词题下作者原注："此曲亦名《谢秋娘》，每首五句。"这首词写于作者六十七岁时身在洛阳，回忆起自己年轻时到过江南遂写此词。这首小令主要写的就是作者在那段时间的美好回忆。词中使用了比喻的手法，对江南的秀丽风景进行了描写，让江南的多彩风光呈现在人们的眼前，唤起了人们对祖国壮丽山河的喜爱。

长相思

汴水流①，泗水流②，流到瓜州古渡头③。吴山点点愁④。

思悠悠⑤，恨悠悠，恨到归时方始休。月明人倚楼。

【注释】

①汴水：发源于河南，流入安徽宿县、泗县境内，与泗水合流，入淮河。

②泗水：发源于山东曲阜，经徐州后，与汴水合流入淮河。

③瓜州：位于今江苏省扬州市南面。

④吴山：泛指江南群山。

⑤悠悠：深长的意思。

【评解】

本首词写的是一位女子的怀念故人之情。在朦胧的月色之下，她看到了各种山水风光，不禁产生了忧愁。前三句用三个"流"字，表面是在写河水的蜿蜒曲折，实际上也透露出女主人公的思念之情也如这河水一般缠绵悱恻，下面两个"悠悠"连用，既照应了开头对流水的描述，同时也让愁思更加绵长。全词以"恨"写"爱"，语言浅显易懂，音律和谐，道出了人物复杂的情感。尤其是那一片流泻的月光，更是衬托出一种忧伤的氛围，增加了感染力，彰显出了这首小词言简意赅，词浅寓深的特点。

刘禹锡

【作者简介】

刘禹锡（772～842年）：字梦得，洛阳（今河南）人。唐朝著名的政治家、文学家。在早年曾被流放到巴山楚水之间，深入民间，学习当地的文化，创作了很多新词，如《杨柳枝》《竹枝词》等。词中多描述自然风光，反映百姓疾苦，对劳动妇女的爱情进行颂扬。其词轻柔流畅，优美婉转。今存《刘梦得集》，乐府中多有收集。

忆江南

春去也，多谢洛城人[1]。弱柳从风疑举袂[2]，丛兰浥露似霑巾[3]。独坐亦含颦[4]。

【注释】

①洛城人：即洛阳人。

②袂（mèi）：衣袖。

③浥（yì）：沾湿。霑（zhān）：湿巾。

④颦（pín）：皱眉。

【评解】

这首词，作者曾经自注："和乐天（即白居易）春词，依《忆江南》曲拍为句。"词中描写的是一位洛阳少女的惜春之情。她一边惋惜春天的离去，一边又觉得春天对她也有着无限留恋之情。诗人通过拟人化手法来描写春天。整篇文章婉转有致，让人回味，构思新颖，手法多变。

潇湘曲

斑竹枝[1]，斑竹枝，泪痕点点寄相思。

楚客欲听瑶瑟怨[2]，潇湘深夜月明时。

【注释】

①斑竹：指的是湘妃竹。传闻舜帝在苍梧驾崩，娥皇、女英二妃追至，伤心欲绝，泪水沾到了竹子上，斑斑如泪痕，因此被称为"斑竹"。

②瑶瑟：用美玉来装饰的瑟。古代的管弦乐器。

【评解】

本词借咏斑竹来寄托怀古的幽思。"深夜月明"，潇湘上泛舟。诗人触景生情，怀古抒情。全词幽怨哀伤，情意绵绵，充分体现了刘禹锡作词的风格特点。

张　曙

【作者简介】

张曙（772～846 年）：小字阿灰，唐朝四川成都人。侍郎张祎之从子。颇工诗词，在其乡里颇具才名。

浣溪沙

枕障薰炉隔绣帷[①]，二年终日苦相思，杏花明月始相知。

天上人间何处去？旧欢新梦觉来时，黄昏微雨画帘垂。

【注释】

①薰炉：炉烟薰香。薰：香草，也指香气。帷：屏幔，帐幕。绣帷：锦绣的帷幔。

【评解】

这首小词，含蓄地道出了相思之苦。眼前的景物依旧，但是已经分隔了两年之久。人间天上，到哪里去把你找寻呢！“旧欢新梦觉来时，黄昏微雨画帘垂。”看到这样的场景，相思之情倍增。全词情意绵绵，真挚动人。

吕　岩

【作者简介】

吕岩（796 ~ ?）：字洞宾，唐朝京兆人。咸通举进士，曾经担任县令一职。黄巢起义的时候，率家眷进入终南山学道，不知所终。

梧桐影

落日斜，秋风冷。今夜故人来不来？教人立尽梧桐影。

【评解】

落日西沉，秋风阵阵，热切地盼望故人的到来，心情焦急。词中人踌躇不已，那种久盼不至而又不忍离去的缱绻之情，呼之欲出。

无名氏

菩萨蛮

牡丹含露真珠颗，美人折向庭前过，含笑问檀郎[1]，花强妾貌强？
檀郎故相恼，须道花枝好。一面发娇嗔，碎挼花打人[2]。

【注释】

①檀郎：晋代潘岳小名檀奴，姿仪美好，旧时曾经将“檀郎”或“檀奴”用来称呼美男子或者心爱的男子。

②挼（ruó）：揉搓。“挪”的异体字。

【评解】

这首词生动地描绘出了折花美女天真娇痴的神态，讴歌男女间的爱情。写得流畅自然，切入点又十分细腻，充满浓郁的生活气息，带有强烈的民歌风格。

醉公子

门外猧儿吠[1]，知是萧郎至[2]。刬袜下香阶[3]，冤家今夜醉[4]。
扶得入罗帏，不肯脱罗衣。醉则从他醉，还胜独睡时。

【注释】

①猧（wō）：一种在古代供玩赏的小狗。

②萧郎：泛指女子爱慕的男子。

③刬（chǎn）：光着。

④冤家：女子对男子的爱称。

【评解】

这首词咏的是醉公子。词人着意于“醉”，生动地刻画了人物的内心活动，富有层次性，写得婉转多姿，在朴素自然之中，带有浓郁的情味。

皇甫松

【作者简介】

皇甫松（生卒年不详）：一名嵩，字子奇，睦州新安（今浙江淳安）人。唐

朝工部郎中皇甫湜的儿子。擅长诗词，尤以竹枝小令见长。

梦江南

兰烬落[①]，屏上暗红蕉[②]。闲梦江南梅熟日，夜船吹笛雨萧萧[③]。人语驿边桥[④]。

【注释】

①兰烬：烛光跟兰花相似，因此将烛光称为兰。烬：物体燃烧完之后剩下的部分。

②暗红蕉：指的是更深烛尽，画屏上的美人蕉模糊无法辨识。

③萧萧：同“潇潇”，用来形容雨声。

④驿：驿亭，古代公差或行人暂时歇脚的地方。

【评解】

烛光暗淡，画屏模糊，词人在梦中又回到了梅子成熟时的江南，置身于安静的雨夜之中，听到船中有吹笛的声音、驿边有人说话，感到亲切无比，情味深长。

采莲子

船动湖光滟滟秋[①]，贪看年少信船流[②]。
无端隔水抛莲子[③]，遥被人知半日羞。

【注释】

①滟滟（yàn）：水波摇曳的样子。

②信舡（chuán）流：任由船儿随波逐流。

③无端：没有缘由的。

【评解】

本首词一二句与三四词写采莲秋湖，情感朴素天真，就像是出淤泥而不染的荷花。词中句末原有小字“举棹”和“年少”均为传唱时的和声，用来以加强词的音乐效果。

温庭筠

【作者简介】

温庭筠（约812～约866年）：本名歧，字飞卿，唐代太原人。年少时就颇负盛名，然多次科考均落榜。又由于喜欢讽刺权贵，多犯忌讳，因此终身不得志。温庭筠擅长音律，熟悉词调，在一定程度上规范了词的格律形式。其艺术成就远超晚唐其他词人。其词题材较为狭窄，多红香翠软，开“花间词”派香艳之风。不过在词的意境上，有着出色的才华，善于用富有特征的景物构成艺术境界，表达出人物的感情。有《温庭筠诗集》《金奁集》，存词70余首。

梦江南

千万恨，恨极在天涯。山月不知心里事，水风空落眼前花，摇曳碧云斜。

【评解】

本词是温庭筠的名作。描写的是一位思妇的离愁别绪，写思妇深夜无眠，望着月亮怀念故人。写得十分自然、清新，没有刻意的雕琢痕迹，却能够将人带入其中，仿佛身临其境一般。

梦江南

梳洗罢，独倚望江楼。过尽千帆皆不是，斜晖脉脉水悠悠[①]，肠断白蘋洲[②]。

【注释】

①斜晖：偏西的阳光。脉（mò）脉：深情的样子，后来多用来寄托情思。

②白蘋洲：长满了白色蘋花的小洲。

【评解】

这首词也是温庭筠的名作。写的是思妇白天倚靠在江边楼前，等待情人归来却过尽千帆未见人，愁肠欲断。与上一首词一样通过不同的场景塑造了同一类人物。其语言生动形象地将人物的心理变化逼真地描写出来，足见作者技巧之娴熟，是一首绝佳的好词。

更漏子

柳丝长，春雨细，花外漏声迢递[①]。惊塞雁，起城乌，画屏金鹧鸪[②]。
香雾薄[③]，透重幕，惆怅谢家池阁[④]。红烛背[⑤]，绣帘垂，梦君君不知[⑥]。

【注释】

①迢递：从远处传过来。

②画屏：绘有图案的屏风。

③香雾：香炉中喷出来的烟雾。

④谢家：西晋谢安的家族。这里泛指官宦人家。

⑤红烛背：指蜡烛熄灭。

⑥梦君君不知：又写成“梦长君不知”。

【评解】

这首词是一首闺中怀人之作。上阕写的是更漏报晓的场景，下阕描写的是夜晚怀念远方之人的情思。先用柳丝春雨，花外漏声，道明了破晓的时候朦胧的景象。再写居室禽鸟为之惊动的情景，写法上化呆为活、假物言人，实即指人亦闻声而动。夜来怀人，写薰香独坐之无聊，灭烛就寝之入梦。通首柔情缱绻，色彩鲜明。

菩萨蛮

小山重叠金明灭①，鬓云欲度香腮雪②。懒起画娥眉，弄妆梳洗迟③。

照花前后镜，花面交相映，新帖绣罗襦④，双双金鹧鸪⑤。

【注释】

①小山：眉毛的一种画法，有一说认为是屏风上雕画的小山，有一种说法认为指古代女子的发式。金明灭：金光闪闪的样子。

②鬓云：如同云朵一般的鬓发。度：覆盖。香腮雪：雪白的面颊。

③弄妆：梳妆打扮。

④罗襦：丝绸短袄。

⑤鹧鸪：这里指装饰的图案。

【评解】

这首词写的是闺中贵妇的苦闷心情。将一位闺中女子刚刚睡醒梳洗打扮，之后又开始自己工作的场景描绘得生动形象。同时表达了女子寂寞、孤独，希望能够得到一份甜蜜爱情的愿望。全词细腻且含蓄地勾勒出了人物的内心世界，采取了反衬手法。鹧鸪双双，反衬人物的孤独；容貌服饰的描写，反衬人物内心的寂寞空虚。可以从中窥探出作者的作词风格以及艺术成就。

南歌子

手里金鹦鹉，胸前绣凤凰。

偷眼暗形相①，不如从嫁与②，作鸳鸯。

【注释】

①暗形相：暗中悄悄打量。

②从嫁与：就这样嫁给了他。

【评解】

这首词描写了一个待嫁的女子的心境，带上心爱的金鹦鹉，穿起了绣着凤凰的彩衣，不禁左顾右盼，偷偷打量，心想就如此嫁给了他，作为一生的伴侣吧。这首小令，节奏轻快，富有情韵，颇具民歌风味。还有种说法认为“手里金鹦鹉，胸前绣凤凰”二句指贵公子，即拟嫁与之人，也可。

韦　庄

【作者简介】

韦庄（约836～约910年）：字端己，唐朝末年京兆杜陵（今西安市东南）人。黄巢攻破长安之后，韦庄逃到了北方。他是“花间”词人，与温庭筠齐名。《历代词人考略》称颂他们的词作“薰香掬艳，眩目醉心，尤能运密入疏，寓浓于淡，花间群贤，殆少其匹”。周济说：“端己词清艳绝伦。”他的词风格较温词清新明朗。著有《浣花词》一卷。

菩萨蛮

人人尽说江南好，游人只合江南老①。春水碧于天，画船听雨眠。

垆边人似月②，皓腕凝霜雪③。未老莫还乡，还乡须断肠④。

【注释】

①游人：指在江南漂泊的人，这里是指作者本人。合：应当。

②垆边人：指当垆卖酒的女子。

③皓腕：洁白的手腕。

④须：必定。断肠：形容非常伤心。

【评解】

这首词不仅描绘了江南绝佳的风光，更描写了人物的美，为读者勾勒出了一幅江南山水佳人图。通过对这一系列情节人物的描写，充分展现了作者对江南的喜爱之情，同时也抒发了作者在外远游，辜负了一片美景的愁苦之情。本词感情真挚动人，具有极强的艺术感染力。词句情致缠绵，意象鲜明，是咏“江南春色”中不可多得的佳作。

思帝乡

春日游，杏花吹满头。陌上谁家年少，足风流[①]？妾拟将身嫁与，一生休[②]。纵被无情弃[③]，不能羞。

【注释】

①足：够，特别。

②一生休：这一辈子就算了。

③“纵被”两句：就算被遗弃，也没什么可在意的。

【评解】

作者采用了白描手法，用清新明朗的笔触，勾勒出一位烂漫天真，勇于追求爱情的少女形象。这首词用词朴实无华，有着浓郁的民歌风味。在“花间”词中独具一格。

菩萨蛮

洛阳城里春光好[①]，洛阳才子他乡老[②]。柳暗魏王堤[③]，此时心转迷。

桃花春水渌[④]，水上鸳鸯浴。凝恨对斜晖[⑤]，忆君君不知。

【注释】

①春：也被写为“风”。

②洛阳才子：西汉时洛阳人贾谊，年少有为，擅长写作，人称阳洛才子。这里指作者本人早年曾居洛阳。

③魏王堤：指的是魏王池。唐代洛水在洛阳溢成了一个池，成为了洛阳的名胜景观。太宗贞观中赐给魏王李泰，因此被称为魏王池。与洛水相隔有一个堤，被称为魏王堤。

④渌（lù）：也被写为“绿”，指水清澈的样子。

⑤凝恨：愁恨聚集在一起。

【评解】

这首词写的是作者在江南的时候，回忆他曾经从长安到洛阳，第二年又离开洛阳的这一段生活。上阕侧重写回忆，洛阳城里大好的春光，勾起了回忆，引发了让人迷惘的乡思。“洛阳才子他乡老”又透露出了作者伤感之情。下阕写江南的春光，触发了词人内心的无限感慨。全词写景物秀美，抒情自然真挚，景中有情，情中有景，情景交融。采用了白描写法来写景，通过具体事物来展现感情，颇具有词人自己独有的风格。

女冠子

昨夜夜半，枕上分明梦见。语多时，依旧桃花面[①]，频低柳叶眉。

半羞还半喜，欲去又依依。觉来知是梦，不胜悲。

【注释】

①桃花面：出自那句著名的诗句“去年今日此门中，人面桃花相映红。人面不知何处去，桃花依旧笑春风。”后人常用“人面桃花”来形容所钟情的女子的美丽。

【评解】

本词讲述了一对恋人在离别之后于梦中相见的场景。两人唏嘘不已，道不尽的离愁别绪。“语多时，依旧桃花面”，特别是“频低柳叶眉”“欲去又依依”的神态音容，仿佛就站在我们面前。然而，夜长梦短，梦醒之后，悲伤更添一筹。这首词不像花间词那么浓艳，而是在清淡中意味深远，耐人寻味。所谓“意婉词直”，“似直而纡”，别具风味。

浣溪沙

夜夜相思更漏残，伤心明月凭阑干，想君思我锦衾寒[①]。

咫尺画堂深似海[②]，忆来惟把旧书看，几时携手入长安?

【注释】

①衾（qīn）：被子。锦衾：丝绸被子。

②咫（zhǐ）尺：形容距离很近。

【评解】

本词抒发了离别之后的思念之情。自从上次跟心爱之人分别之后，让人魂牵梦绕，辗转难眠。月下凭阑，更添相思之情，不知道何时才能再次相见，携手共入长安。这首词，叙离别相思之情，含欲言不尽之意。缠绵凄恻，幽怨动人。

司空图

【作者简介】

司空图（837～908 年）：字表圣，唐代河中虞乡（今山西虞县）人。晚唐著名的山水诗人，词风清雅可爱。著有《二十四诗品》。

酒泉子

买得杏花，十载归来方始坼[①]。假山西畔药阑东，满枝红。

旋开旋落旋成空[②]。白发多情人更惜。黄昏把酒祝东风，且从容[③]。

【注释】

①坼（chè）：裂开。

②旋：须臾之间。

③从容：舒缓，不着急。

【评解】

生于晚唐的司空图，历经乱世，容易对眼前的事物产生颇多感慨。这首小词就是感时伤世，借花抒怀的作品。明知满枝红杏“旋开旋落旋成空”，却依然从容地倒酒，遥祝东风，希望能够将春光留住。其词诗情画意，有着强大的感染力。

杨柳枝

桃源仙子不须夸[①]，闻道惟裁一片花[②]。何似浣纱溪畔住[③]，绿阴相间两三家。

【注释】

①桃源：指的是桃花源。

②一片花：陶渊明《桃花源记》中写到桃源洞外有一片桃花林，“芳草鲜美，落英缤纷”等。

③浣纱溪：也被称为若耶溪，位于浙江绍兴市南，也就是西施浣纱的地方。

【评解】

江南风光无限好，置身期间仿佛置身于传说中的桃源仙境。词人用淡雅的笔墨，传达出了人间风光的美丽。司徒空的词语言浅显易懂，清新自然，雅洁可爱。

王　建

【作者简介】

王建（847 ~918 年）：字仲初，唐代颍川人。官职不高，只做过县丞、司马一类的小官，被人称为“王司马”。不过在文学方面却独具建树，作有宫词百首，擅长用诗纪事。与韩愈、张籍齐名。著有《王建诗集》。

调笑令

团扇[①]，团扇，美人病来遮面[②]。玉颜憔悴三年，谁复商量管弦[③]？弦管，弦管，春草昭阳路断[④]。

【注释】

①团扇：圆形的扇子，古代的歌女经常会在演唱的时候用来遮面。

②并：作“伴”字来解释。

③管弦：用丝竹做成的乐器，如琴、箫、笛。

④昭阳路断：昭阳，指的是昭阳宫，是汉代宫殿名。这里泛指皇帝嫔妃所住的宫殿。这句话的意思是通往昭阳的道路被阻断了。

【评解】

这是一首描述宫廷歌女凄惨生活的小令。词以“团扇”起兴，说的不仅是扇子，更是像扇子一样被抛弃的女主人公。团扇可以用来消暑，但在宫中更是为美人遮面用的，而这里遮住的却是一张憔悴的病脸。透露出女主人公现状的凄惨。“谁复”一句，描写的是被抛弃之后无处安放的愁苦。“弦管”一转，说明春天虽然会再来，但是自己却再也没有被临幸的希望。“路断”一句更添凄凉，绝望之意，情极哀婉。

李　珣

【作者简介】

李珣（xún）（约855～约930年）：字德润，梓州（今四川三台）人。唐末词人。据《茅亭客话》中记载：其先世为波斯人。其妹为王衍昭仪。珣是五代前蜀秀才，事蜀主王衍，国亡不复仕。《花间集》收其词37首，《全唐诗》收其词54首。词风清新雅俊，朴素中带有明丽，与韦庄词风相似。《历代词人考略》说他“以清疏之笔，开北宋人体格”。

南乡子

乘彩舫[①]，过莲塘，棹歌惊起睡鸳鸯。带香游女偎伴笑，争窈窕[②]，竞折团荷遮晚照[③]。

【注释】

①彩舫（fǎng）：经过装饰的小船。

②窈窕：身姿优美。

③团荷：圆形荷叶。

【评解】

本词描绘的是南国水乡少女在夏日泛舟游玩的一个生活片断。装饰漂亮的小船穿行在荷塘之中，红绿相映，景色优美。女孩们哼着小曲，惊动了熟睡的鸳鸯，引得少女们一阵笑声。她们到底是在笑鸳鸯，还是由鸳鸯来抒发了她们对爱情的向往呢？词将时令景物、人物动态，少女们的天真与活泼刻画得惟妙惟肖，生动形象，引人入胜。诗人对南国水乡风物人情的热爱，充溢字里行间，读来饶有兴味，颇耐咀嚼。

巫山一段云

古庙依青嶂[1]，行宫枕碧流[2]。水声山色锁妆楼[3]，往事思悠悠。

云雨朝还暮[4]，烟花春复秋[5]。啼猿何必近孤舟。行客自多愁[6]。

【注释】

①古庙：指的是巫山神女的庙宇。青嶂（zhàng）：草木丛生，高耸入云的山峰。

②行宫：古代天子出行的时候所住的地方。这里指楚王的细腰宫。

③妆楼：指的是宫女的住处。

④云雨朝还暮：宋玉《高唐赋》说，楚王梦一神女，自称“妾旦为朝云，暮为行雨，朝朝暮暮，阳台之下”。

⑤烟花：泛指自然界丰富多彩的景物。

⑥行客：指途经巫山之过客。

【评解】

这首词，借着写孤舟经过巫山时看到的场景所引发的感受，抒发怀古伤今的感情。上阕写船行巫山时的见闻；下阕写由眼前景物而引起的对往事的回忆。通篇情景相生，寓意深远且委婉，词风清丽。

李存勖

【作者简介】

李存勖（xù）（885～926年）：本姓朱耶，其先人为沙陀部人，后被赐李姓。

武帝李克用的长子。天祐五年嗣晋王位。后即皇帝位，继唐正统。灭梁，都洛阳。在位四年，兵乱，中流矢亡。

如梦令

曾宴桃源深洞，一曲舞鸾歌凤[①]。长记别伊时，和泪出门相送。

如梦，如梦，残月落花烟重。

【注释】

①一曲舞鸾歌凤：一本作“一曲清歌舞凤”。鸾凤：指的是鸾鸟和凤凰，古代将二鸟视为吉祥美丽的鸟。

【评解】

上次宴会中“舞鸾歌凤”的欢乐与跟你离别的时候“和泪相送”的情景，仿佛还在眼前。回忆起来，就像是做了一场梦一般。眼前的残月落花勾起了离别之后的相思。朦胧的月色，让全词都带有一种朦胧感。这首小令，简单多彩，不仅将词中人细腻的感情刻画出来，还营造了一种优美的意境。

一叶落

一叶落，褰珠箔[①]，此时景物正萧索[②]。

画楼月影寒，西风吹罗幕，往事思量着。

【注释】

①褰（qiān）：掀起。珠箔（bó）：指的是珠帘。

②萧索：萧条、冷落。

【评解】

秋叶纷纷凋落，这样萧条的景色不禁使人浮想联翩。“思量着”，余味无限，需要细细品读。本首小词借景抒情，睹物思人。“画楼月影”，“落叶西风”，意境优美，情韵绵长。

阳台梦

薄罗衫子金泥凤[①]，困纤腰怯铢衣重[②]。笑迎移步小兰丛，亸金翘玉凤[③]。

娇多情脉脉，羞把同心捻弄[④]。楚天云雨却相和，又入阳台梦[⑤]。

【注释】

①金泥凤：这里指的是点缀在罗衫上的花色。

②铢（zhū）衣：衣服中最轻的。多用来指舞衫。

③亸（duǒ）：下垂。金翘、玉凤：都是古代妇女的首饰。

④同心：古代男女用来表现爱情的“同心结”。

⑤阳台：宋玉《高唐赋序》：楚襄王尝游高唐，梦一妇人来会，自云巫山之女，在“高台之下”。古时将男女欢会的地方称为“阳台”。

【评解】

词人将笔墨重点放在了女子服饰、体态的描绘上，却又能通过这些描写表达出女子内心的思慕之情。这首小词轻柔婉丽，对后世词风有着一定影响。

和　凝

【作者简介】

和凝（895～955年）：字成绩，郓州须昌（今山东东平）人。年幼便博学多闻，年仅十九岁便登进士第。初仕后唐，继为后晋宰相。以文章见长，尤其擅长短歌艳曲，被誉为“曲子相公”。有集百卷。其长短名句《红叶稿》，又名《香奁（lián）集》。

喜迁莺

晓月坠，宿云披，银烛锦屏帷[①]。建章钟动玉绳低[②]，宫漏出花迟[③]。

春态浅，来双燕，红日渐长一线。严妆欲罢啭黄鹂[④]，飞上万年枝。

【注释】

①锦屏帷：锦绣的帷屏。

②建章：汉代的宫殿名。这里泛指宫阙。贾至《早朝大明宫》诗：“千条弱柳垂青琐，百啭流莺绕建章。”玉绳：星辰的名字。

③宫漏：古代宫禁之中用来计时的铜壶滴漏。

④严妆：妆束整齐。啭（zhuàn）：婉转的鸟鸣声。

【评解】

在后晋全盛时期，和凝身居要职，因此他所写的词大多承“雅”“颂”之声。这首小词，描写了宫中的生活。上阕以“晓月坠”“宿云披”“钟声”“宫漏”，生动地描述了春宫破晓时的景色。下阕写的是早晨起床洗漱的感想。红日渐长、鸟啼燕飞，春意浅上花枝，含蓄地表露出人物的情思。这首词意境新颖、语言优美，让人回味。

河满子

正是破瓜年纪[①]，含情惯得人饶[②]。桃李精神鹦鹉舌[③]，可堪虚度良宵[④]。却爱蓝罗裙子，羡他长束纤腰。

【注释】

①破瓜：古时文人将“瓜”字拆为二八字用来纪年，谓十六岁。诗文中多用于女子。

②饶：饶恕。这里有怜爱的意思。

③桃李精神鹦鹉舌：伶牙俐齿，美丽多姿。

④可堪：哪堪。

【评解】

本词描写了一位体态轻盈，美貌多情的少女。透露出了词人对其的爱慕之情。全词描写细腻，抒情委婉，是其所创作的一首佳作。

江城子

竹里风生月上门。理秦筝[①]，对云屏。轻拨朱弦，恐乱马嘶声。含恨含娇独自语：今夜约，太迟生！

【注释】

①秦筝：古时的一种弦乐器，传闻乃秦朝大将蒙恬所制，因此而得名。

【评解】

这首词开篇便刻画了一个等待恋人的女子形象。女子认真地等待着心上人，但是却只听到了风声，窥见的也只是月亮的影子。因此心情急躁，忐忑不安。夜晚悄悄来临，恋人却迟迟未来，其实约会的时间还未到。因为无聊，便弹起了秦筝，努力让自己的心情平复下来。刚投入拨弄琴弦，却又马上放轻了声响。因为她担心乐曲声盖过远处的马鸣声。然而恋人仍然迟迟未来，她不由自言自语道：果然把约会的时间定得太晚了。本词短小精悍，曲折有致，立意新颖，感情真挚。

欧阳炯

【作者简介】

欧阳炯（jiǒng）（896～971年）：益州华阳（今四川双流县）人。五代后蜀词人，擅长吹长笛，工词，曾经担任前蜀中书舍人。前蜀亡，又担任后蜀翰林学士等职。后蜀亡，仕宋，任散骑常侍。

南乡子

画舸停桡[①]。槿花篱外竹横桥[②]。水上游人沙上女，回顾，笑指芭蕉林里住。

【注释】

①画舸（gě）：装饰十分华丽的游船。桡（ráo）：船桨。

②槿花：落叶灌木的一种，花色丰富，南方民间多用其来代替篱笆。

【评解】

本词描写的是舸中游人与沙岸上女子的搭话，互相之间的笑谈仿佛就发生在眼前，情态宛然。全词风格清新婉丽，情感淳朴，气氛欢乐和谐。起句优美多姿，结句饶有余思，被诸多词人所赞赏。

南乡子

路入南中[①]，桄榔叶暗蓼花红[②]。两岸人家微雨后，收红豆[③]，树底纤纤抬素手[④]。

【注释】

①南中：古代地区名。泛指我国南方，也可以专指云、贵、川一带。这里指的是南粤。

②桄榔（guāng láng）：常绿高大乔木，多产在南国。蓼（liǎo）花：这里指水蓼，花淡红色或白色。

③红豆：朱红色，古人经常用其来代表爱情或相思。

④纤纤素手：指的是女子柔细的手。

【评解】

本首词具有浓郁的南粤乡土气息，将南国风光描写得充满诗情画意，引人入胜。南国的秋色，不似北方的那般清冷，景色秀美。一阵细雨，桄榔树浓荫遮暗，淡红的蓼花在其间掩映。在这番如画的风景里，一双纤纤素手正在树下采摘着红豆。全词色彩艳丽，语言清新自然，没有刻意描写的愁苦之痕迹。表现了生长在南国的女子们对生活以及爱情的向往与憧憬。

江城子

晚日金陵岸草平[①]，落霞明[②]，水无情。六代繁华[③]，暗逐逝波声[④]。空有姑苏台上月[⑤]，如西子镜[⑥]，照江城[⑦]。

【注释】

①金陵：今江苏南京。

②落霞：晚霞。

③六代：指吴、东晋、宋、齐、梁、陈六朝，全都在金陵建都。

④暗逐逝波声：悄无声息地随着江水东流的声音消逝了。

⑤姑苏台：位于苏州市西南姑苏山上。春秋时期吴王阖庐所建。夫差曾经在台上立春宵宫，为长夜之饮。

⑥西子：西施。春秋时由越王勾践献给吴王夫差的美女。

⑦江城：指金陵，古属吴地。

【评解】

这首词是较早的一首五代词中写怀古的作品。通过对金陵的景象的描写，引发了词人对古都兴衰而慨然兴叹的悲凉情感，生动地将抽象的情感表述了出来。情景交融，寓意深刻。全词感情色彩浓郁，写景抒情，真切动人，具有高超的艺术感染力。

孙光宪

【作者简介】

孙光宪（约 900 ~ 968 年）：字孟文，自号葆光子。五代词人，陵州贵平（今四川仁寿县东北）人。孙光宪有着极高的诗词功底，其作风格清秀俊朗，擅长描绘江南水乡风光。《花间集》中收录其词 61 首，是五代词人中存词最多的一位。著有《北梦琐言》等集。

风流子

茅舍槿篱溪曲[①]，鸡犬自南自北。菰叶长[②]，水葓开[③]，门外春波涨绿。听织，声促，轧轧鸣梭穿屋。

【注释】

①槿（jǐn）篱：种植槿树来作为篱笆。溪曲：指的是溪水弯曲的地方。

②菰（gū）叶：多年生草本植物，多生长于我国南方浅水中。春天生新芽，嫩茎名茭白，作蔬菜。秋天结实如米，可煮食。

③水葓（hóng）：即荭草。

【评解】

这是一首描写江南水乡农舍景观的词。作者采取了白描的手法，将一幅具有典型水乡特色的农舍图呈现在人们面前。春水绿波，鸡犬相鸣，景色一片静谧。曲溪澄碧，在槿篱茅舍中传出的织布的声音，充斥了整个空间。井然有序的庭院，以及吱吱呀呀的织布声，构成了一个男耕女织的画卷。这首小词内容丰富，只要是水乡农家颇具代表性的东西，都被写到了词里，有景有声，虽然没有一个字在描写人物，但是通过对庭院景观以及织机声的描写，可以让人们联想到男耕女织的勤劳情况及水乡农事繁忙的景象。全词朴实无华，具有浓厚的生活气息，表达了作者对水乡的爱恋之情。

酒泉子

空碛无边[①]，万里阳关道路[②]。马萧萧[③]，人去去，陇云愁[④]。

香貂旧制戎衣窄[⑤]，胡霜千里白[⑥]。绮罗心，魂梦隔，上高楼。

【注释】

①空碛（qì）：空旷的大沙漠。

②阳关道路：原指阳关通往西北地区的大道，这里泛指通往边塞的道路。

③萧萧：马鸣声。

④陇：陇山，古代用来防御吐蕃入侵的军事要地。

⑤香貂戎衣：用貂皮缝制的战袍。

⑥胡霜：胡地的寒霜。

【评解】

这首词写出了在外的征人思念故乡亲人的感情。上阕写出了征途之中的艰辛与愁苦。下阕写征人对妻子的思念。本词将征戍生活作为题材，从一个侧面反映了当时的边塞战争给人民带来的影响。从艺术上看，全词境界开阔，在苍凉之中又有一些缠绵之思，而两地的相思之情，也被描述出来。整首词深得言情之妙。

菩萨蛮

木棉花映丛祠小[①]，越禽声里春光晓。铜鼓与蛮歌[②]，南人祈赛多[③]。

客帆风正急，茜袖偎樯立[④]。极浦几回头，烟波无限愁。

【注释】

①木棉：落叶乔木，多产自两广地带。

②铜鼓蛮歌：都是娱乐用的歌乐。

③祈赛：都用来祭神。祈：求 赛：报。

④茜：绛色。

【评解】

木棉花开，春光大好，在一片鼓蛮与歌声之中，忽然看到一艘客帆从远处漂来，船上红袖偎樯，顷刻间消失在烟波江上。几次回头，让人惆怅不已。这首词生动逼真地描绘出南国风光，具有浓厚的生活气息。

冯延巳

【作者简介】

冯延巳（903 ~960 年）：一名延嗣，字正中，广陵（今江苏扬州人）。才艺出众，擅长诗词。南唐时，曾经担任宰相一职。其词虽也涉及妇女、相思等题材，却不像花间派那般雕章琢句。善于将人物的内心用清新的语言刻画出来。对温庭筠以后的婉约词风颇有影响。

谒金门

风乍起[①]，吹皱一池春水。闲引鸳鸯香径里[②]，手挼红杏蕊[③]。

斗鸭阑干独倚[④]，碧玉搔头斜坠[⑤]。终日望君君不至，举头闻鹊喜。

【注释】

①乍：突然。

②闲引：出于无聊逗弄。

③挼（ruó）：揉搓。

④斗鸭：以鸭相斗为欢乐。斗鸭阑和斗鸡台，都是官僚显贵取乐的场所。

⑤碧玉搔头：即碧玉簪。

【评解】

这是一首脍炙人口的怀人小词。主人公一会儿揉搓杏花，一会儿逗弄鸳鸯；一会儿独倚栏杆，一会儿低头沉思。整天都在盼望情人的到来情人却不来，只有听到喜鹊的叫唤才稍稍有了希望。本词将人物的形态和内心活动描写的惟妙惟肖，尤其“风乍起，吹皱一池春水”这一句更是成为了古今传诵的名句。词的

上阕，主要是写景，点明时令、环境及人物活动。下阕主要是抒情，说明自己之所以如此苦恼的缘由。

鹊踏枝

谁道闲情抛掷久[①]？每到春来，惆怅还依旧。日日花前长病酒[②]，不辞镜里朱颜瘦。

河畔青芜堤上柳[③]。为问新愁，何事年年有？独立小桥风满袖，平林新月人归后[④]。

【注释】

①闲情：闲愁。实际指爱情、相思。

②病酒：饮酒过量，醉酒。

③青芜（wú）：丛生的青草。

④平林：远处的树林。

【评解】

本首词将“闲情”写的缠绵悱恻，让人难忘。词的上阕将笔墨主要放在了爱情上，写了词中人被相思所困，痛苦不堪；下阕主要将笔墨放在了写景上。杨柳依依牵愁，畔草青青惹恨。全词情景交融，意蕴深婉。这首词并没有刻意描写人物的外在形象，也未刻意描写具体景物或情事，主要是营造出了缠绵凄恻的感情氛围。如此写法形成了词人独特的风格。

长命女

春日宴，绿酒一杯歌一遍[①]。再拜陈三愿。

一愿郎君千岁，二愿妾身长健，三愿如同梁上燕，岁岁长相见。

【注释】

①绿酒：古代用米酿酒，成功还没有经过过滤的时候，面浮米渣，呈淡绿色，因此而得名。

【评解】

这是一首春日宴会上的陈愿词。本词以妇人的口吻，用语简单明了，仿佛日常讲话一般，带有民歌情调。最后两句用梁燕双栖来比喻夫妻团圆，天长地久。全词浅近而又含蓄。

阮郎归

南园春半踏青时，风和闻马嘶。青梅如豆柳如眉，日长蝴蝶飞[①]。

花露重，草烟低，人家帘幕垂。秋千慵困解罗衣[2]，画梁双燕栖。

【注释】

①日长：春分之后，白昼渐长。《春秋繁露》："春分者，阴阳相半也。故昼夜均而寒暑平。"

②慵困：懒散困乏。

【评解】

本首词写的是仲春景色，豆梅丝柳，日长蝶飞，花露草烟，秋千慵困，画梁双燕，让人顾不过来。而人在踏青时候的心情，则仅于"慵困""双燕栖"中略予点缀，便显得雍容蕴藉。

清平乐

雨晴烟晚，绿水新池满。双燕飞来垂柳院，小阁画帘高卷。黄昏独倚朱栏，西南新月眉弯。砌下落花风起[1]，罗衣特地春寒[2]。

【注释】

①砌：台阶。

②特地：特别。

【评解】

这首词描绘的是江南的春光。采取了极为隐晦的写法，隐约且含蓄地表达出了人物内心的落寞孤寂之情。春天生机盎然，燕子快快归巢，但是燕子归来了，人却依然没有回家。妇人的思念之情由此被触动，从而感到了一片清冷孤寂。全词用景物来表达感情，语言婉约，意境清新，饶有韵味，让人回味无穷。

采桑子

花前失却游春侣，独自寻芳。满目悲凉。纵有笙歌亦断肠。林间戏蝶帘间燕，各自双双。忍更思量[1]，绿树青苔半夕阳。

【注释】

①忍：那堪，怎忍。

【评解】

正是春光灿烂之际，本应一起观赏春光，但却失去了"游春侣"！独自寻芳的心情，触目处一片凄凉。就算有着优美的歌声，也难以排解心中的愁绪。眼前的蝴蝶在林间游戏，燕穿帘栊，更是让人不堪思量。词中用"各自双双"来反衬出人物的孤寂落寞。"绿树青苔半夕阳"韵味无限，让人回味。全词情景交融，构思新颖，雅淡自然，表现出了冯词所独有的特点。

李璟

【作者简介】

李璟（jǐng）（916～961 年）：字伯玉，被称为南唐中主。喜好读书，才艺出众。“时时作为歌诗，皆出入风骚”，有着较高的文学艺术修养。经常会跟其宠臣如韩熙载、冯延巳等饮宴赋诗词，因此适用于歌筵舞榭的词，在南唐得以发展。其词情感真挚，风格清新脱俗，语言自然，对南唐词坛产生过一定的影响。遗憾的是存词仅五首，其中《南唐二主词》收四首，《草堂诗余》收一首。

浣溪沙

手卷真珠上玉钩[1]，依前春恨锁重楼。风里落花谁是主？思悠悠。

青鸟不传云外信[2]，丁香空结雨中愁[3]。回首绿波三楚暮[4]，接天流。

【注释】

①真珠：即珠帘。

②青鸟：神话传说中曾帮助西王母传递消息给武帝。这里用来代指带信的人。云外，指的是遥远的地方。

③丁香空结：指的是丁香的花蕾。除此之外，诗人还用这个来代指愁心。

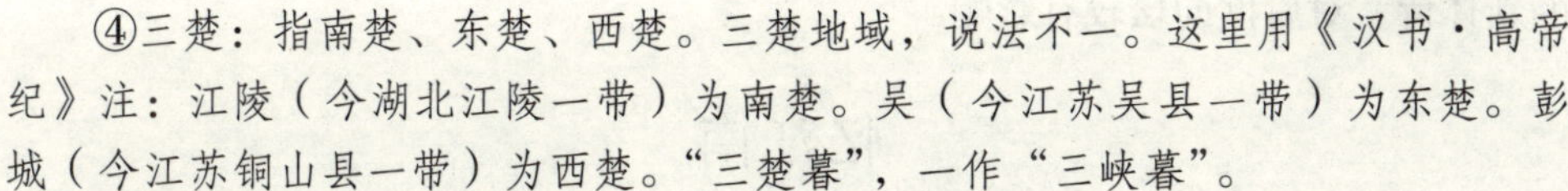

④三楚：指南楚、东楚、西楚。三楚地域，说法不一。这里用《汉书·高帝纪》注：江陵（今湖北江陵一带）为南楚。吴（今江苏吴县一带）为东楚。彭城（今江苏铜山县一带）为西楚。“三楚暮”，一作“三峡暮”。

【评解】

这首词借抒发男女之间的惆怅之情来透露出作者的仇怨与感慨。上阕侧重写重楼春恨，落花无主。下阕则侧重写愁苦万分，无法排解。有人觉得这首词并非是普通的睹物思情，而是南唐后主在受到后周严重胁迫的情况下，借词来抒发自己不知所措的焦急心情。词句自然雅洁，感情真挚，不落俗套。

浣溪沙

菡萏香销翠叶残[1]，西风愁起绿波间。还与韶光共憔悴[2]，不堪看。

细雨梦回鸡塞远[3]，小楼吹彻玉笙寒[4]。多少泪珠何限恨，倚阑干。

【注释】

①菡萏（hàn dàn）：指的是荷花。

②韶光：美好的时光。

③梦回：从睡梦中醒来。鸡塞：指的是鸡鹿塞，汉时边塞的名字，位于今内蒙古境内。这里泛指边塞。

④吹彻：吹到最后一曲。彻，大曲中的最后一遍。

【评解】

这首词描写了一位女子感怀秋景，思念远方的哀怨之情，从而反映出了当时夫妻分离给女性带来的痛苦。上阕写了秋天万物凋零的景色，下阕写了细雨梦醒之后的幽思。全词借景抒情，情景交融，构思新颖，自然贴切，读之让人产生凄凉之感。词人贵为一国之君，雄踞一方，能够做出这样一篇超越了尊卑贫富，寿夭得失的作品，实属可贵。在这些看似含蓄柔婉的词作背后，是对人生沉浮的感慨。

李煜

【作者简介】

李煜（937 ~978 年）：南唐后主，字重光。中主李璟之子。在位 17 年。降宋之后，被宋太宗赵光义赐牵机药毒死。他是南唐最后一个皇帝，是历史上颇具高度文化教养的文人。善于书画，通晓音律，诗词文章皆有所长艺术成就较高，在我国文学史上有着独特的地位。其词语言清新，感情丰满，让词成为抒情言志的新体诗，对后世词坛较有影响。

忆江南

多少恨，昨夜梦魂中。还似旧时游上苑[①]，车如流水马如龙[②]。花月正春风。

【注释】

①上苑：古时皇帝专门用来游玩和狩猎的地方。

②车如流水马如龙：形容车马众多。

【评解】

这首记梦小词，是李煜在归降宋朝被囚禁之后的作品。在词中写出了自己梦见了过去游娱生活的欢乐场景并表达了自己梦醒之后的悲恨感情，用梦境中欢乐的场景来衬托现实的残酷。这首小词，“深哀浅貌，短语长情”，艺术造诣已经达到最高境界。“以梦写醒”“以乐写愁”“以少胜多”的高妙手法，为这首词赋

予了让人回味的生命力。

捣练子令

深院静，小庭空，断续寒砧断续风[①]。无奈夜长人不寐，数声和月到帘栊[②]。

【注释】

①砧（zhēn）：捣衣石。寒砧：寒夜捣衣时发出的声音。古代秋天的时候，家中会捣帛来为在他乡的游子准备寒衣。

②栊（lóng）：窗户。

【评解】

秋风将寒夜里捣帛声送了过来，在家里的庭院中听得格外真切。到了晚上，月光和砧声穿进帘栊，更是让人想到家人在外，触动了心中那根思念的弦。因而长夜不寐，愁思百结。“砧声不断”“月到帘栊”，从景物之中透露出愁情，情景交融，轻柔含蓄，让人回味无穷。这首小令，语言新，意境新，给人极高的艺术享受。

相见欢

无言独上西楼，月如钩，寂寞梧桐深院锁清秋[①]。

剪不断，理还乱，是离愁。别是一般滋味在心头。

【注释】

①清秋：凄清的秋色。

【评解】

这首小词，通过对景物的描写，抒发了自己的离愁别绪。上阕写秋夜“独上西楼”的景色；下阕写出了自己凄凉孤寂的心境。“剪不断，理还乱，是离愁”，将抽象的离愁别恨具体化、形象化。全词写得十分精练、深刻而又自然。用简短朴素的语言，营造出了一种极美的意境，将自己真实的情感表达的淋漓尽致。这首词将作者卓越的艺术才能体现得恰到好处。

浪淘沙

帘外雨潺潺[①]，春意阑珊[②]，罗衾不耐五更寒[③]。梦里不知身是客，一晌贪欢[④]。

独自莫凭栏，无限江山，别时容易见时难。流水落花春去也，天上人间。

【注释】

①潺潺：水声，这里借以形容雨声。

②阑珊：将尽，衰落。

③罗衾：丝绸被子。

④一晌：片刻。

【评解】

这首词将作者因思念故国而产生的凄苦情绪，通过伤别与惜春表现出来。上阕通过梦醒前后的对照，写出了当时诗人的生活状态。下阕写凭栏远眺的情怀。“春去也”三字，将那些留恋、惋惜和无可奈何的悲哀表达的淋漓尽致！“流水落花”“天上人间”，则营造出一种意境，含有不尽的余味，留给读者丰富的想象空间。这首词字里行间都流露着作者的悲凉之情，感情真挚动人，极富感染力。

虞美人

春花秋月何时了[①]，往事知多少！小楼昨夜又东风，故国不堪回首月明中。

雕栏玉砌应犹在[②]，只是朱颜改[③]。问君能有几多愁？恰似一江春水向东流。

【注释】

①春花秋月：用来代指岁月的更替。

②雕栏玉砌：指南唐豪华的宫殿楼阁等建筑物。

③朱颜：红润的脸色。

【评解】

由一国之君变成了宋朝囚犯，这巨大的落差，赋予李煜独特的悲伤与哀愁，并用词将自己的真实感受表达出来。“问君能有几多愁？恰似一江春水向东流”，生动且贴切地将他抽象的感情形象化、具体化，创造出了良好的艺术效果。凄婉哀怨是李词的主要特点，对后代词家有着深远的影响。有人说李煜词是“血泪之歌”，“一字一珠”，这些赞誉皆名副其实。

一斛珠

晚妆初过，沉檀轻注些儿个[①]。向人微露丁香颗，一曲清歌，暂引樱桃破[②]。

罗袖裛残殷色可，杯深旋被香醪涴[③]。绣床斜凭娇无那[④]，烂嚼红茸，笑向檀郎唾[⑤]。

【注释】

①沉檀轻注：指的是轻抹唇色。沉檀，指的是深红色。注，点抹。些儿个：当时的方言，一点点的意思。

②樱桃破：指的是朱唇微开。樱桃这里指代的是美人的唇。

③香醪：香酒。涴（wò）：弄脏，玷污。

④无那：非常。

⑤檀郎：指的是晋朝时中国历史上有名的美男子潘安，他小字檀奴，因此旧

时女子经常将心上人称为檀郎。

【评解】

这是一首写歌女的词。其词妙在精细地刻画了女主人公的姿态，全词以女主人公之“口”为中心进行了描绘，层层有序，转换有致。晓妆粗理之后，唇边点了一抹唇色，开口之后小嘴微张，便流露出清脆的歌声。唱歌完毕之后，开始与客人饮酒，这时歌女又显现出豪爽的一面，酒喝多了，于是用罗袖擦去了唇边的美酒。醉酒之后的女子媚态尽显，酒客也因此而沉醉。酒宴完毕之后，客人散去，歌女在心上人面前更显主动。绣床上还留着尚未完成的女工，可能檀郎说了一句轻薄的话，让女子又羞又恼，将嘴边的绒线唾向心上人。

清平乐

别来春半，触目柔肠断。砌下落梅如雪乱①，拂了一身还满。雁来音信无凭，路遥归梦难成。离恨恰如春草，更行更远还生。

【注释】

①砌：台阶。

【评解】

本词是一首借景抒情之作。作者开笔描写春景，从而触景生情，开始思念出门在外的亲人。上下阕前四句都毫不避讳地直言离愁，后四句分别由“触目”与“路遥”生发开去，留下了两组佳句。全词围绕着离愁别恨来展开，线索明晰而内蕴，上下两片浑成一体而又层层递进，感情表达真挚到位。作者笔触自然，独具匠心，让全词颇具感染力。

牛　峤

【作者简介】

牛峤（生卒年不详）：字松卿，一字延峰，陇西（今甘肃东南部）人。唐宰相牛僧孺的后人。诗词皆有所长，“花间派”重要词人代表。具《杨柳枝》词，在当时颇为被人称道。

忆江南

红绣被，两两间鸳鸯。不是鸟中偏爱尔[①]，为缘交颈睡南塘。全胜薄情郎。

【注释】

①尔：这里指鸳鸯。

【评解】

本词作者通过对鸳鸯的咏赞与艳美，表露了内心对“薄情郎”的眷恋与怨恨。这首小词，虽语言简单明了但是寓意颇深，也颇具民歌风采。

菩萨蛮

舞裙香暖金泥凤，画梁语燕惊残梦。门外柳花飞，玉郎犹未归[①]。

愁匀红粉泪，眉剪春山翠[②]。何处是辽阳？锦屏春昼长。

【注释】

①玉郎：对男子的爱称。

②翠：青绿色曰翠。指眉修得很漂亮。

【评解】

本词虽然是对春天美丽景色的描写，但读者不难从中感受到作者挥之不去的愁思。这首词描景写人，细腻柔和，婉转多姿，颇具有晚唐五代的词风。

张　泌

【作者简介】

张泌（生卒年不详）：字子澄，淮南人。五代十国时期西蜀人。词风在温庭筠与韦庄之间，更近似韦庄，现存词 27 首，多为词风香艳的作品。词人善于用字，多简练精巧，描写细腻。

蝴蝶儿

蝴蝶儿，晚春时。阿娇初着淡黄衣[①]。倚窗学画伊。

还似花间见，双双对对飞。无端和泪拭燕脂[②]。惹教双翅垂。

【注释】

①阿娇：汉武帝的陈皇后名阿娇。这里指的是少女的小名。

②无端：没有缘由。

【评解】

这首词描绘的是少女倚窗学画时的场景。晚春时节，蝴蝶在花丛中飞舞。少女倚窗学画，初如花间所见，翩翩成双；突然掉下了眼泪，大概是由成双成对的蝴蝶联想到了形单影只的自己。全篇都没有谈及恋情，只捕捉了学画者情绪的细微变化，就让一个怀有心事的少女形象跃然纸上。作者刻画精巧，让人称绝。

浣溪沙

独立寒阶望月华，露浓香泛小庭花[①]，绣屏愁背一灯斜。

云雨自从分散后，人间无路到仙家，但凭魂梦访天涯。

【注释】

①泛：透出。

【评解】

这是一首春夜怀人的小词。词人在月明之夜独站在寒阶上，看到月光下庭院中的花朵带上了晶莹的露珠。绣屏之间，有一丝灯光透出来，似乎是在诉说愁苦。云雨过后，降落人间，便没有再次回到天上相见，只能让自己的魂魄在梦中去寻访心上人，追随他到天涯海角。作者将人物内心刻画得十分细腻、生动，语言浅显易懂，富有变化，表现出了凄婉的心境。

南歌子

柳色遮楼暗，桐花落砌香[①]，画堂开处远风凉。高卷水精帘额[②]，衬斜阳。

【注释】

①砌：台阶。

②水精：即水晶，光亮透明的物体。水精帘：透明精致的珠帘。

【评解】

这是一首借景抒情之作。在春日里来到江南，杨柳遮楼，落花飘香。画堂到处景色宜人。而眼前珠帘高卷，斜阳夕照，让人思绪万千，无法排解。整首词看似都在写景，却能够从中解读出人物的感情。语言委婉含蓄，让人回味。

牛希济

【作者简介】

牛希济（生卒年不详）：牛峤的侄子，陇西（今甘肃东南部）人。才思敏捷，善于诗词，词风与牛峤相似。虽为花间派词人，但是风格较为平淡，语言清丽，艺术造诣很高，与韦庄比肩。其词存有四首，收录在《花间集》和《唐五代词》之中。

生查子

春山烟欲收[①]，天澹星稀小。残月脸边明，别泪临清晓。

语已多，情未了。回首犹重道：记得绿罗裙，处处怜芳草。

【注释】

①烟：指的是春天的早晨山前弥漫的薄雾。

【评解】

本词诉说了恋人分别之后的那种缠绵悱恻的相思之情。用清新婉转的语言，描摹了一种难以排解的愁绪。上阕写晨景，末句方点出“别泪”，为下阕“语已多，情未了”张本。收尾两句，从诗“雨过草芊芊，连云锁南陌。门前君试看，是妾罗裙色”中化出，构思巧妙，寓意真挚。

临江仙

峭壁参差十二峰，冷烟寒树重重。瑶姬宫殿是仙踪[①]。金炉珠帐，香霭昼偏浓[②]。

一自楚王惊梦断[③]，人间无路相逢。至今云雨带愁容，月斜江上，征棹动晨钟[④]。

【注释】

①瑶姬：神女。

②霭：云气，烟雾。这里指香炉的熏烟。

③楚王惊梦：即楚王与巫山神女相遇之事。

④征棹（zhào）：指的是征帆。也就是远行的船。棹：摇船的工具，这里指舟船。

【评解】

这首词吟咏的是楚王神女邂逅的故事。上阕将笔墨重点用于刻画景物。峭壁参差的巫山十二峰，是神女居住的场所。金炉珠帐，云烟缭绕，描绘出一片清冷

的美妙仙境。下阕抒情。船行巫峡的时候，月光洒了下来。古时听闻的一段风流佳话，触动了诗人的情思。本词咏古抒怀，为词的发展开辟了一条新的道路。

毛文锡

【作者简介】

毛文锡（生卒年不详）：字平珪（guī），南阳（今河南沁阳）人。年仅十四岁时就登进士第。擅长写小词，今存词三十二首，其中三十一首收录于《花间集》中，另外一首收录在《尊前集》中。

醉花间

休相问，怕相问，相问还添恨。春水满塘生，鸂鶒还相趁[1]。

昨夜雨霏霏，临明寒一阵。偏忆戍楼人[2]，久绝边庭信。

【注释】

①鸂鶒（xī chì）：水鸟。乘：乘便，趁机。

②戍楼：古时边防驻军用来眺望的建筑。

【评解】

这是一首怀人之作。征人远戍，虽然说“休相问”，但是心中还是惦念不已。而昨夜风雨，黎明轻寒，不自觉地便思念起远方的征人。他已经很长时间没有消息了，着实让人挂念。这首小词，词意浅易，而情思缠绵，写得极有韵致。

更漏子

春夜阑[1]，春恨切，花外子规啼月。人不见，梦难凭，红纱一点灯。

偏怨别，是芳节，庭下丁香千结[2]。宵雾散，晓霞晖，梁间双燕飞。

【注释】

①阑：残，尽，晚。

②丁香千结：此处谓固结不开，犹人之愁固结不解。

【评解】

月夜沉沉，夜深人静，子规啼鸣，春天里遗憾的事情太多，又开始想起了远方的人，虚幻的梦难以成真。独对孤灯，彻夜无眠。转眼“宵雾散，晓霞晖”，梁间双燕，让人更加愁苦。这首春宵怀人的小词，情景交融，婉丽多姿，是“花间”的名篇之一。

顾　夐

【作者简介】

顾夐（xiòng）（生卒年不详）：五代时期词人。前蜀王建时给事内庭，后擢茂州刺史。入后蜀，累迁至太尉。以诗词见长，其词真挚热烈，婉丽动人。

诉衷情

永夜抛人何处去[①]？绝来音。香阁掩，眉敛，月将沉。

争忍不相寻[②]？怨孤衾[③]。换我心，为你心，始知相忆深。

【注释】

①永夜：长夜。

②争忍：怎忍。寻：寻思。

③衾：被子。

【评解】

这是一首闺中怀人之作。长夜漫漫，独守空房的妇人开始抱怨负心的丈夫，不知道去了哪里，为何一直没有音讯。夜色渐深，女子愁眉紧锁，一夜未眠。室内空荡，无处相训，深情不知如何排解。女子等了一个晚上，等来的却依然是失望、绝望，想要把这样一颗深情之心换给对方，让他感受一下自己的深情。本词情感真挚感人，让人读之亦有同感。

醉公子

漠漠秋云澹[①]，红藕香侵槛[②]。枕倚小山屏，金铺向晚扃[③]。

睡起横波慢，独望情何限！衰柳数声蝉，魂销似去年。

【注释】

①澹："淡"的异体字。浅、薄的意思。

②槛：窗户下或长廊旁的栏杆。

③金铺：门上的铺首。作龙蛇诸兽之形，用以衔环。扃（jiōng）：门窗箱柜上的插关。这里是关门之意。

【评解】

窗外云淡风清，藕香侵槛。闭门倚枕，无限情思。院中衰柳上有着寒蝉在不知疲倦地叫着，令人魂销。这首词，通过描写景物，抒发了离人相思之情。诗人对初秋景物的刻画十分生动，动人心弦，让人不禁感怀。

薛昭蕴

【作者简介】

薛昭蕴（yùn）（生卒年不详）：字澄州。河中宝鼎（今山西荣河县）人。长于诗词，博学多才。《北梦琐言》中曾对其有所评价：薛澄州昭蕴，即保逊之子也。恃才傲物，亦有父风。每入朝省，弄笏而行，旁若无人。好唱《浣溪沙》词。

浣溪沙

粉上依稀有泪痕，郡庭花落欲黄昏①，远情深恨与谁论？

记得去年寒食日，延秋门外卓金轮②，日斜人散暗销魂。

【注释】

①郡庭：郡斋之庭。

②延秋门：长安禁苑中宫庭二十四所，西面二门，南曰延秋门，北曰元武门。卓：立。金轮：车轮。

【评解】

本首词通过对一系列景物的描写，引出了对一去不归的心上人的思念之情。全词描写的凄冷孤寂，委婉地表述了离别相思之情。

魏承班

【作者简介】

魏承班（生卒年不详，约930年前后在世）：其父魏宏夫是前蜀王建的养子，赐姓名王宗弼，封齐王。魏承班曾任驸马都尉，官至太尉。元遗山曰：“魏承班词，俱为言情之作。大旨明净，不更苦心刻意以竞胜者。”

生查子

烟雨晚晴天，零落花无语。难话此时心，梁燕双来去。

琴韵对薰风，有恨和情抚。肠断断弦频，泪滴黄金缕①。

【注释】

①黄金缕：是衣服上的装饰，也是一种古曲名。

【评解】

这首词通过对暮春景物的描绘，表述出了作者惜春、怀人的感情。风格清新隽雅，语婉情深，是《花间集》中的上品之作。

玉楼春

寂寂画堂梁上燕，高卷翠帘横数扇[①]。一庭春色恼人来，满地落花红几片。

愁倚锦屏低雪面[②]，泪滴绣罗金缕线。好天凉月尽伤心[③]，为是玉郎长不见。

【注释】

①翠帘：窗帘。横数扇：窗开。

②雪面：粉面。

③凉月：疑为“良夜”之讹。尽：犹竟。

【评解】

暮春时节，梁燕双飞，落红遍地。愁倚锦屏，春色恼人。本首小词通过描写暮春的风光，借春景来抒发怀念故人的感情。意境优美，婉丽多姿。

尹　鹗

【作者简介】

尹鹗（è）（生卒年不详，约896年前后在世）：成都人。事前蜀王衍，为翰林校书，官至参卿。与李珣友善。鹗性情狡黠，精通诗词。其词明浅动人，简洁清丽。也是《花间集》中的珍品。

满宫花

月沉沉，人悄悄，一炷后庭香袅。风流帝子不归来[①]，满地禁花慵扫。

离恨多，相见少，何处醉迷三岛[②]？漏清宫树子规啼，愁锁碧窗春晓。

【注释】

①帝子：指的是妃子言。风流帝子四字，

《历代诗余》作“草深辇路”。

②三岛：泛指仙境。

【评解】

月夜沉沉，四处静谧，悄无声息。落花遍地而“帝子”不归。让人愁思百结，离恨满怀。又听到了杜鹃声声，隔窗传来，让人更加惆怅。这首词，描写了孤寂清冷的宫廷生活。词人写景抒怀，词浅寓深。

临江仙

深秋寒夜银河静，月明深院中庭。西窗幽梦等闲成。逡巡觉后[1]，特地恨难平。

红烛半条残焰短[2]，依稀暗背锦屏。枕前何事最伤情？梧桐叶上，点点露珠零。

【注释】

①逡（qūn）巡：欲进不进，犹豫不决的样子。

②半条：一作“半消”。

【评解】

深秋寒夜，西窗梦醒，红烛半残，明月照人。院子之中有露滴梧桐的声音，断断续续地传来，让人更加伤感。这首闺怨小词，通过对景物的描写，含蓄地透露了人物哀伤凄苦的心情。

阎　选

【作者简介】

阎选（生卒年不详）：五代时期后蜀的布衣。凭借小词供奉南唐后主，被人称为阎处士。其词与毛文锡旗鼓相当。《花间集》中收录了八首他的词作。

定风波

江水沉沉帆影过[1]，游鱼到晚透寒波。渡江双双飞白鸟，烟袅[2]，芦花深处隐渔歌。

扁舟短棹归兰浦，人去，萧萧竹径透青莎。深夜无风新雨歇，凉月，露迎珠颗入圆荷。

【注释】

①沉沉：深沉。

②烟袅：云烟缭绕。袅，形容烟的状态。

【评解】

江水沉沉，白鸟双飞，枫叶芦花，征帆渐行渐远。人离开之后，只看到园荷滴露，冷月照人，莎满荒径，凄凉冷落。通过对这一系列景物的描写，委婉地表露了词人的感伤。

徐昌图

【作者简介】

徐昌图（生卒年不详，约公元965年在世）：莆（pú）阳（今属福建）人，与兄昌嗣，皆以才华著称。仕闽，节度使陈洪进归宋，令昌图奉表入汴。宋太祖授为国子博士。工诗词。其作选入《尊前集》。

临江仙

饮散离亭西去，浮生长恨飘蓬[①]。回头烟柳渐重重，淡云孤雁远，寒日暮天红。

今夜画船何处？潮平淮月朦胧。酒醒人静奈愁浓！残灯孤枕梦，轻浪五更风。

【注释】

①浮生：一生。古人谓“人生世上，虚浮无定”，因此将一生看成浮生。飘蓬：漂泊不定。

【评解】

黄昏时分分别，孤帆远征。回头看一眼岸边的柳树，烟波缥缈。等到酒醒人静，只看到孤枕残灯，淮月朦胧。晨风轻浪，离愁更浓。这首词写出了离别之痛，道出了相思之苦。风格清丽婉约，语言流畅，意境优美。

王禹偁

【作者简介】

王禹偁（chēng）（954～1001年），字元之，山东巨野人。宋朝白体诗人、

散文家。自幼出身贫苦，但却颇具天赋，在宋太宗太平兴国八年中进士。官至翰林学士。提倡“韩柳文章李杜诗”。他的诗风格清丽平易，对北宋诗坛产生了一定的影响，遗憾的是存词只有一首。

点绛唇

雨恨云愁，江南依旧称佳丽。水村渔市，一缕孤烟细[①]。

天际征鸿，遥认行如缀[②]。平生事，此时凝睇[③]，谁会凭栏意[④]？

【注释】

①孤烟：炊烟。

②行如缀：排成行的大雁，连缀在一起。

③凝睇（dì）：凝视。睇：斜着眼看的样子。

④会：理解。

【评解】

江南多雨，容易让人勾起忧伤的情绪，不过不管怎样的气候都无法打扰这里秀美的风景。稀疏的水村渔市，点缀在弯曲的绿水岸边，袅袅的炊烟，勾勒出一片静谧的田园风光。仰头看天，大雁正成群结队地展翅远征，朝着心中的目标，奋勇飞行。这样的场景引起了词人对人生观、价值观的思考。表达了词人在中年时的抱负以及怀才不遇的感慨。全词借景抒情，以词言志，写得委婉含蓄。风格清丽，感情质朴。

寇　准

【作者简介】

寇准（961～1023年）：字平仲，华州下邽（陕西渭南）人。北宋政治家、诗人，宋太宗时进士，真宗时官至宰相。著有《巴东集》。现在其词只存有四首，都是离别伤时之作，风格淡雅委婉。

踏莎行

春色将阑[①]，莺声渐老。红英落尽青梅小。画堂人静雨蒙蒙，屏山半掩余香袅[②]。

密约沉沉[③]，离情杳杳[④]。菱花尘满慵将照[⑤]。倚楼无语欲销魂，长空黯淡连芳草。

【注释】

①阑：晚，尽。这里是说春光即将逝去。

②屏山：屏风。袅：指炉烟缭绕上升。

③沉沉：这里意为长久。谓二人约会遥遥无期。

④杳杳（yǎo）：幽远。指分别之后缠绵不断的相思情意。

⑤菱花：指镜子。

【评解】

这是一首闺怨词。长久的离别让女子忍受着长期孤独寂寞的生活。春天转瞬即逝，黄莺的鸣叫声也慢慢变得衰涩。那迎春斗艳的红花飘落在暮春的风雨中，梅树上已经结出了小小的青果。处处都是一片衰残、迟暮的景色。堂外细雨霏霏，堂内一片静谧，看到这样的场景，堂内的人心情也变得不再平静。心中就像是堂外的天空一样。上阕描绘暮春时的景色，微雨濛濛，寂寥无人，下阕写两地音书隔绝，闺中之人倚楼远望，只看到芳草连天，阴云蔽空，心中更增愁苦。词风婉丽凄恻，清新典雅。

江南春

波渺渺，柳依依。孤村芳草远，斜日杏花飞。江南春尽离肠断，蘋满汀洲人未归①。

【注释】

①蘋满汀洲：水边的小洲上长满了蘋花。也就是从侧面反映了已经到了春末夏初的时节。

【评解】

这首词抒发了少女伤春怀人的心情。一江春水，烟波缥缈，岸边的杨柳，随风舞动。萋萋芳草一直延伸到遥远的天边。佳人望穿秋水，却等不到心上人归来。杏花飘落的季节，不知心上人何时回来。全词简短，用词凝练，抒情真挚，

意境清新淡雅。

林　逋

【作者简介】

林逋（bū）（967～1028年）：字君复，著名隐逸诗人。钱塘（今浙江杭州）人，隐居于西湖的孤山，终身不仕，以种梅养鹤自娱自乐，也被世人称为“梅妻鹤子”。死后谥号“和靖先生”。擅长诗词，风格淡远、婉丽。其诗多反映其隐居生活及恬淡的心境。著有《林和靖诗集》，存词四首。

长相思

吴山青，越山青，两岸青山相送迎，谁知离别情①？

君泪盈，妾泪盈，罗带同心结②未成，江边潮已平③。

【注释】

①谁知离别情：有些版本也被作为“争忍有离情”。

②同心结：古代是定情的象征物，将罗带系成连环样式的结子。

③潮已平：指江水已经涨到了与岸齐平。

【评解】

这首词是着题之作。钱塘江两岸山清水秀，吴山、越山两座山峰郁郁葱葱。夹水而立的山峰，曾经目睹了多少迎来送往，见过多少的悲欢离合，不过它们并不能体会人在离别时的痛苦。行人与送者，难舍难分，泪眼相看。他们并非是暂时的分别，是因为爱情遭到了磨难，彼此相恋却又无法定下终身。送君千里终须一别，船已经要启航了。此词情深意美，具有浓郁的民歌风采。

点绛唇

金谷年年①，乱生春色谁为主？余花落处，满地和烟雨。

又是离歌，一阕长亭暮。王孙去，萋萋无数，南北东西路。

【注释】

①金谷：地名，位于河南洛阳西。谷中有水。古代的风景名胜地。

【评解】

金谷园内的春草每年到了春天就会茂盛生长。人离开之后，园子也无人打理，谁能主宰它们的命运呢？曾经是繁花锦绣的庭院，如今杂树纵横，杂草遍地。它只能承接落英缤纷，伴着淅沥沥的春雨。春色凋零，枝头上的花朵也随着细雨洒满地面。离别的歌唱完了，长亭已经是日暮时分，故人远去，留下了一片凄凉，只有茂盛的春草通向四面八方。本词是一首咏草的佳作。用拟人的手法，写得情思绵绵，凄楚哀婉。语言美，意境更美，被历代读者所称颂。

范仲淹

【作者简介】

范仲淹（989～1052年）：字希文，江苏吴县人。北宋著名政治家、文学家。他所提倡的“先天下之忧而忧，后天下之乐而乐”，依然是国人用来自我激励的名言。范仲淹存词不多，词多描写边塞风光，抒发爱国情怀，对词的发展有一定影响。

苏幕遮

碧云天，黄叶地，秋色连波，波上寒烟翠。山映斜阳天接水。芳草无情，更在斜阳外。

黯乡魂[①]，追旅思[②]。夜夜除非，好梦留人睡。明月楼高休独倚。酒入愁肠，化作相思泪。

【注释】

①黯乡魂：想念故乡，黯然神伤。黯：形容心情的忧郁。

②追旅思：对往事的回忆触发了身在异乡的愁苦之感。

【评解】

这首词通过描写秋天的景色，抒写词人的离乡之愁、去国之忧。通过对碧云、黄叶、翠烟的描写，用色调渲染夕阳之下的秋景，可以加深读者的印象。乡魂、旅思、愁肠、相思泪，用来映衬出触景生情、夜不能寐的游子离恨。动人的秋景，可以适当反衬出客居他乡的愁绪。有人认为这首词主要是“丽语”“柔情”，也有人提出其中有寄托，如张惠言说：“此去国之情”。

御街行

纷纷坠叶飘香砌[①]。夜寂静，寒声碎[②]。真珠帘卷玉楼空，天淡银河垂地。年年今夜，月华如练[③]，长是人千里。

愁肠已断无由醉。酒未到，先成泪。残灯明灭枕头攲[④]，谙尽孤眠滋味[⑤]。都来此事[⑥]，眉间心上，无计相回避。

【注释】

①香砌：砌是台阶，由于上面有落花，因此被称为香砌。

②寒声碎：寒风吹动落叶，发出的沙沙声。

③练：素色的绸。

④敧（qī）：倾斜。

⑤谙：熟悉，清楚。

⑥都来：算来。

【评解】

这首词抒发了作者在秋夜怀念家人的感情。夜深人静的时候，落叶飘落到小楼前面的台阶上，由于过于静谧，能够听到落叶着地时发出的细碎声音。台阶上还残留着花瓣，它们依然可以发出淡雅的香气。远离家乡的人将帘子卷起来，看到高阔的天空中，银河斜挂，一直延伸到很远很远的地方。总是在晚上仰望那一轮明月，惦念起千里之外的家人。思念之情一年强过一年，让人难以排遣心中的愁苦，想要借酒浇愁，酒还没入肚，就先掉下了眼泪。夜色已深，灯光闪烁，忽明忽暗，让人无心睡眠。因此只能靠在枕头上，独自落泪。眉头紧锁，无法排解。本词感情真挚动人，意境清幽。

柳　永

【作者简介】

柳永（987？～1053年）：字耆（qí）卿，原名三变，后改名为永，福建崇安人，因为在家中排行老七，所以也被称为“柳七”。其一生仕途坎坷，到了晚年才中进士。在北宋著名词人中，他的官位最低，不过在文学史上却有着极高的地位。他是宋朝首个专力写词的作者。他能自制新曲，音律婉转动听。其词铺叙展衍，不事雕饰。在宋词的发展史上，有着开疆拓土之功。他的词虽通俗浅近，平淡无华，却深受人们的喜爱。

雨霖铃

寒蝉凄切[①]，对长亭晚，骤雨初歇。都门帐饮无绪[②]，留恋处，兰舟催发，执手相看泪眼，竟无语凝噎[③]。念去去、千里烟波，暮霭沉沉楚天阔。

多情自古伤离别，更那堪、冷落清秋节。今宵酒醒何处？杨柳岸，晓风残月。此去经年[④]，应是良辰好景虚设。便纵有千种风情[⑤]，更与何人说。

【注释】

①凄切：凄凉急切。

②都门：指的是汴京。帐饮：摆酒宴设帐来送行。

③凝噎：欲言又止的样子。

④经年：一年又一年。

⑤风情：风流情意。

【评解】

本词是柳永的代表作之一，也是送别词之经典。“今宵酒醒何处，杨柳岸，晓风残月。”这样的诉说，更是成为了人人传诵的佳句。在深秋季节，寒蝉凄凉的鸣叫声，让人更感萧条，为送别涂上了一抹悲凉。行人登舟，情人道别，难舍难分。这些场景描写为送别抹上了一抹悲伤。词人并没有将视野局限在场景本身，而是升华到了更广阔的领域。上阕写了送别的场景，细腻地刻画了离别的场景。下阕写设想中离别之后的场景，表现了双方真挚的感情。词人使用了白描等手法写景、状物、叙事、抒情。感情真挚，词风哀婉。

昼夜乐

洞房记得初相遇[①]，便只合长相聚[②]。何期小会幽欢，变作别离情绪。况值阑珊春色暮[③]，对满目乱花狂絮。直恐好风光，尽随伊归去。

一场寂寞凭谁诉？算前言总轻负。早知恁地难拚[④]，悔不当初留住。其奈风流端正外，更别有系人心处。一日不思量，也攒眉千度。

【注释】

①洞房：深邃的住室。后来多用来指代妇女所住的闺阁。

②只合：只应该。

③阑珊：将残、将尽之意。

④恁（nèn）地难拚：如此难过。难拚：指难以和离愁相拚。

【评解】

这首词写了女主人公回忆过去跟心上人欢居的场景以及现在的相思之情。全词用追忆的方式来描述。词人故意省去了中间的细枝末节，只描写了她与情人初次相见时的场景。这样的场景，让女主人难以忘怀。因此在离别之后，百般想念，终日都眉头紧蹙，难有笑颜。词中惜春、惜别，感情真挚，反映了在封建社会沦为下层妇女的遭遇与苦恼。

八声甘州

对潇潇暮雨洒江天[①]，一番洗清秋。渐霜风凄紧，关河冷落[②]，残照当楼。是处红衰翠减[③]，苒苒物华休[④]。惟有长江水，无语东流。

不忍登高临远，望故乡渺邈[⑤]，归思难收。叹年来踪迹，何事苦淹留[⑥]？想佳人，楼头颙望[⑦]，误几回、天际识归舟。争知我、倚栏杆处，正恁凝愁[⑧]。

【注释】

①潇潇：形容风雨来得极快。

②关河：关口和航道。

③是处：到处都是。

④苒苒：渐渐，慢慢。

⑤渺邈：渺茫、遥远。

⑥淹留：长久的停留。

⑦颙（yóng）望：举头凝望。

⑧恁：如此。

【评解】

这首是柳永羁旅归词的代表作，炼字十分讲究，领字的运用十分出色。整首词写的是由登高所看到的景色而引发的思乡怀人之情。上阕写所看到的秋日风光，主要是写景。下阕写所引发的感想，抒发了游子的思乡之情，情景交融。词中通过层层铺叙，将词人在他乡的感情抒发的淋漓尽致，真挚又转折跌宕，顿挫有致。全词基调流露出浓厚的伤感之情，整体偏于雅致，不过也不排除俗字。

定风波

自春来、惨绿愁红，芳心是事可可[①]。日上花梢，莺穿柳带，犹压香衾卧。暖酥消[②]，腻云亸[③]，终日厌厌倦梳裹。无那。恨薄情一去，音书无个。

早知恁么。悔当初、不把雕鞍锁。向鸡窗，只与蛮笺象管[④]，拘束教吟课。镇相随[⑤]，莫抛躲。针线闲拈伴伊坐。和我。免使年少，光阴虚过。

【注释】

①是事可可：事事都不在意，所有的事情都靠糊弄过去。

②暖酥消：脸上涂抹的油脂消散了。

③腻云亸（duǒ）：头发散乱。亸：下垂貌。

④蛮笺（jiān）象管：纸和笔。蛮笺：古代四川产的彩色笺纸。象管：象牙做的笔管。

⑤镇：镇日，整天。

【评解】

这是一首闺情词。丈夫出去闯荡世界，妻子却只能独自在家中。因为孤独，她开始心生悔意，不禁想到，如果早知今日这般，不如将他拴在家中，不让出去好。他读书，她就可以陪在一旁。可是“向鸡窗，只与蛮笺象管，拘束教吟课。”时自己也知道是错误的。其词中透露出的温情让人不知不觉中就能够感受到。词人将两个选择抛给了读者，要功名还是要家人。柳永自己的选择是先功名后家庭。表达了家庭的珍贵与重要。

玉蝴蝶

望处雨收云断，凭阑悄悄，目送秋光。晚景萧疏，堪动宋玉悲凉[①]。水风轻、蘋花渐老。月露冷、梧叶飘黄。遣情伤，故人何在，烟水茫茫。

难忘，文期酒会，几孤风月，屡变星霜[②]。海阔山遥，未知何处是潇湘[③]？念双燕、难凭远信，指暮天、空识归航。黯相望，断鸿声里，立尽斜阳。

【注释】

①堪动宋玉悲凉：宋玉《九辩》：“悲哉秋之为气也。”

②星霜：星一年一周天，霜每年而降，因此将一年称为一星霜。

③潇湘：原指的是潇水和湘水，后来代指所思念的地方。

【评解】

本首的风格与《八声甘州》相近，都是柳永的名篇。词中写的是作者对远方故人的怀念之情，主要是通过伫立所见以及追思所忆来表达。上阕主要是写景，景中有情。诗人面对萧条的秋景，凭栏远望，触景生情，抒发了对故人的思念与伤感。下阕插入回忆，以情为主，而情中有景。巧妙融合，声情凄婉。以过去的欢愉来反衬长期离别之苦，从而转到眼前的思念。波澜起伏，错落有致。

采莲令

月华收[①]，云淡霜天曙。西征客、此时情苦。翠娥执手，送临歧[②]、轧轧开朱户。千娇面、盈盈伫立，无言有泪，断肠争忍回顾？

一叶兰舟，便恁急桨凌波云。贪行色，岂知离绪。万般方寸，但饮恨、脉脉同谁语？更回首、重城不见，寒江天外，隐隐两三烟树。

【注释】

①月华收：指月亮落下，即将破晓。

②临歧：岔路口。此指临别。

【评解】

这首送别词兼顾了男女双方的情绪，把离别之情与身在异乡之苦联系到了一

起进行诉说。全词按照时间顺序来记录，逐层铺叙，细密尽情。又通过心上人离别时的姿态，送别之后所产生的愁绪，给这首词贴上了柳永特有的标签。

蝶恋花

伫倚危楼风细细[1]。望极春愁[2]，黯黯生天际[3]。草色烟光残照里，无言谁会凭栏意。

拟把疏狂图一醉。对酒当歌，强乐还无味。衣带渐宽终不悔，为伊消得人憔悴。

【注释】

①伫：久立。

②望极：极目远望。

③黯黯：迷蒙不明。

【评解】

这首《蝶恋花》将身处异乡漂泊无定的落魄感受，与思念意中人的情思有机地结合在一起。上阕写在春日登楼引发的愁思。下阕写“春愁”的执着缠绵，无处发泄。并点明了“春愁”的具体内容。全词写得情意绵绵却又激情回荡，彰显了柳词独特的抒情特色。

凤栖梧

伫倚危楼风细细[1]。望极春愁，黯黯生天际[2]。草色烟光残照里，无言谁会凭栏意。

拟把疏狂图一醉[3]。对酒当歌，强乐还无味[4]。衣带渐宽终不悔，为伊消得人憔悴。

【注释】

①危楼：高楼。

②黯黯：昏暗不清。

③拟把：打算，准备。疏狂：粗疏狂放，不合时宜。

④强乐：强颜欢笑。

【评解】

这是一首怀人词。词人别出心裁地将男性作为相思的主人公。上阕写登高望远，从而触发了离愁。下阕写主人公为消释离愁，决定借酒浇愁，却始终没能将愁绪排解。从“拟把”到“无味”，笔势开阖动荡，颇具波澜。结句描写的十分绝妙，让情感进一步升华，写尽了相思之情，结尾两句独具匠心，十分绝妙，因此也成了千古传唱的佳句。

破阵乐

露花倒影，烟芜蘸碧，灵沼波暖。金柳摇风树树，系彩舫龙舟遥岸。千步虹桥，参差雁齿，直趋水殿。绕金堤、曼衍鱼龙戏[①]，簇娇春罗绮，喧天丝管。霁色荣光[②]，望中似睹，蓬莱清浅。

时见。凤辇宸游[③]，鸾觞禊饮[④]，临翠水、开镐宴。两两轻舠飞画楫[⑤]，竞夺锦标霞烂。罄欢娱，歌鱼藻，徘徊宛转。别有盈盈游女，各委明珠[⑥]，争收翠羽[⑦]，相将归远。渐觉云海沈沈，洞天日晚[⑧]。

【注释】

①曼衍：古代百戏的一种。还有种说法认为是连绵不绝的意思。

②霁色：晴天的天色。

③宸游：帝王巡游。

④禊（xì）饮：古代农历三月上巳日的宴会或者聚会。

⑤舠（dāo）：小船。

⑥委：下垂、坠落。

⑦翠羽：翠鸟的羽毛，古时经常用其来作装饰物。

⑧洞天：道教将神仙住的地方称为洞天，后来常用来指名胜之地。

【评解】

这首词描写的是上巳日的时候君臣民众游览汴京金明池的盛况。生动地描绘了当时一片太平和谐的社会生活风光。全词由晨景

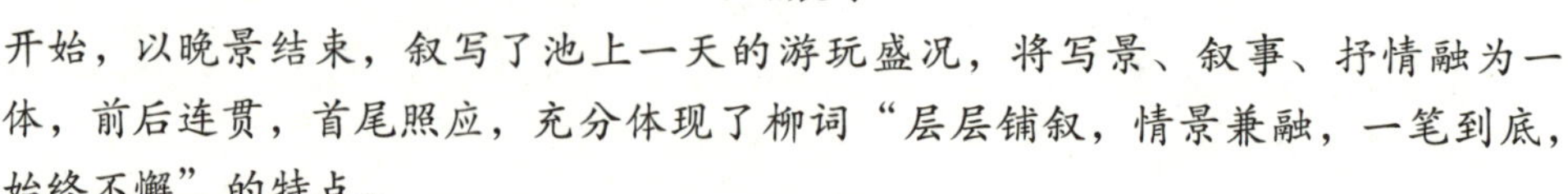

开始，以晚景结束，叙写了池上一天的游玩盛况，将写景、叙事、抒情融为一体，前后连贯，首尾照应，充分体现了柳词“层层铺叙，情景兼融，一笔到底，始终不懈”的特点。

忆帝京

薄衾小枕凉天气，乍觉别离滋味。展转数寒更，起了还重睡。毕竟不成眠，一夜长如岁。

也拟待、却回征辔[1]；又争奈、已成行计。万种思量，多方开解，只恁寂寞厌厌地[2]。系我一生心，负你千行泪。

【注释】

①辔（pèi）：驾驭马的缰绳，也代指马。

②只恁（nèn）：只是这样。

【评解】

这首词采取了新颖别致的艺术表现手法，描写了作者的离别相思之情。采用纯口语的白描写出了男女双方的内心感受，是柳永词中极具个人特色的一首词。本词浅显易懂，结构清晰，先说枕衾冷寒，再写为什么觉得衾薄枕小，有些辗转反侧无法入睡的动作，最后用叙述时间来结束上阕。下阕又开始写内心感受，点明想要调转马头，而事出无奈，无法实现。因此十分寂寞。最后以抒情结束全篇，感情真挚，委婉曲折地道出了主人公的真挚情爱。全词思想和艺术手法都十分成熟，用情至深，仿佛让人身临其境。

晏 殊

【作者简介】

晏殊（991～1055年），字同叔，抚州临川（今江西抚州市）人，北宋词人。十四岁凭借神童身份被召试，赐进士出身。宋仁宗朝，官至宰相。《宋史》本传说他："文章赡丽，应用不穷。尤工诗，闲雅有情思。"他所写之词多为小令，所描写的大多是闲愁绮怨，多受温庭筠、韦庄，尤其是冯延己等人的影响。词风和婉明丽，风流蕴藉。著有《珠玉词》一卷，存诗一百三十余首。

浣溪沙

一曲新词酒一杯，去年天气旧亭台。夕阳西下几时回？

无可奈何花落去，似曾相识燕归来。小园香径独徘徊[1]。

【注释】

①香径：弥漫着花香的小路。

【评解】

本词悼惜残春，感慨时光易逝，又表达了作者对物是人非的哀叹。上阕写了天气、亭台、夕阳，依稀去年光景；下阕花落燕归，更是触目伤情，抑郁之情难以排解，只能在香径中徘徊而已。词中"无可奈何花落去，似曾相识燕归来"

一联，对仗工巧；情致缠绵，成为传世佳句。诗人通过不多的词语勾勒出一派暮春之景，情文并茂，音律谐婉，营造出了一种情致缠绵，凄婉隽丽的意境，带给人无法摆脱的淡淡忧伤。本词意境淡雅，寓意深远。

蝶恋花

槛菊愁烟兰泣露[①]，罗幕轻寒，燕子双飞去[②]。明月不谙离恨苦，斜光到晓穿朱户[③]。

昨夜西风凋碧树[④]，独上高楼，望尽天涯路。欲寄彩笺兼尺素[⑤]，山长水阔知何处？

【注释】

①槛（jiàn）：栏杆。

②飞去：一作“来去”。

③斜光：残月的清光。

④凋碧树：让树木凋零。

⑤尺素：书信。

【评解】

在庭院之中，盛开的菊花已经蒙上了薄薄的一层雾霭，看上去仿佛有着无限愁苦。兰花也沾上了晶莹的露珠，仿佛是正在悄悄哭泣一般。闺房的罗帐难以抵御寒冷的入侵，成对的燕子也早已飞走了。女主人公的孤独寂寞之情昭然若揭，片片月光不明白女子的苦楚，依旧将月光照在了房间里，让女子一夜未眠，离愁更增一层。心中悲苦难耐，看到秋景自然处处萧条，自己的情思想要寄给远方的心上人，却不知他在何方，让其感到更加悲伤。上阕写庭院及室内景物。下阕写词人登楼望远时的所见所感。词中隐约含蓄地表示有难言之意，给读者留出想象的余地。

采桑子

时光只能催人老，不信多情，长恨离亭[①]，滴泪春衫酒易醒。

梧桐昨夜西风急，淡月笼明，好梦频惊，何处高楼雁一声。

【注释】

①离亭：古代送别的场所。

【评解】

美好的时光总是容易消逝，人也随着时光的流失留下了岁月痕迹。转眼之间春去秋来。西风落叶，高楼雁声，更让人添了一层愁绪。这首词所营造的意境优美、柔丽而富诗意，且蕴含着一种凄婉的情绪。

清平乐

金风细细[1]，叶叶梧桐坠。绿酒初尝人易醉[2]，一枕小窗浓睡。

紫薇朱槿花残[3]，斜阳却照阑干。双燕欲归时节，银屏昨夜微寒。

【注释】

①金风：秋风。

②绿酒：美酒。

③紫薇朱槿：两种花卉。花色鲜艳。

【评解】

金风梧桐，小窗人醉，斜阳残花，双燕欲归。这首小词通过描写秋景，含蓄地道出了诗人的清寂之思。就像是微风之拂轻尘，晓荷之扇幽香。全词清新雅洁，饶有韵致。

踏莎行

小径红稀[1]，芳郊绿遍。高台树色阴阴见[2]。春风不解禁杨花，濛濛乱扑行人面。

翠叶藏莺，珠帘隔燕[3]。炉香静逐游丝转[4]。一场愁梦酒醒时，斜阳却照深深院。

【注释】

①红稀：花朵很少。红，指花。

②阴阴见：暗暗显露。

③翠叶藏莺，珠帘隔燕：意谓莺燕都深藏不见。这里的莺燕暗喻“伊人”。

④游丝：这里指的是蜘蛛、青虫这一类虫类所吐出来的丝，通常这些丝都会被挂在空中，因此被称为游丝。

【评解】

这时已经是暮春傍晚，酒醒梦回，看到斜阳照进了庭院却不见伊人。惆怅的心情，通过对景物的描写含蓄地表露出来。全词除“一场愁梦酒醒时”这句之外，都是在写景。委婉细致，景中寓情，达到了不着痕迹的程度。风格温柔细腻，缠绵含蓄，让男女相思之情隐约被人们捕捉到，却又没有一语道破。既没有镂金错彩的雕饰，也少了浓郁的脂粉气。

诉衷情

芙蓉金菊斗馨香，天气欲重阳。远村秋色如画，红树间疏黄。

流水淡，碧天长，路茫茫。凭高目断[1]，鸿雁来时，无限思量。

【注释】

①目断：看到所望之尽头，犹言凝神眺望。

【评解】

这首词描写的是重阳节时登高望远时的所见所感。上阕写了红树金菊，将一派如画的秋景展现在人们面前。下阕写水阔天长，流露出无限情思。“路茫茫”句以下，“鸿雁”隐含渴盼信息，“无限思量”申述殷切的眷念，都描写的若隐若现，含而不露。开头写景，着意渲染色彩。

木兰花

绿杨芳草长亭路[1]，年少抛人容易去[2]。楼头残梦五更钟，花底离愁三月雨[3]。

无情不似多情苦，一寸还成千万缕[4]。天涯地角有穷时，只有相思无尽处。

【注释】

①长亭路：送别的路。古代驿路上“十里一长亭，五里一短亭”（《白帖》）。

②年少抛人：人被年少所抛弃，意思就是从年轻变得衰老。

③五更钟、三月雨：都是指怀念人的时候。

④一寸：指心。千万缕：指相思愁绪。

【评解】

这首词描写了人生离别的相思之苦，从而触发了作者对时光短暂，聚散无常的感慨。上阕注重写景，道明了分别之意，年轻人总是将分别看得十分轻易。五更残梦，被钟声惊醒，三月的雨敲打着花枝，让人愁肠百结。下阕采用了反语，将无情与多情进行了对比，先说了无情便不会有烦恼，继而说多情不如无情好，衬托出作者因多情而惆怅不已，导致愁绪一直萦绕心间，挥之不去。天涯海角就算再远也有个尽头，但是相思之情却没有止境。

张　先

【作者简介】

张先（999 ~ 1078 年），字子野，乌程（浙江吴兴）人，北宋文学家。张先的诗词皆有所长，尤其擅长写词，与柳永齐名。长于锻炼字句，因善于用“影”

字，而且其中三句带有“影”字的词句颇为人们所称道，因此世人将其称为张三影。著有《安陆集》。

醉垂鞭

双蝶绣罗裙，东池宴，初相见。朱粉不深匀[①]，闲花淡淡春[②]。

细看诸处好，人人道，柳腰身。昨日乱山昏[③]，来时衣上云[④]。

【注释】

①朱粉不深匀：胭脂与铅粉的色彩不重。

②闲花淡淡春：是指女子的妆容素雅而清淡。

③乱山昏：昏暗的群山。

④衣上云：用画罗来制成的衣服，上面绘有云霞的图案。画罗是一种有画饰的丝织品。

【评解】

这首词对一名在酒宴上表演歌舞的女子进行了描绘。宋朝人在宴饮的时候，歌伎有时候会向文人讨要词章。这首词便是作者在宴会上所作。内容上看似没有可取之处，但是在艺术表现上却十分出色。人人都称赞歌伎身材曼妙，有着柳枝一般的细腰。将歌伎最美、最动人的地方带出，又自然地将视线带到腰身以上的罗衣。此词将女子描写如自然的春景，自然天成，颇具风韵。词人借物赞人，赞赏歌伎像是仙子一般，有着气韵天成的风采。

江南柳

隋堤远[①]，波急路尘轻[②]。今古柳桥多送别[③]，见人分袂亦愁生[④]。何况自关情[⑤]。

斜照后，新月上西城。城上楼高重倚望[⑥]，愿身能似月亭亭，千里伴君行。

【注释】

①隋堤：据说是隋炀帝在通济渠、邗沟河边上修建的一条长堤。堤岸种有柳树。唐罗隐有《隋堤柳》诗。

②路尘：道路上扬起的尘土。

③柳桥：柳树阴下的桥。古代经常会折柳赠别，因此也指送别的地方。

④分袂（mèi）：离别、分手。

⑤何况：连词，这里用反问的语气表示更进一层的意思。关情：掩饰感情；动心，牵动情怀。

⑥倚望：徙倚怅望。

【评解】

张先的这首小令，跳出了一般词人写作的桎梏，整篇词都没有从正面讲述分别的场景，而是通过烘托的方法表现出了离别的伤感。全词语言质朴明快，情调清新健康，风格别具特色。总体而言，这首词没有矫揉造作之感，没有点明双方身份、关系，被称作“君”的甚至未直接露面，但是通过对新月亭亭的意象和伴行的联想，让读者明确了解了作者的暗示，在送别之作中别具一格。

青门引

乍暖还轻冷。风雨晚来方定。庭轩寂寞近清明，残花中酒[①]，又是去年病。

楼头画角风吹醒[②]。入夜重门静。那堪更被明月，隔墙送过秋千影。

【注释】

①中酒：常常饮酒以致生了病，也被解为醉酒。

②画角：古代的一种乐器。竹筒状，本细末大，因外加彩绘，因此而得名。这里指的是军用的号角。

【评解】

文人对外界的感知十分敏感，这首词着力刻画了清明时节怀念故人的心情，尤其注重借助周围环境来进行渲染。从气候的忽冷忽暖，风雨时至，联想到了人的内心活动，不说酒意被角声所惊动而渐醒，却说是被风吹醒。入夜月明人静，只见隔墙送来秋千之影。隐约表明了醉酒的缘由。含蓄婉转，丽辞腻声，极具张先个人风格。

诉衷情

花前月下暂相逢。苦恨阻从容[①]。何况酒醒梦断[②]，花谢月朦胧。

花不尽，月无穷。两心同。此时愿作，杨柳千丝，绊惹春风[③]。

【注释】

①从容：徘徊，逗留。这里指一起厮守。

②梦断：从睡梦中醒来。比喻往事已经变成一场空。

③绊惹：阻拦。

【评解】

这首词描写了词人对过去的追忆。想到当年在晚上跟恋人花前月下，多么美好。可惜很快就结束了，他们的厮守只能是暂时的，无法长久。酒醒之后，从美梦中醒来，花儿凋零了，月亮也有些黯然失色。花开不败，月亮也会升起，我们的心思将会长久下去。多么希望能够化作杨柳枝，可以与春风相随。这首词通过对一段遭遇阻拦的爱情的描述，表现了作者对爱情的坚贞不渝，同时也表现出一

种美好期望不断升华的向上精神。感情真挚，描写细腻。

谢　绛

【作者简介】

谢绛（994～1039 年），字希深，浙江富阳人，北宋进士、文学家、诗人，六部侍郎。

夜行船

昨夜佳期初共，鬓云低，翠翘金凤[1]。尊前和笑不成歌，意偷传，眼波微送。

草草不容成楚梦，渐寒深翠帘霜重。相看送到断肠时，月西斜，画楼钟动。

【注释】

①翠翘金凤：古代女子的首饰。

【评解】

这是一首送别词。上阕回忆昨晚欢聚时的场景，以写人物情态为主；下阕写今日送别，以景衬情。轻艳柔和，风流蕴藉，表现了谢词的风格。

毛熙震

【作者简介】

毛熙震（1059～1129 年），字以道，字伯以，因慕司马光之为人，自号景迂生。蜀人，后蜀孟昶（chǎng）时，官至秘书监。通音律，工诗词。“词中多新警，而不为儇薄。”（《齐东野语》）《栩庄漫记》谓其词：“浓丽处，似学飞卿，然亦有清淡者，要当在毛文锡上，欧阳炯、牛松卿间耳。”《花间集》收其词 29 首。

清平乐

春光欲暮，寂寞闲庭户。粉蝶双双穿槛舞，帘卷晚天疏雨。

含愁独倚闺帏，玉炉烟断香微[1]。正是销魂时节，东风满树花飞。

【注释】

①烟断香微：无心往香炉之中添香，所以导致“烟断香微”，形容人神情惆

怅的样子。

【评解】

暮春时节，家中无人来访十分静谧，粉蝶穿槛，疏雨黄昏。东风送暖，落红成阵。看到这番情景，勾起了人的愁绪。闺中人独自含愁，哪里还有心情料理玉炉香烟！这首词通过描写春天的风光，含蓄地表达了人们的离愁相思之情。诗人用自己极富感染力的笔，写幽丽之思。全词写得清新柔美，含蓄多姿。

定西番

苍翠浓阴满院[①]，莺对语，蝶交飞，戏蔷薇。
斜日倚阑风好，余香出绣衣。未得玉郎消息，几时归？

【注释】

①苍翠：青绿色。形容枝叶繁茂。

【评解】

这首词详细地刻画了春日的风光，给我们展现了一派生机勃勃的春日之景。之后由春日之景，引出了词人的相思之情。这首春日怀人的小词，写得情般语婉，意味深长。

无名氏

菩萨蛮（敦煌曲子词）

枕前发尽千般愿，要休且待青山烂，水面上秤锤浮，直待黄河彻底枯。
白日参辰现[①]，北斗回南面[②]，休即未能休[③]，且待三更见日头。

【注释】

①参辰：即参星与商星。二星相背而出，永不相遇，更不会在白日同时出现。

②北斗：由七颗星组成，位于天空的西北方。

③休：休弃，这里指爱情决裂。

【评解】

这首词采用了大胆且丰富的想象，运用委婉的表达方法，在誓言中婉转且明显地表达了对爱情的专一，用精练的文字，描写了自然界不可能出现的几种现象，表达了对爱情亘古不变的决心。构思新颖且真挚。

李冠

【作者简介】

李冠（生卒年不详）：字世英，历城（今山东济南）人，以文学著称。官乾宁主簿。与王樵、贾同齐名；又与刘潜同时以文学著称东京，有《东皋集》传世。其词以《蝶恋花》最为婉约动人。

蝶恋花

遥夜亭皋闲信步[①]，才过清明，渐觉伤春暮。数点雨声风约住[②]，朦胧淡月云来去。

桃杏依稀香暗度，谁在秋千，笑里轻轻语？一寸相思千万缕，人间没个安排处。

【注释】

①亭皋（gāo）：这里指城郊有房屋舍的地方。

②风约住：下了点雨又停了，仿佛雨水是被风管住一般。

【评解】

清明时节已经过去，桃花杏花依然在枝头绽放，飘着幽香。小雨之后，淡月朦胧。信步亭皋，突然听到秋千架旁的一片笑声，让词人的愁绪被引出来。词人将惜春、伤春与怀人的思绪，融为一体。全词写得轻柔纤巧，婉丽多姿。

宋祁

【作者简介】

宋祁（998～1061年），字子京，湖北安陆人。北宋词人。宋祁的诗词都很不错，构思新颖，语言工巧，在练字方面对后世颇有影响。仁宗时期，与兄宋庠一同中进士。今传词《宋景文公长短句》。

玉楼春

东城渐觉风光好。縠皱波纹迎客棹[①]。绿杨烟外晓寒轻，红杏枝头春意闹。

浮生长恨欢娱少[②]。肯爱千金轻一笑。为君持酒劝斜阳，且向花间留晚照。

【注释】

①縠（hú）皱：即皱纱，喻水的波纹。

②浮生：指的是飘浮不定的短暂人生。

【评解】

这首词在当时可谓是享誉词坛。词中对东京城外的景色进行了赞颂，表达了要及时行乐的思想。上阕描述了大好的春光，颇有让人称道之处，尤其是“红杏枝头春意闹”一句，一个“闹”字境界全出，极为生动，可谓是千古佳句。下阕抒写寻乐的情趣。全词立意新颖，独具一格。

锦缠道

燕子呢喃，景色乍长春昼。睹园林万花如绣。海棠经雨胭脂透。柳展宫眉[①]，翠拂行人首[②]。

向郊原踏春，恣歌携手。醉醺醺尚寻芳酒。问牧童遥指孤村，道杏花深处，那里人家有。

【注释】

①宫眉：古代皇宫中妇女的画眉。这里指的是柳叶如眉。

②翠：指柳叶之色。

【评解】

这是一首描写春游时所见所感的词。上阕写艳丽的春光，下阕写郊原踏青。燕子呢喃，万花如绣，柳展宫眉，海棠红透，迷人的春色，让游人仿佛置身于画卷之中，沉醉于美景之中，趁着这股沉醉的劲头，向杏花深处去寻美酒。这首词色彩绚丽，将春日游玩的乐趣表现的淋漓尽致。

鹧鸪天

画毂雕鞍狭路逢[①]，一声肠断绣帘中。身无彩凤双飞翼，心有灵犀一点通。

金作屋，玉为笼，车如流水马如龙。刘郎已恨蓬山远[②]，更隔蓬山几万重。

【注释】

①画毂（gǔ）：用五彩装饰的车。

②蓬山：仙山，想象中的仙境。

【评解】

路上的意外相逢，让人魂牵梦绕。而伊人一去，蓬山万里，音容两隔。止不住的相思，没有止境！这首小词以抒情为主。上阕用来回忆在路途之中的意外相逢，下阕抒写自己相思成灾。语言自然清新。“身无彩凤双飞翼，心有灵犀一点通”一句更是成为千古传唱的佳句。

叶清臣

【作者简介】

叶清臣（1000 ~ 1049 年），字道卿，湖州乌程（今浙江吴兴）人。仁宗天圣初进士，历官翰林学士，权三司使。有诗文集。《全宋词》存其词二首。

贺圣朝

满斟绿醑留君住①，莫匆匆归去。三分春色二分愁，更一分风雨。

花开花谢，都来几许？且高歌休诉。不知来岁牡丹时，再相逢何处？

【注释】

①绿醑（xǔ）：美酒。

【评解】

这首词是酒宴上留别之作。斟满美酒，劝友人尽情欢乐。全词精雕细琢，情深意切，表现了词人伤春惜别的情怀，也流露出人生漂浮不定的感慨。

欧阳修

【作者简介】

欧阳修（1007 ~ 1072 年），字永叔，号醉翁，晚号六一居士，庐陵（江西吉安）人。在北宋的文学革新运动中，欧阳修起到了一定的影响作用。除诗文外，欧阳修也擅长填词，词风清新雅丽，自然洒脱。虽未能摆脱“裁花剪叶”的传统风习，却摒弃了花间派的“镂玉雕琼”，洗刷了晚唐五代以来的脂粉气，让词风朝着“清疏峻洁”的方向发展。

蝶恋花

庭院深深深几许？杨柳堆烟，帘幕无重数。玉勒雕鞍游冶处，楼高不见章台路①。

雨横风狂三月暮②，门掩黄昏，无计留春住。泪眼问花花不语，乱红飞过秋千去③。

【注释】

①楼高不见章台路：指的是高楼上无法看到游冶处所。章台：泛指繁华游玩的地方，这里指古代妓女所在的地方。

②雨横：雨势凶猛。

③乱红：零乱的落花。

【评解】

这首词的着眼点，并非单纯的景物刻画，而是通过暮春的黄昏、雨骤风狂的景象，来表露出楼头思妇的内心愁苦。作者善于用生动的语言将感情上的变化表露出来，虽然并没有超出闺中之情的范畴，但是情韵已较花间词为胜。

生查子

去年元夜时①，花市灯如昼。月上柳梢头，人约黄昏后。

今年元夜时，月与灯依旧。不见去年人，泪湿春衫袖。

【注释】

①元夜：即上元节之夜，也就是元宵节。

【评解】

词的上阕，作者想起了去年观灯时的欢愉，当时灯好、月明、相互爱慕的男女更是给这幅画面增加了别样的色彩；下阕写今年元夜观灯，灯好、月明，但是却不见去年的佳人，触景伤情。这首词的特点是语言平淡，风味隽永，将人物细腻的情感抒发出来，没有经过任何雕饰，就让这首词成为了抒情诗中的上品。

踏莎行

候馆梅残①，溪桥柳细，草薰风暖摇征辔②。离愁渐远渐无穷，迢迢不断如春水③。

寸寸柔肠，盈盈粉泪，楼高莫近危栏倚④。平芜尽处是春山⑤，行人更在春山外。

【注释】

①候馆：泛指接待过往官员的旅社，这里指用来迎接宾客的房舍。

②薰：花草的香气。征：远行。辔（pèi）：这里指坐骑。

③迢迢：形容路途遥远。

④危栏：高楼的栏杆。

⑤平芜（wú）：平坦的草地。

【评解】

天气开始变得暖和起来，旅舍中寒梅开始凋零；溪水边的细柳开始萌发新芽。春风拂过大地，掺杂着花草的芳香，准备到远方去的人就要在这个时候动身了。在这样的季节里，我来送你。看你渐渐离去，我的思绪也慢慢开始惆怅起来。登楼远望，看着你离去的方向，只能盼你早些归来。但是看到的却只是原野尽头处的一片青山，而你早已在青山之外。这是一首伤别离的佳作。上阕写马上征人。将笔墨重点放在了景物上，融情于景；下阕写闺中思妇。将重点放在了抒情上，情寓景中。读起来温婉动人，是欧阳修的代表性词作。

采桑子

群芳过后西湖好[①]，狼籍残红[②]，飞絮濛濛，垂柳阑干尽日风。

笙歌散尽游人去，始觉春空[③]，垂下帘栊，双燕归来细雨中。

【注释】

①群芳过后：百花凋谢。西湖：指的是现在位于今安徽省阜阳市的西湖。

②狼籍：凌乱的样子。残红：落花。

③春空：春去后的空虚寂寞。

【评解】

百花凋零之后，西湖的风光有一种别样的美，面对散落的残花，纷飞的柳絮，在春风中摇曳着的柳枝所构成的美景，欧阳修发自内心地赞叹。而今发现湖面上游人不断、笙歌相随的往日光景已经看不到了，才发现春天已经过去了，这时词人才开始感怀春天的离去。词人用疏淡轻快的笔墨描绘了颍州西湖的暮春景色，营造出了一种清幽静谧的艺术境界。而词人更是在这种环境中自然地将自己的安闲自适恰到好处地表现出来。情景交融，情真意切，少有修辞，却能耐人寻味。

南歌子

凤髻金泥带[①]，龙纹玉掌梳[②]。走来窗下笑相扶，爱道："画眉深浅入时无？"

弄笔偎人久，描花试手初。等闲妨了绣功夫，笑问："鸳鸯两字怎生书[③]？"

【注释】

①凤髻：凤凰形状的发型。金泥带：金色的彩带。

②龙纹玉掌梳：手掌大小的龙形玉梳。

③怎生：怎样。

【评解】

这首词采用了雅俗相间的语言、富有动态性和形象性的描写，刻画了一位温婉俏皮、可爱纯洁的新婚少妇形象，描写出了她的音容笑貌、心理活动，以及她与丈夫之间的甜蜜爱情。上阕写了新娘子精心打扮的场景。下阕写这位新嫁娘在写字绣花，虽然只是在写实，却颇富人情味。这首词在内容上重点描绘了新嫁娘在新郎面前的娇憨状态，在表现技巧上采用民间小词惯见的白描和口语，生动活泼地将人物形象描绘出来，让人不禁耳目一新。

采桑子

残霞夕照西湖好[①]。花坞蘋汀[②]，十顷波平，野岸无人舟自横。

西湖月上浮云散，轩槛凉生[③]，莲芰香清[④]，水面风来酒面醒。

【注释】

①西湖：指颍州西湖。

②坞：湖岸凹入的地方。蘋（pín）：植物的一种。汀：水中洲。

③轩槛：长廊前木栏杆。

④芰（jì）：即菱，一年生水生草本植物，果实有硬壳，有角，称“菱”或“菱角”，可食。

【评解】

残阳照在西湖上，景色瑰丽。词人靠着栏杆观赏湖景，花坞蘋汀，风静波平。当一轮明月从西南升起时，清风拂槛，清凉之中夹带着莲菱的芳香，将词人脸上残留的酒热一并拂去。夏天傍晚湖上的风景，被这首词描绘的淋漓尽致。

渔家傲

花底忽闻敲两桨，逡巡女伴来访[①]。酒盏旋将荷叶当[②]。莲舟荡，时时盏里生红浪[③]。

气酒香清厮酿[④]。花腮酒面红相向[⑤]。醉倚绿阴眠一饷[⑥]。惊起望，船头阁在沙滩上[⑦]。

【注释】

①逡（qūn）巡：宋元俗语，相当于一会儿。

②当：代替。

③“时时”句：谓莲花映入酒杯，随舟荡漾，显出红色波纹。

④厮：相互。清厮酿：清香之气，混成一片。

⑤花腮：指荷花。

⑥饷：即一晌，片刻。

⑦阁：搁。

【评解】

欧阳修以《渔家傲》词调一共写了六首采莲词，这首是其中之一。花底敲桨，荷叶当盏，花影人面，醉倚绿阴，风格清新自然，又巧妙地运用了俗语，化俚为雅，妙趣盎然。

司马光

【作者简介】

司马光（1019～1086 年），字君实，号迂夫。北宋陕州夏县（今属山西）人。仁宗宝元初中进士，官至翰林学士。与王安石政见相左，出知永兴军。主修《资治通鉴》。卒赠太师、温国公。谥文正。

西江月

宝髻松松挽就，铅华淡淡妆成①。红烟翠雾罩轻盈②，飞絮游丝无定。

相见争如不见③，有情还似无情。笙歌散后酒微醒，深院月明人静。

【注释】

①铅华：铅粉。

②“红烟翠雾”两句：形容珠翠冠的盛饰。都是当时妇女的头饰。

③争：怎。

【评解】

司马光端庄的人品与这首词看上去绚丽的基调，形成了鲜明的对比，让人不禁联想到文学之外的道德判断。这首词抒写了对所爱的切望之情。上阕写佳人浓妆淡抹之美，以词丽胜；下阕写作者的眷念之情，以意曲工。表达了词人对女子一见倾心的感情却又不能对其动情的纠结心情。衬托出词人的孤独。全词轻倩婉丽，笔墨精妙。

王安国

【作者简介】

王安国（1028～1074年），字平甫，江西临川人。王安石的弟弟。举进士，北宋神宗熙宁初，除西京国子教授，终秘阁校理。著有《王校理集》。

减字木兰花

画桥流水，雨湿落红飞不起[①]。月破黄昏，帘里余香马上闻。

徘徊不语，今夜梦魂何处去？不似垂杨，犹解飞花入洞房。

【注释】

①落红：即落花。

【评解】

这是一首伤别词。上阕写了男方离别之后的眷恋之情。画桥流水，雨湿落花，全都是在马上所看到的场景。触景伤情，不禁想起了帘中人。下阕写女方的深闺幽怨。结尾两句，因物寄怨，抒写离情。全词造语工丽，蕴含不尽之意。

晏几道

【作者简介】

晏几道（约1030～约1106年）：字叔原，号小山，临川（江西抚州市）人，晏殊的第七子，北宋著名词人。文、词皆有所长，与其父晏殊齐名。晚年的时候家道中落，生活困苦。他的词风带有花间派的精雕细琢、用色浓艳的特点，又带有南唐白描的特点，多为爱情、离别之作。著有《小山词》，存词260首。

临江仙

梦后楼台高锁，酒醒帘幕低垂。去年春恨却来时[①]。落花人独立，微雨燕双飞。

记得小蘋初见[②]，两重心字罗衣。琵琶弦上说相思。当时明月在，曾照彩云归[③]。

【注释】

①春恨：在春天里离别的情思。却来：又来。

②小蘋：是晏几道朋友家歌女的名字，也是他爱慕之人。

③彩云：这里指小蘋。

【评解】

梦中醒来，醉意已经去了大半，只见楼台高锁、帘幕低垂，之前还热闹的一群人，如今已经人去楼空。词人睹物思人，回想起过去，想起了去年春天离别的场景。词人独自站在落花前面，看到细雨中一双燕子飞回了巢穴，像是在嘲笑词人的形单影只。眼前的场景，让词人不禁回想起了初次见到小蘋的情景，当时她穿着一件薄罗衫子，词人与她一见钟情，互相倾慕。在美妙的琵琶声中，诉说着彼此的心意。当时明月当空，小蘋就像是天上的彩云一般。如今明月依旧，人却不知在何方。这首词，通篇用形象抒情，以境界来表明自己的感情，达到了词尽而意未尽的效果。

鹧鸪天

彩袖殷勤捧玉钟。当年拚却醉颜红[①]。舞低杨柳楼心月，歌尽桃花扇底风[②]。

从别后，忆相逢。几回魂梦与君同。今宵剩把银釭照[③]，犹恐相逢是梦中。

【注释】

①拚（pàn）却：宁愿，甘愿。

②“舞低”二句：描述的是当年歌女跟同伴狂欢的情景，月在长舞中西沉，风在欢歌中停息。

③剩：更。银釭（gāng）：银灯。

【评解】

回顾过去，词人与歌女一见钟情，两人互相爱慕，曾一起度过了一段愉快的时光。酒桌上的偶遇，歌女对词人格外关照。佳人的美手加上精美的酒杯，让酒不醉人人自醉。为了答谢佳人的深情厚谊，词人一醉方休。佳人也为了回报，晚风中翩翩起舞。词写别后重逢，婉转曲折。上阕回想当年的情景。轻歌曼舞，通宵达旦。下阕写分别之后回忆，接着写今宵重逢，“剩把”“犹恐”四字，将感情生动地表现出来：两人在证实不是梦境时的心情。

蝶恋花

醉别西楼醒不记。春梦秋云[①]，聚散真容易。斜月半窗还少睡[②]，画屏闲展吴山翠。

衣上酒痕诗里字。点点行行，总是凄凉意。红烛自怜无好计，夜寒空替人垂泪。

【注释】

①春梦秋云：指时间短暂，消逝不留痕迹。

②“斜月半窗”两句：写夜里酒醒，只见斜月半窗，映照着屏风上的翠峰，心头感慨万千，难以入睡。

【评解】

半醉半醒中，恍惚想起正是在西楼之上与心上人离别，酒醒之后，什么都已经不记得了。时光荏苒，聚散都十分容易。斜月初照，词人夜不能寐，望着画屏发呆。只见画屏上的景物平静且有限，反衬出了诗人的落寞。词人无从寻找让其可以丢掉寂寞的方法，只看到衣服上的酒渍与手中的词章，是昨晚自己所作。因此心情更加落寞。红烛为词人感伤，因此垂泪到天明。

六幺令

绿阴春尽，飞絮绕香阁[①]。晚来翠眉宫样[②]，巧把远山学[③]。一寸狂心未说[④]，已向横波觉[⑤]。画帘遮匝[⑥]，新翻曲妙，暗许闲人带偷掐[⑦]。

前度书多隐语，意浅愁难答。昨夜诗有回文[⑧]，韵险还慵押。都待笙歌散了，记取来时霎[⑨]。不消红蜡，闲云归后，月在庭花旧栏角。

【注释】

①香阁：指女子的闺房。

②翠眉：形容女子眉毛青翠。

③远山学：即远山眉，又称远山黛，形容女子的眉毛像是远处的青山 。

④一寸狂心：指女子激动不已的春心。

⑤横波：指眼神，目光流转如水波横流。

⑥遮匝：四面遮护。

⑦偷掐：默默地按照曲调记谱。掐：掐算，此指按着手指计拍节记谱。

⑧回文：诗体的一种，顺读倒读都可成文。

⑨来时霎：暂留片刻。

【评解】

这首词将一位歌女与情人约会的场景极其细腻地描述了出来。从这一视角切入，展现了女主人公的内心活动，同时也表达了词人对歌女向往爱情而不得的同情。此词以真挚的感情、新颖的构思、精美的语言和生动的描绘，对歌伎舞女的生活进行了深入开掘和细致表现，展现了她们复杂而痛苦的内心世界，流露出对她们的同情与关切，表达出强烈的艺术魅力。

少年游

离多最是，东西流水，终解两相逢[①]。浅情终似，行云无定[②]，犹到梦魂中。

可怜人意[③]，薄于云水，佳会更难重[④]。细想从来，断肠多处，不与今番同。

【注释】

①解：懂得，知道。

②行云：用来代指自己所想念的女子，用巫山神女朝云暮雨的故事。

③可怜：可惜。

④佳会：美好的聚会。难重（chóng）：难以再来。

【评解】

本词从正反两方面来抒发离别怨情。东西两处的流水声势浩大地各自奔向远方，看上去十分绝情，但是百川东到海，它们中就有再次相遇的一天，为下阕反衬作好铺垫。接下来的“浅情”一句来诉说离别之后，一去就没有了消息，就像是浮云，让人寻不到踪影。单思就算是没有音讯的薄情之人，也不时会闯入人的梦乡。这两个比喻，短短六句，语意反复，有柔肠百折之感。

更漏子

柳丝长，桃叶小。深院断无人到。红日淡，绿烟晴。流莺三两声[①]。

雪香浓[②]，檀晕少[③]。枕上卧枝花好。春思重，晓妆迟。寻思残梦时。

【注释】

①流莺：圆润婉转的莺鸣声。

②雪香浓：肌肤似雪，带着浓浓的香气。

③檀晕少：妇女眉毛旁边浅赭色的妆晕消褪了。

【评解】

柳条长长，桃叶细嫩，庭院深深，静寂无人，虽然是春天，但是庭院里却是一片萧条。红日照进院子里，院子染上了一层淡淡的光晕。空中水汽弥漫，太阳淡而无光。翠绿的树丛被轻烟所笼罩。偶尔能够听到几声鸟叫声。闺中的女子肌肤雪白，透着香气，脸上淡红色的娇晕慢慢退去。绣花枕上绣着的花儿娇媚动人。女子看到枕头上的花枝，不禁伤心起来。一夜无眠，因为相思之情太重，起床后不想马上梳妆，想找回清晨的残梦。本词委婉含蓄，意境优美，感情真挚。

鹧鸪天

小令尊前见玉箫[①]。银灯一曲太妖娆[②]。歌中醉倒谁能恨[③]，唱罢归来酒未消。

春悄悄，夜迢迢。碧云天共楚宫遥[④]。梦魂惯得无拘检，又踏杨花过谢桥[⑤]。

【注释】

①尊前：酒席前。玉箫：指筵席上陪酒的歌伎。这里指两人在酒席上互相倾慕。

②银灯：夜晚的时候灯火通明。

③谁能恨：没有人会有遗憾，也不会有任何后悔。

④楚宫：楚王的宫殿，指的是玉箫的住所，这里暗示女主人公“巫山神女”的身份。

⑤谢桥：谢秋娘家的桥。谢秋娘是唐朝时一位名伎的名字，这里用谢桥来指代女子的住所。

【评解】

这首词描述的是词人在一次宴会上与佳人一见钟情的情形。两人在酒宴上初次相逢，当时歌舞升平，佳人美酒相伴，词人与心上人已经互相倾心，暗自认定了对方。美人在灯火通明下高歌一曲，酒意微醺，双颊红晕，姿态妖娆可爱，词人不禁心动。词人一边欣赏歌曲，一边饮酒，不知不觉陶醉在歌声之中，没过多久便醉酒了。在美人的歌声中畅饮至醉，乃人生的一大幸事。词人醉意太重，以致酒席散后，回到住所，酒意未消，醉的不仅是酒意，还有情谊。春日的夜色静寂无声，春意却悄悄潜入了词人心头。在漫长的春夜，词人独处，辗转反侧，因此更觉春夜漫长。由于人为的阻隔，两人无法互通情谊，让词人感慨万分。侯门似海，让词人与佳人相见难上加难。只能在睡梦中，穿过朦胧的月色，踏着杨花，与心上人相见。本词意境优美，委婉含蓄地道出了词人对佳人的思念与挂念，感情真挚动人。

苏　轼

【作者简介】

苏轼（1037～1101年），字子瞻，号东坡居士，眉州眉山（今属四川）人。苏轼是北宋颇有造诣的文学家。其词打破了“词为艳料”的局限，扩大了词的题材，摆脱了声律的束缚。苏轼在词的创作上取得了颇多成就，对词的发展具有极其深远的影响。有《东坡乐府》传世。

蝶恋花

花褪残红青杏小。燕子飞时，绿水人家绕。枝上柳绵吹又少，天涯何处无

芳草[1]。

墙里秋千墙外道。墙外行人，墙里佳人笑。笑渐不闻声渐悄，多情却被无情恼。

【注释】

①“天涯”句：指芳草长到天边。

【评解】

这首词作于苏轼晚年贬谪期间，经历了世间冷暖的词人对人生有了更多的感慨与思考。本词是其词作中清新婉约一面的代表作，表现了词人在创作上的多才多能。这首词借惜春伤情，写出了词人在远行途中的失意心境。上阕惜春，下阕抒写诗人的感伤。面对春花凋零，诗人不禁感慨万千，想到了自己的经历。艺术构思新颖，让常见的景物染上了一种别样的风采，特别耐人寻味。

水龙吟

次韵章质夫杨花词[1]

似花还似非花，也无人惜从教坠。抛家傍路，思量却是[2]，无情有思。萦损柔肠，困酣娇眼[3]，欲开还闭。梦随风万里，寻郎去处，又还被、莺呼起。

不恨此花飞尽，恨西园、落红难缀。晓来雨过，遗踪何在？一池萍碎。春色三分，二分尘土，一分流水。细看来，不是杨花，点点是离人泪。

【注释】

①次韵：按照别人的原韵和诗或词。章质夫：名楶（jié），字质夫，福建蒲城人，曾经在哲宗、徽宗两朝为官，是苏轼好友，其作品《水龙吟》，被人传诵一时。

②“思量”两句：指杨花看似无情，实际上却有着各自的愁思。思：意思，思绪。

③“困酣”二句：这两句是用美女困倦时的眼睛欲开还闭之态来比喻杨花的忽飘忽坠、时起时落的状态。

【评解】

这首咏物词，应当是词人在被贬黄州期间所作。在这段时间里，他的好友章质夫写了一首咏杨花词《水龙吟》，被一时传唱，诗人按照原韵和了这首词寄给了友人，并叮嘱说“不以示人”。词中通过丰富的想象以及独特的艺术构思，采用拟人化手法，将咏物和写人有机地结合在一起，“即物即人，两不能别”。全词写得声韵谐婉，情意绵绵，将苏词中的婉约挥洒自如，境界浑然天成。

贺新郎

夏景

乳燕飞华屋。悄无人，桐阴转午，晚凉新浴。手弄生绡白团扇，扇手一时似玉。渐困倚，孤眠清熟。帘外谁来推绣户，枉教人、梦断瑶台曲[①]。又却是，风敲竹。

石榴半吐红巾蹙，待浮花浪蕊都尽，伴君幽独。秾艳一枝细看取，芳心千重似束。又恐被秋风惊绿[②]。若待得君来向此，花前对酒不忍触。共粉泪，两簌簌[③]。

【注释】

①瑶台：传闻昆仑山仙人在这里居住。曲：深处。

②秋风惊绿：秋风起后，榴花凋谢，剩下的绿叶，禁不住摧残。

③簌簌：纷纷落下的样子。

【评解】

这首词写常见的美人幽思，但是却别具一格。首先，时节并非是我们在这类词中常见的春天，也不是秋天，而是炎热的夏天；时间上不是早晨，也不是晚上，而是午后；景色不是桃花也不是柳树，而是石榴。其次，原本佳人通常会与“华”“艳”联系到一起，但是本词之中却华而不高冷，艳而清绝。再次，词人的巧思与妙笔为我们勾勒出绝妙的画面。词中用榴花比托“幽独”的佳人，与自己的处境和心情联系在一起，借咏物委婉传出自己的心声，手法十分高超。

阮郎归

初夏

绿槐高柳咽新蝉，薰风初入弦[①]。碧纱窗下水沉烟，棋声惊昼眠。

微雨过，小荷翻。榴花开欲燃。玉盆纤手弄清泉[②]，琼珠碎却圆。

【注释】

①薫风：夏季的东南风。

②玉盆：指荷叶。

【评解】

这首词描写的是初夏时节佳人的闺中生活，词风较为娴雅而富有生机。初夏时节，槐树与柳树枝繁叶茂，新蝉乍鸣初歇。庭院中一片幽静，南风徐徐，管弦乐开始演奏起来。房间中的香炉，冒着袅袅轻烟，下棋声却吵醒了午休的家人。微雨过后，小荷刚长，娇小粉嫩，叶片被雨水打翻；石榴花开正艳。佳人端着漂

亮的瓷盆，开始到清池边玩水。水溅到荷叶上，如同圆润的珍珠一般。词人将情景写得十分鲜活，让人如置身于其中。

江城子

乙卯正月二十日夜记梦

十年生死两茫茫，不思量，自难忘。千里孤坟，无处话凄凉。纵使相逢应不识，尘满面，鬓如霜。

夜来幽梦忽还乡①。小轩窗②，正梳妆。相顾无言③，惟有泪千行。料得年年肠断处，明月夜，短松冈。

【注释】

①幽梦：梦境幽然，因此说是幽梦。

②小轩窗：意指小房的窗下。

③顾：看。

【评解】

这是一首悼亡词，可以与潘岳、元稹的悼亡之作鼎足而三。词中表现了苏轼对其原配妻子王弗的无限思念以及诉不尽的哀伤。上阕写词人对亡妻的深沉的思念，这是在写实。下阕讲述的是梦境，表现了词人对妻子不舍的深情。全词结构缜密，一气呵成，但又不乏曲折变化，将真实与虚构相结合。语言上不加修饰，纯用白描，有利于将感情淋漓尽致地表达出来。全词字字涕泪，自然而又深刻。整首词思致委婉，境界层出，情调凄凉哀婉，是被人们称道的佳作。

浣溪沙

万顷风涛不记苏①，雪晴江上麦千车。但令人饱我愁无。

翠袖倚风萦柳絮，绛唇得酒烂樱珠。尊前呵手镊霜须②。

【注释】

①苏：指的是苏州。这里指的是自己在苏州的田园中被风吹也不会介怀。

②镊（niè）：剔除，拔出。霜须：白须。

【评解】

这首词是作者被贬黄州时所作，当时天降大雪，让作者欣喜不已，认为是瑞雪兆丰年的吉兆。这首词用乐景来写忧思，用艳丽衬愁情，手法十分奇巧，境界显明，引起人们无限遐想。

西江月

梅花

玉骨那愁瘴雾[①]，冰肌自有仙风。海仙时遣探芳丛，倒挂绿毛幺凤[②]。
素面常嫌粉涴[③]，洗妆不退唇红。高情已逐晓云空，不与梨花同梦。

【注释】

①瘴雾：南方山林中的湿热之气。

②幺凤：鸟名，即桐花凤。

③涴（wò）：沾污。

【评解】

这首词表面看是咏梅之作，实际上是一首悼亡词。据《耆旧续闻》《野客丛书》记载，这首词是苏轼为了悼念死在岭外的歌伎朝云而写的。词中描写的岭南梅花，正是朝云美丽身姿的化身，表达了对朝云的思念之情。

浣溪沙

元丰七年十二月二十四日，从泗州刘倩叔游南山[①]。

细雨斜风作小寒，淡烟疏柳媚晴滩，入淮清洛渐漫漫[②]。
雪沫乳花浮午盏，蓼茸蒿笋试春盘[③]，人生有味是清欢。

【注释】

①泗州：地名，现位于安徽泗县。南山：在泗州附近，淮河南岸。

②洛：指的是安徽洛河。

③蓼茸：蓼菜嫩芽。试春盘：旧时在立春当天将其赠送给亲友，是盛蔬菜水果、糕饼等的装盘，因此称为“春盘”。因时近立春，因此这里说是“试”。

【评解】

这是一首记游小词。上阕描写的是在山中行走所看到的景象，其人在山中，自不待言。下阕说的是午餐，雪沫乳花，蓼茸蒿笋，山野风味盎然。通过词人的描写出一派清淡而闲适的景象。词中传达了作者清淡而闲适的欢快心情，只要认真品味就能够体会。

江城子

湖上与张先同赋时闻弹筝[①]

凤凰山下雨初晴[②]。水风清，晚霞明。一朵芙蓉，开过尚盈盈。何处飞来双白鹭？如有意，慕娉婷。

忽闻江上弄哀筝。苦含情，遣谁听？烟敛云收，依约是湘灵[3]。欲待曲终寻问取[4]，人不见，数峰青。

【注释】

①张先：字子野，乌程（今浙江湖州）人，北宋词人。

②凤凰山：位于杭州的南面。

③湘灵：传说中的湘水之神。

④“欲待”三句：用钱起《省试赋湘灵鼓瑟》诗：“曲终人不见，江上数峰青”句。

【评解】

据《墨庄漫录》中记载称：苏东坡在杭州的时候，有一日游西湖，在湖中心看到了一艘彩舟缓缓驶了过来，舟上有一个女子恬淡风雅，方鼓筝，二客竟目送之。一曲未终，人翩然不见。苏东坡于是作了这首词来戏之。全词上阕写景，下阕写人。词人紧扣着“闻弹筝”这一主题，从多个方面生动形象地描绘了弹筝者的美丽与音乐的动人。情景交融，含蓄委婉，情韵无限。

少年游

润州作，代人寄远

去年相送，余杭门外[1]，飞雪似杨花。今年春尽，杨花似雪，犹不见还家。

对酒卷帘邀明月，风露透窗纱。恰似姮娥怜双燕，分明照，画梁斜。

【注释】

①余杭门：宋代杭州城北三座城门之一。

【评解】

这是一首寄托为思绪怀念远人的词。苏轼在熙宁六年冬，从杭州来到了镇江，到第二年春天还没有回去，因此有感而发写了这首词。上阕写去年跟妻子分别的时候，漫天的大雪，如今已经是杨花似雪的暮春，依然没能回去。巧妙地将眼前的杨花与去年的雪花联系起来。下阕写对酒邀月，可是明月却偏照着画梁双燕，更显出了作者久居客地的孤寂凄凉。本词感情真挚，情意缠绵。

舒亶

【作者简介】

舒亶（dǎn）（1041～1103 年），字信道，号懒堂，北宋明州慈溪（今属浙江）人。英宗治平二年进士。曾与李定劾苏轼作诗讥讪时事。徽宗时任龙图阁待制。著有诗集，不传。

菩萨蛮

画船捶鼓催君去，高楼把酒留君住。去住若为情①，西江潮欲平。
江潮容易得，只是人南北。今日此樽空，知君何日同？

【注释】

①若为情：何以为情，难为情。

【评解】

这是一首留别与怀人之作。上阕写了送别时的场景。在难舍难分之际，将要出发的人与送别的人依依不舍，但却终究要分别。下阕写的是分别之后的怀念，表现出了难以言说的想念之情。

黄庭坚

【作者简介】

黄庭坚（1045～1105 年），字鲁直，自号山谷道人，晚号涪翁，江西修水人。进士出身。神宗时为国子监，凭诗备受苏轼赏识，和秦观、张耒、晁补之齐名，被称为“苏门四学士”。在新旧党争中一再被贬谪，死于宜州。他是江西诗派的大师。词和秦观齐名。今传有《山谷词》。

清平乐

春归何处？寂寞无行路。若有人知春去处，唤取归来同住。
春无踪迹谁知？除非问取黄鹂①。百啭无人能解，因风飞过蔷薇②。

【注释】

①问取：询问。

②因风：趁着风势。

【评解】

这首词写的是惜春之情。写的委婉含蓄，一层层加深了作者的惜春之情。直至最后，仍不一语道破，结语轻柔，让人意犹未尽。作者采用了拟人的手法，通过巧妙的构思，营造出了优美的意境。全词新颖、含蓄，流露出了山谷词的风格。

画堂春

本意

东风吹柳日初长，雨余芳草斜阳。杏花零落燕泥香，睡损红妆[①]。

宝篆烟销龙凤[②]，画屏云锁潇湘[③]。夜寒微透薄罗裳，无限思量。

【注释】

①睡损红妆：双关语。看上去是在写闺人睡醒之后慵懒的样子；实际上是用拟人法写杏花零落状。

②宝篆（zhuàn）烟销龙凤：古代盘香，有做成龙凤形状的，点燃之后，烟篆四散，龙凤形也逐渐消失。故云。

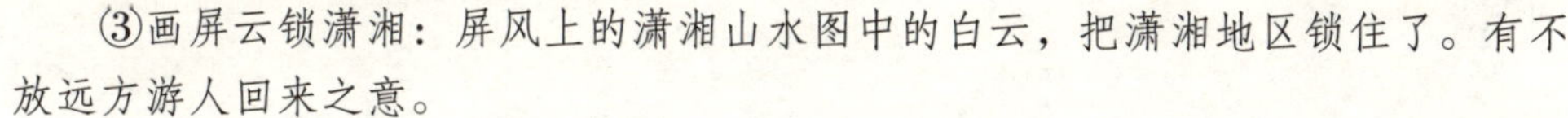

③画屏云锁潇湘：屏风上的潇湘山水图中的白云，把潇湘地区锁住了。有不放远方游人回来之意。

【评解】

这是一首借景抒情的词。上阕写了暮春景色，下阕写了对离人的无限思念。词中用东风来衬托“柳”，让人不禁联想到了柳树婀娜的身姿；用雨余、斜阳衬托“草”，让人联想到了春草的鲜嫩。而杏花凋零，燕啄香泥，屏画潇湘，白云深锁，寒夜失眠，更是引起了闺中人的无限思量。全词以景衬人，细腻含蓄地道出了闺中人的绵绵情思。

晁端礼

【作者简介】

晁端礼（1046～1113年），字次膺（yīng），其先澶州清丰（今属河南）人，徙家彭门（今属江苏徐州），北宋词人。宋神宗熙宁六年进士，两为县令，忤上官，坐废。晚以承事郎为太晟府协律。其词集有《闲斋琴趣外篇》。

浣溪沙

清润风光雨后天，蔷薇花谢绿窗前，碧琉璃瓦欲生烟。

十里闲情凭蝶梦①，一春幽怨付鲲弦②。小楼今夜月重圆。

【注释】

①蝶梦：《庄子·齐物论》："昔者，庄周梦为蝴蝶。"后因称梦为蝶梦。

②鲲弦：即鹍（kūn）弦。《乐府杂记》："贺怀智以鹍鸡筋作琵琶弦，用铁拨弹。"

【评解】

这首词上阕写了夏日雨后，空气清新。绿窗前蔷薇初谢，琉璃瓦如美玉生烟。下阕抒情，闲情寄梦，幽怨入曲，以小楼月圆作结，将绵绵不尽的情谊与景物融合在一起，给人意犹未尽之感。

踏莎行

萱草阑干①，榴花庭院。悄无人语重帘卷。屏山掩梦不多时②，斜风细雨江南岸。

昼漏初传，林莺百啭。日长暗记残香篆③。洞房消息④有谁知？几回欲问梁间燕。

【注释】

①萱草：也就是黄花菜。夏秋开花。古人认为其能让人忘忧。

②屏山：画有山峦的屏风。

③香篆：香的烟雾像篆字一般。

④洞房消息：内室中的动静。

【评解】

这首词写的是一位侍女，午休之后，醒来仿佛还在梦境之中，想着在江南的情形，但莺啭传来，不禁又挂念需在炉中添香。而主人室内有什么动静，则需要费心猜测。全词表现人物内心的寂寞无聊，婉转含蓄，细致入微。

王　雱

【作者简介】

王雱（pāng）（1044～1076 年），字元泽，文学家、法家、道家、佛学学者，北宋王安石之子。举进士，累官天章阁待制兼侍讲，迁龙图阁直学士。早卒。

眼儿媚

杨柳丝丝弄轻柔。烟缕织成愁。海棠未雨，梨花先雪，一半春休。

而今往事难重省，归梦绕秦楼[①]。相思只在，丁香枝上[②]，豆蔻梢头[③]。

【注释】

①秦楼：秦穆公女弄玉与其夫萧史所居住的楼。这里指的是王雱妻独居的地方。

②丁香：常绿乔木，春开紫或白花，可作香料。

③豆蔻：草本植物，春日开花。

【评解】

传闻王雱体弱多病，其父王安石让其独居楼上养身体，后来王雱病故，其妻别嫁。这首词抒发的是春半相思之情。写景极为细腻婉约。柳烟织愁，梦绕秦楼，可概括其意；更用"海棠未雨""相思只在"这些句子，让愁思慢慢变得更加浓郁。全词轻柔婉媚，细腻含蓄。情意缠绵，耐人寻味。

朱　服

【作者简介】

朱服（1048～？），字行中，乌程（今浙江吴兴）人，北宋神宗熙宁六年进士。曾在哲宗时担任中书舍人、礼部侍郎等职。徽宗朝加集贤殿修撰，知广州，黜袁州。坐苏党，贬海州。

渔家傲

东阳郡斋作

小雨纤纤风细细，万家杨柳青烟里，恋树湿花飞不起。愁无际，和春付与东流水。

九十光阴能有几，金黾解尽留无计[①]。寄语东阳沽酒市[②]，拼一醉，而今乐事他年泪。

【注释】

①金黾（mǐn）：唐三品以上官佩金黾。

②东阳：今浙江金华县。

【评解】

这是一首借景抒情的小词。上阕写了春天的景象，细雨霏霏，将杨柳笼罩住，水流花落，春光将尽。眼前的景象，让人不禁伤怀。下阕抒情。流光似水，浮生如梦。只能在酒中寻找乐趣，醉里忘忧。表现了诗人的感伤情绪。

李之仪

【作者简介】

李之仪（1048～1117 年），字端叔，晚号姑溪居士，沧州无棣（属山东）人。北宋词人。曾从苏轼于定州幕府，后历任枢密院编修官。徽宗初年，因文章获罪，被贬到太平州（安徽当涂）。其词长于小令。有《姑溪居士文集》《姑溪词》。

卜算子

我住长江头，君住长江尾。日日思君不见君，共饮长江水。

此水几时休？此恨何时已[①]？只愿君心似我心，定不负相思意。

【注释】

①已：完结。

【评解】

这首词起句两句，像是在人耳边呢喃，却饶有深意。“日日思君不见君”是这首词的主干，相隔两地不能相见，思念却没有停歇。只能对空遥祝君心永似我心，彼此不负相思情意。上阕使用了三个“君”、三个“长江”、两个“住”，让情感层层递进。全词将长江描写的像是一条牵连着两位不能见面的恋人的红绳，将整首词贯穿起来。用语虽然寻常，但是感情却真挚动人，耐人寻味。

谢池春

残寒销尽，疏雨过，清明后。花径敛余红，风沼萦新皱。乳燕穿庭户，飞絮沾襟袖。正佳时，仍晚昼。著人滋味[①]，真个浓如酒。

频移带眼，空只恁、厌厌瘦[②]。不见又思量，见了还依旧。为问频相见，何似长相守？天不老，人未偶。且将此恨，分付庭前柳。

【注释】

①著人：让人感觉到。

②厌厌：微弱，形容病态的样子。

【评解】

这首词用通俗易懂的语言，写离别相思之苦，其中可见词人深受柳永“市民词”的影响。上阕写景，以“花径敛余红”等四个五言句子为主体，勾勒出一幅丰富且活灵活现的春景图。下阕写抒情这四句，将相思别恨交付庭前垂柳，留人遐想，正所谓含蓄而隽永。

秦　观

【作者简介】

秦观（1049～1100年）：字太虚，后改字少游，号淮海居士，扬州高邮（现属江苏）人。宋神宗元丰八年进士，被授予定海主簿。苏轼对其文才十分赏识，是“苏门四学士”之一。其词风格与李煜和柳永相近，在婉约词中成就最高。擅长以长调抒写柔情，语言淡雅，委婉含蓄，留有余韵。写的多是男女之间的离恨情仇以及身世伤感之作。词集有《淮海词》《淮海居士长短句》。

满庭芳

山抹微云，天连衰草，画角声断谯门①。暂停征棹，聊共引离尊②。多少蓬莱旧事③，空回首、烟霭纷纷④。斜阳外，寒鸦万点，流水绕孤村。

销魂⑤，当此际，香囊暗解，罗带轻分。谩赢得青楼、薄倖名存⑥。此去何时见也！襟袖上、空惹啼痕。伤情处，高城望断，灯火已黄昏。

【注释】

①谯（qiáo）门：城门。

②引：举。尊：酒杯。

③蓬莱旧事：男女爱情的往事。

④烟霭：指云雾。

⑤消魂：形容由于过度悲伤或者开心而心神不宁的样子。

⑥谩（màn）：徒然。薄倖（xìng）：薄情。

【评解】

这首词写的是诗人与他所喜爱的一

位女子离别的场景，基调低沉婉转。上阕写了离别时的景色以及对往事的回顾。下阕写的是离别时的依依不舍、惆怅之情。全词将凄凉的秋色、伤离别的情感，融为一体。通过对凄凉景色的描写，含蓄地带出了伤感的情绪。

江城子

西城杨柳弄春柔[①]，动离忧，泪难收。犹记多情，曾为系归舟。碧野朱桥当日事，人不见，水空流。

韶华不为少年留[②]，恨悠悠，几时休。飞絮落花时候、一登楼。便做春江都是泪，流不尽，许多愁。

【注释】

①“西城”三句：写看见早春柳丝轻柔，触动自己的离恨，因而流泪不止。

②韶华：青春年华。

【评解】

哲宗绍圣元年（1904）年三月，秦观因坐党籍，被贬为杭州通判。离开京城的时候，正巧是晚春时节。这首词就是在这个时候所作。这是一首怀人伤别的佳作。上阕从“弄春柔”“系归舟”的杨柳，勾起了对往事的回忆，想起了当初两人相会时的情景，发出了物是人非的感慨。下阕写年华老去而产生的悠悠别恨。全词清新淡雅，却有着扯不断的悲凉之感。

鹊桥仙

纤云弄巧[①]，飞星传恨，银汉迢迢暗度。金风玉露一相逢[②]，便胜却、人间无数。

柔情似水，佳期如梦，忍顾鹊桥归路[③]。两情若是久长时，又岂在、朝朝暮暮。

【注释】

①纤云弄巧：是说云彩变化多端，呈现出不同的样子。

②金风：秋风，秋天在五行中属金。玉露：秋露。这句是说他们七夕相会。

③忍顾：如何忍心去看。

【评解】

这首词堪称是秦观的代表作。词中借用牛郎织女的传说来写男女之间的爱情。纯洁的爱情经得起时间的考验，让世间儿女羡慕而又向往。上阕写七夕相会时的盛况，下阕则是写短暂相处之后的离别。这首词将抒情、写景、议论融为一体。意境新颖，设想奇巧，自然流畅却有独辟蹊径。写得自然流畅而又婉约蕴藉，余味隽永。

踏莎行

雾失楼台，月迷津渡[①]。桃源望断无寻处。可堪孤馆闭春寒[②]，杜鹃声里斜阳暮。

驿寄梅花[③]，鱼传尺素，砌成此恨无重数。郴江幸自绕郴山[④]，为谁流下潇湘去。

【注释】

①津渡：渡口。

②可堪：怎堪。

③驿寄梅花：这里引用的是陆凯寄赠范晔的诗："折梅逢驿使，寄与陇头人。江南无所有，聊赠一枝春。"作者将自己比作是远离故乡的范晔。

④郴（chēn）：郴州，也就是现在的湖南郴县。幸自：本身。

【评解】

这首词是作者因坐党籍连遭贬谪时所写，抒发了作者在被贬之后的凄苦以及对政治的不满。词人欲登高望远，借此怀念故乡，不想南方的瘴雾阻拦了视线。渡口隐藏在了朦胧的月色之中，桃花源更是难以得见。身在客乡，更觉孤独，耳畔又传来了声声杜鹃的悲鸣。看到此情此景，作者的愁苦之情被牵引出来。词意委婉含蓄，寓有作者身世之感。结尾两句，含义深远，耐人寻味。

如梦令

莺嘴啄花红溜，燕尾剪波绿皱。指冷玉笙寒[①]，吹彻小梅春透[②]。依旧，依旧，人与绿杨俱瘦。

【注释】

①玉笙：珍贵的管乐器。

②小梅：乐曲名。唐《大角曲》里有《大梅花》《小梅花》等曲。

【评解】

这是一首春日怀人的作品。眼前莺嘴啄花，燕尾剪波的春光春色，从而引起了怀念故人的思绪。"小梅"一曲，便传来了绵绵的相思之情。这首词构思新颖，轻柔典雅，秀丽含蓄。

南歌子

玉漏迢迢尽，银潢淡淡横[①]。梦回宿酒未全醒。已被邻鸡催起、怕天明。

臂上妆犹在，襟间泪尚盈。水边灯水渐人行。天外一钩残月、带三星。

【注释】

①银潢（huáng）：银河。

【评解】

这首词从男子的角度出发写了离别之前的场景，重点写男子的所见所感，但是也可以从字里行间感受到一位佳人的存在。整体基调清新明快，部分语句散发了离别的愁绪。全篇写景抒情，虽然感伤，但是却不显沉重，充分展现了词人清新明快的风格。

千秋岁

水边沙外，城郭春寒退。花影乱，莺声碎。飘零疏酒盏，离别宽衣带。人不见，碧云暮合空相对。

忆昔西池会，鹓鹭同飞盖[①]。携手处，今谁在？日边清梦断，镜里朱颜改。春去也！飞红万点愁如海。

【注释】

①鹓鹭（yuān lù）：古代常以鹓鹭喻百官。这里指好友如云，宾朋群集。

【评解】

这是一首感时伤别的作品。当春天再次到来的时候，人却没了消息。眼前“花影乱”，耳边“莺声碎”，这样的场景触发了失意飘零的词人的回忆与悲凉之感。过去与众多好友相聚的地方，如今还有谁在？抚今追昔，越发觉得时光飞逝。诗人触景伤情，不由心生感慨。全词基调悲凉，让人读之不禁伤怀。

桃源忆故人

玉楼深锁多情种[①]，清夜悠悠谁共[②]？羞见枕衾鸳凤，闷则和衣拥。

无端画角严城动[③]，惊破一番新梦。窗外月华霜重，听彻梅花弄[④]。

【注释】

①玉楼：指华丽的楼台。也写为“秦楼”。

②悠悠：长久的意思。

③无端：无缘无故的意思。严城：戒备森严的城市。

④弄：乐曲。

【评解】

这首词写的是被困在高楼深院，与外界隔绝的女子的愁绪与烦闷。整首词情意缠绵，营造出了一种凄凉的意境，让人不禁为女子的处境而哀叹。

贺　铸

【作者简介】

贺铸（1052～1125年）：字方回，号庆湖遗老，卫州（河南汲县）人。北宋王室外戚，著名词人。曾为泗州、太平州通判，晚年退居苏州。性格豪爽，以诗文见长，尤以词为最。其词时而婉约，与晏几道、秦观风格相近；时而豪放激昂，与苏轼、辛弃疾相似。著有《东山寓声乐府》，存词280多首。

青玉案

凌波不过横塘路[①]，但目送，芳尘去[②]。锦瑟华年谁与度[③]？月台花榭[④]，琐窗朱户[⑤]，只有春知处。

飞云冉冉蘅皋暮[⑥]，彩笔新题断肠句[⑦]。试问闲愁都几许[⑧]！一川烟草[⑨]，满城风絮，梅子黄时雨。

【注释】

①凌波：指女子走起路来十分轻盈。

②芳尘去：指美人已经离开。

③锦瑟华年：指美好的青春时期。锦瑟，有彩纹作为装饰的瑟。

④月台：赏月的平台。花榭：花木环绕的房子。

⑤琐窗：雕绘连琐花纹的窗子。朱户：朱红色的大门。

⑥蘅皋（héng gāo）：长着香草的沼泽中的高地。

⑦彩笔：比喻写作才能高超。

⑧都几许：共有多少。

⑨一川：遍地。

【评解】

这首词通过对暮春景色的描写，抒发了词人所感受到的“闲愁”。上阕写在路上遇见佳人款款走来，却不知其要前往何方所引发的惆怅之情，也含蓄地表达了自己沉沦潦倒、怀才不遇的感慨。下阕写了因为爱慕而引发的无限愁思。全词借着写相思之情，表达了自己不得志的愁怨。立意新颖，引发人们的想象，成为一时传唱的佳作。

浣溪沙

楼角初销一缕霞，淡黄杨柳暗栖鸦，玉人和月摘梅花。

笑捻粉香归洞户[①]，更垂帘幕护窗纱，东风寒似夜来些[②]。

【注释】

①洞户：房间与房间之间相通的门户。

②些（suò）：句末语气词，是古代楚地的方言。

【评解】

这首词全篇都在描写景色，但是却又能在字里行间读出其中的感情。每字每句都十分华丽而清新，每句都能自成一幅美景图。上阕写室外景色，展现了清丽淡雅的景色，让人仿佛置身于世外桃源。下阕写室内的场景，玉人捻香归户，低垂帘幕，微感春寒。全词写景十分洒脱，风格近似“花间”。

薄倖

淡妆多态，更滴滴频回盼睐[①]。便认得琴心先许[②]，欲绾合欢双带[③]。记画堂风月逢迎，轻颦浅笑娇无奈。向睡鸭炉边，翔鸾屏里，羞把香罗暗解。

自过了烧灯后[④]，都不见踏青挑菜。几回凭双燕，丁宁深意，往来却恨重帘碍。约何时再？正春浓酒困，人闲昼永无聊赖。厌厌睡起，犹有花梢日在。

【注释】

①滴滴：形容眼波不时注视的样子。睐：斜望。

②琴心：以琴声达意。

③绾：盘结。合欢双带：与“同心结”同意。

④烧灯：指元宵节。

【评解】

这是一首怀人的作品，可能是想要通过歌咏男女恋情，寄托一些情思。上阕主要写对前欢的追忆，写了初次见面时的场景。下阕主要写离别之后的相思之苦。全词铺叙十分详细，情致委婉。在北宋慢词艺术上有较高成就。

鹧鸪天

重过阊门万事非[①]，同来何事不同归？梧桐半死清霜后[②]，头白鸳鸯失伴飞。原上草，露初晞[③]。旧栖新垅两依依[④]。空床卧听南窗雨，谁复挑灯夜补衣？

【注释】

①阊（chāng）门：本为苏州西门，这里代指苏州。

②梧桐半死：这里作者自喻丧偶。

③原上草，露初晞：比喻死亡。晞：干掉。

④旧栖：旧居。新垅：新坟。

【评解】

这是一首悼亡词。词人再次来到阊门，却是物是人非，想到之前来的时候，还有妻子作陪，如今却孑然一身，表达了对亡妻的思念之情。上阕写了妻子过世之后词人凄凉的处境。开始便以“万事非”写出了不忍回顾的过去。下阕写了词人对妻子的怀念。“挑灯夜补衣”，重现了当年妻子的辛苦，对清苦生活不怨不怒。以此为结，表明了词人对亡妻深沉的悼念之情。全词写得哀婉柔丽，情深意切，让人动容。

谒金门

花满院，飞去飞来双燕。红雨入帘寒不卷，晓屏山六扇。

翠袖玉笙凄断，脉脉两蛾愁浅[①]。消息不知郎近远，一春长梦见。

【注释】

①两蛾：双眉，双目。蛾：即蛾眉。

【评解】

这是一首闺思之作。上阕写景，落英满地，双燕纷飞，让人的愁思不禁被撩动起来。下阕抒情，玉笙凄断，脉脉含愁，郎君却没有消息，只能在梦中相见。全词抒情委婉，思绪缠绵。用词华丽，读起来给人以美感。

忆仙姿

莲叶初生南浦[①]。两岸绿杨飞絮。向晚鲤鱼风[②]，断送彩帆何处[③]？凝伫，凝伫，楼外一江烟雨。

【注释】

①南浦：南面的水边。后来常用来借指送别的地方。

②鲤鱼风：一说是指九月的风，也有认为是春夏之交的风。根据本文来看，应当是后者。

③断送：推送。

【评解】

本词对送别的情景进行了描绘。莲叶刚刚萌生，露出水面，青翠欲滴，十分惹人。岸边，杨柳成排，飞絮满天。初夏的时候所有的一切都生机勃勃。到了傍晚，一叶扁舟停留在渡口附近的江面上，它扬起彩帆，不知道会驶向什么地方。词人站在岸边的高楼上眺望，怅然若失。看楼外远处的景色，一江碧水笼罩在烟雨之中，就跟词人此时的心情一样。

晁补之

【作者简介】

晁补之（1053～1110年），字无咎，钜野（今属山东）人。被苏轼所赏识，是“苏门四学士”之一。词风与苏东坡颇为相近，不喜作艳语，而“神姿高秀”，是当时优秀的文学家。

盐角儿

亳社观梅[①]

开时似雪。谢时似雪。花中奇绝。香非在蕊，香非在萼，骨中香彻。

占溪风，留溪月。堪羞损、山桃如血。直饶更[②]、疏疏淡淡，终有一般情别。

【注释】

①亳社：指亳州的祠庙。这首词作于宋哲宗绍圣二年，作者从齐州知州贬为亳州通判。

②直饶：即使。

【评解】

上阕写了梅花色香，用重句而略更数字，两联似对非对，用词灵活生动。下阕将梅花与山桃进行对比，更加衬托出了梅花高洁的品格。词人借此也表现出了自己的志趣和情操。

李重元

【作者简介】

李重元（生卒年不详），宋徽宗时期的词人，南宋黄昇《唐宋诸贤绝妙词选》卷七录其《忆王孙》（春、夏、秋、冬）词四首。

忆王孙

春词

萋萋芳草忆王孙[①]，柳外楼高空断魂。杜宇声声不忍闻[②]。欲黄昏，雨打梨花深闭门。

【注释】

①萋萋：草木茂盛的样子。王孙：旧诗词中对男子的称呼。刘安《招隐士》赋："王孙游兮不归，春草生兮萋萋。"

②杜宇：即杜鹃鸟。

【评解】

这首词写的是闺思，全词短小精悍，做到了"一句一思"，耐人寻味。见芳草想念爱人，登楼眺望而不见对方归来。眼前雨打梨花，窗外杜宇声声。春色恼人，动人愁思。结尾两句，更是烘托出了黄昏时分的凄凉气氛，将离别的愁绪展现在人们面前。全词委婉曲折，轻柔细腻。

王 观

【作者简介】

王观（生卒年不详），字通叟，宋仁宗嘉祐二年（1057 年）进士。曾著《扬州赋》《芍药谱》。有《冠柳词》。今有赵万里辑本。

卜算子

送鲍浩然之浙东

水是眼波横[①]，山是眉峰聚[②]。欲问行人去那边，眉眼盈盈处[③]。

才始送春归，又送君归去！若到江南赶上春，千万和春住。

【注释】

①眼波横：形容眼神流动就像是横流的水波。

②眉峰：形容如山峰一般弯曲的眉弯。聚：指双眉蹙皱状如双峰相并。这两句说水是横流的眼波，山是蹙皱的眉峰。

③盈盈：含情脉脉的样子。两句是说先问行人到哪里去？回答是要到山水明秀的地方去。

【评解】

这是一首浸润着真挚感情的送别词，比喻别致，笔调轻松，舍弃了大部分送别词伤感的基调，让人耳目一新。上阕用眼波和眉峰来形容水和山，以眉眼盈盈处来表现出浙东山水的清秀。下阕写暮春送客又兼送春，对友人的未来予以祝愿，表现出了对友人的一片深情。

张耒

【作者简介】

张耒（lěi）（1054～1114年），字文潜，号柯山，楚州淮阴（今属江苏）人。元祐初（1086年），仕至起居舍人。有《柯山集》五十卷，其词集名《柯山诗余》。卒于徽宗政和二年。

秋蕊香

帘幕疏疏风透，一线香飘金兽[①]。朱栏倚遍黄昏后，廊上月华如昼。

别离滋味浓于酒，著人瘦。此情不及墙东柳，春色年年依旧。

【注释】

①金兽：香炉。

【评解】

本词抒写春闺相思之情。上阕写了眼前的景色。疏帘风透，金炉香飘。独自倚靠着朱栏，只看到天空中的明月将地面照得如同白昼一般。下阕抒发相思之情。年年柳色，春光如旧。但是人却慢慢变得消瘦，谙尽别离滋味。全词写得清新婉丽，曲折含蓄。

毛滂

【作者简介】

毛滂（pāng）（1060～?），字泽民，北宋衢州江山（今属浙江）人。哲宗元祐间担任杭州法曹（司法官），在苏东坡门下学习。徽宗正和中，任嘉禾（浙江嘉兴）知州。有《东堂词》。

惜分飞

富阳僧舍作别语赠妓琼芳[①]

泪湿阑干花着露，愁到眉峰碧聚。此恨平分取，更无言语空相觑。

断雨残云无意绪，寂寞朝朝暮暮。今夜山深处，断魂分付，潮回去。

【注释】

①富阳：指的是现在的浙江富阳市。

【评解】

这首词是毛滂的代表作。写的是词人与恋人相别离的真情实感。据《西湖游览志》载：元祐中，苏轼知守钱塘时，毛滂为法曹椽，与歌伎琼芳相爱。三年秩满辞官，于富阳途中的僧舍作《惜分飞》词，赠琼芳。全词上阕写的是，回想两人离别时的场景，下阕写的是离别之后的牵挂。一字一句都带有作者的真情实感，与形象比喻奇异想象相结合，达到了语尽而意不尽，意尽而情不尽的艺术效果。

生查子

春晚出山城，落日行江岸。人不共潮来，香亦临风散。

花谢小妆残[①]，莺困清歌断。行雨梦魂消，飞絮心情乱。

【注释】

①花谢小妆残：形容花谢柳絮飞舞，春色即将结束。

【评解】

这是一首暮春怀人之作。上阕写山城暮春的情景，江岸落日，潮来而人不来，引发了无限惆怅。下阕写落花飞絮，莺困歌歇，撩动人们的心绪。整篇词精巧细腻，委婉含蓄。

临江仙

都城元夕

闻道长安灯夜好，雕轮宝马如云[①]。蓬莱清浅对孤棱[②]，玉皇开碧落[③]，银界失黄昏。

谁见江南憔悴客，端忧懒步芳尘。小屏风畔冷香凝，酒浓春入梦，窗破月寻人。

【注释】

①雕轮：指华丽的车辆。

②棱：神灵的威严，这里是借用。

③碧落：道家将天空称为碧落。

【评解】

这首词通过对京华元夕的着意描绘，抒写自己当时的情怀。上阕写都城元夜的繁华热闹，灯火通明如白昼。下阕抒写“江南憔悴客”懒步芳尘，不愿追欢逐乐，而因酒入梦的幽独心情。“窗月寻人”，意境优美，余意不尽。

章　楶

【作者简介】

章楶（zī）（生卒年不详），字质夫，北宋浦城（属福建）人。英宗治平四年进士，哲宗朝历任集贤殿修撰，知渭州。徽宗立，拜同知枢密院事。卒谥庄简。他的《水龙吟》词，为吟柳花绝唱，最为东坡所称赏。

水龙吟

杨花

燕忙莺懒芳残，正堤上柳花飘坠。轻飞乱舞，点画青林，全无才思。闲趁游丝，静临深院，日长门闭。傍珠帘散漫，垂垂欲下，依前被风扶起。

兰帐玉人睡觉，怪春衣雪沾琼缀[①]，绣床渐满，香球无数，才圆却碎。时见蜂儿，仰粘轻粉，鱼吞池水。望章台路杳[②]，金鞍游荡，有盈盈泪。

【注释】

①雪沾琼缀：掉满了柳絮。

②章台路杳：汉代长安有一条章台街。后人常常将章台作为歌伎的聚居所。这一句是说，闺中人见不到丈夫游荡的章台路，十分寂寞，只能黯然神伤。

【评解】

这是一首咏絮词，上阕写的是暮春时节，风吹柳絮的景象；下阕写的是杨花到处飘落。通过拟人手法，委婉地道出了离别之情。作者在把握物象方面十分精准，将自己的思想感情注入其中。全词写得婉丽工巧，新颖别致，将杨花刻画的栩栩如生，成为绝唱。

王　诜

【作者简介】

王诜（shēn）（1036～？），字晋卿，北宋太原人，后来迁居开封。尚英宗女魏国大长公主，为驸马都尉。擅长书画，与苏轼关系较好，因此被牵连贬谪。

忆故人

烛影摇红，向夜阑[1]，乍酒醒、心情懒。尊前谁为唱阳关[2]，离恨天涯远。

无奈云沉雨散，凭阑干、东风泪眼。海棠开后，燕子来时，黄昏庭院。

【注释】

①夜阑：夜深。

②阳关：即《阳关曲》。王维诗："西出阳关无故人。"

【评解】

这首词写的是宴会上的分别。上阕写的是宴会上的情景。下阕写的是离别之后的牵挂。海棠开后，跟谁一起欣赏？双燕来时，庭院却是一片寂然。当时恰逢黄昏，因此衬托出一片凄凉。全词工丽婉曲，新颖别致。

赵令畤

【作者简介】

赵令畤（zhì）（1061～1134年），初字景贶，后苏轼为其改字德麟，自号聊复翁，宋太祖次子燕王德昭元孙。元祐中签书颍州公事。坐与苏轼交通，罚金，入党籍。绍兴初，袭封安定郡王，同知行在大宗正事。有《侯鲭录》。

蝶恋花

卷絮风头寒欲尽[1]，坠粉飘香，日日红成阵。新酒又添残酒困，今春不减前春恨。

蝶去莺飞无处问，隔水高楼，望断双鱼信[2]。恼乱横波秋一寸[3]，斜阳只与黄昏近。

【注释】

①"卷絮"句：意思是说落花飞絮，天气逐渐暖和，已经到了暮春时节。

②双鱼：书简。古诗："客从远方来，遗我双鲤鱼。呼儿烹鲤鱼，中有尺素书。"

③秋一寸：即眼目。

【评解】

这是一首春日怀人之词。上阕写的是暮春的风光。落花遍地，柳絮纷飞。春色恼人，只能用酒来消愁。但是无论新酒残酒，都难以消除新愁与旧愁。下阕抒发怀人的情思。蝶去莺飞，江水隔阻，秋波望断，也没有你的消息。已近黄昏，心情更加烦乱。全词抒情细腻，婉丽多姿。

蝶恋花

欲减罗衣寒未去，不卷珠帘，人在深深处。红杏枝头花几许？啼痕止恨清明雨。

尽日沉烟香一缕[①]，宿酒醒迟[②]，恼破春情绪[③]。飞燕又将归信误，小屏风上西江路。

【注释】

①沉烟：即沉水香，也被称为沉香，是一种珍贵香料。

②宿酒：昨晚饮过酒，表示饮后而睡。

③恼破：恼煞。

【评解】

这是一首深闺怀人的词，用寥寥数笔，就勾勒出了无限情意。含蓄蕴藉，神情宛然。情意缠绵却不粘不滞，疏秀淡雅，透出了本词的特色。

苏　过

【作者简介】

苏过（1072～1123年），字叔党，苏轼季子。家颍昌，营湖阴水竹数亩，名"小斜川"，自号斜川居士，有《斜川集》。叔党翰墨文章，能传其家学，故当时有"小坡"之称。

点绛唇

高柳蝉嘶。采菱歌断秋风起。晚云如髻，湖上山横翠。

帘卷西楼，过雨凉生袂。天如水，画阁十二，少个人同倚。

【评解】

这首词通过对初秋景物的描写，委婉含蓄地表露了作者的怀念之情。上阕写景。高柳蝉嘶，秋风菱歌，晚云如髻。湖上山横翠，呈现出一派清秋景色。下阕抒情。帘卷西楼，雨后生凉，独自倚栏，增加了怀人愁思。全词构思清新，秀媚有致。

魏夫人

【作者简介】

魏夫人（生卒年不详），襄阳（今属湖北）人，名玩，字玉汝，道辅的姐姐，丞相曾布的妻子，封鲁国夫人。著有《魏夫人集》。

菩萨蛮

溪山掩映斜阳里，楼台影动鸳鸯起。隔岸两三家，出墙红杏花。

绿杨堤下路，早晚溪边去。三见柳绵飞，离人犹未归。

【评解】

这是一首描写离人相思之情的词。上阕描写了春景。楼台影动，鸳鸯惊起。杏花出墙，斜阳掩映，溪山如画，满眼都是耀眼的春色。下阕借景抒情。每天在溪头路边徘徊，虽然已经第三次看到柳絮纷飞，但是离人却还未归来。看到此番美景，不禁触动了相思之情。全词耐人寻味却又不落俗套，展现了鲜明的个性。

好事近

雨后晓寒轻，花外晓莺啼歇。愁听隔溪残漏①，正一声凄咽。

不堪西望去程赊②，离肠万回结。不似海棠花下，按《凉州》时节③。

【注释】

①残漏：漏声将尽。残：阑也，垂尽之意。漏：古代计时用的东西。

②赊：远。

③凉州：乐曲。

【评解】

这是一首感伤别离的作品。雨后有些凉意，晓莺啼歇，隔溪残漏凄咽，撩动人的愁思。上阕注重写景，借景抒情。下阕注重抒情，写了分别之后的相思。全词风格淡雅，含蓄而又委婉。

仲 殊

【作者简介】

仲殊（生卒年不详），字师利，俗姓张氏，名挥，安州（今湖北安陆）人。北宋僧人，词人。曾举进士，后出家为僧。住苏州承天寺、杭州吴山宝月寺。能文，尤擅长短句。苏轼曾经与其有所交往。著作有《宝月集》。

柳梢青

吴中

岸草平沙。吴王故苑，柳袅烟斜[①]。雨后寒轻，风前香软，春在梨花。

行人一棹天涯[②]。酒醒处、残阳乱鸦。门外秋千，墙头红粉，深院谁家。

【注释】

①柳袅：柳枝柔弱细长貌。

②棹：摇船工具，这里指船。

【评解】

这是一首借景抒情的词。上阕描写了春天的景色。江岸两边碧草如茵，草地之后是平整的沙地。词人在舟上沿着吴江一路望去，风景美不胜收。吴王夫差的故苑，柳袅烟斜。雨后寒轻，风前香软，春在梨花，给读者呈现了一派江南的春天景色。下阕写行人，轻舟一叶，浪迹天涯，待到酒醒之后，一轮夕阳正在落山，成群的乌鸦在聒噪地叫嚷着。有一架秋千竟然荡出墙门之外，露出了姑娘粉红色的倩影。那是谁家深院里的姑娘啊？全词清新秀雅，抒发了作者闲适的之情。

南歌子

十里青山远，潮平路带沙[①]。数声啼鸟怨年华[②]。又是凄凉时候在天涯。

白露收残月，清风散晚霞[③]。绿杨堤畔问荷花：记得年时沽酒、那人家[④]？

【注释】

①潮平：潮落。

②怨年华：因为虚度时光而惆怅不已。

③清风散晚霞：一作“清风衬晚霞”。散：送。

④年时：又到了一年的这个时候。

【评解】

词人独身一人云游四方。朝着是远处的青山丛林进发，走在江边潮湿带沙的路上。几声鸟鸣，让词人不禁升起了虚度年华的怅恨，不禁为自己身在异地而感到凄凉。白露清冷，残月方收，朝霞初现，清风徐徐，词人依然过着漂泊无定的生活。不知不觉来到了绿杨遍地的荷花池旁。荷花开得正艳，词人不禁将荷花作为了倾诉对象，想起了过去曾在一个酒家买过酒喝，因此询问荷花可还记得前年到这里买酒喝的那个人。整篇词意境清幽，委婉含蓄，立意新颖，耐人寻味。

释惠洪

【作者简介】

惠洪（1070～1128年），字觉范，俗姓彭，北宋筠州（今江西高安）人。少年时曾经为县衙小吏，黄山谷喜其聪慧，教令读书。后为海内名僧。以医识张天觉。大观中入京，乞得祠部牒为僧，往来郭天信之门。政和元年，张、郭得罪，觉范决配朱崖。著有《筠溪集》《冷斋夜话》等书。

青玉案

绿槐烟柳长亭路，恨取次分离去[①]。日永如年愁难度。高城回首，暮云遮尽，目断知何处。

解鞍旅舍天将暮，暗忆丁宁千万句。一寸柔肠情几许？薄衾孤枕，梦回人静，侵晓潇潇雨[②]。

【注释】

①取次：即次第也。

②侵晓：天渐明。

【评解】

这首词寓情于景，做到了情景交融，表达了作者在离别时的悲凉心境，以及对故人的怀念。上阕写离别，斯人已去，回首高城，无限怅惘。下阕写离别之后的感怀。梦回人静，夜雨潇潇，益觉凄凉。全篇细腻凄婉，情思绵绵。

千秋岁

半身屏外，睡觉唇红退，春思乱，芳心碎。空余簪髻玉，不见流苏带[①]。试与问，今人秀整谁宜对？

湘浦曾同会，手搴轻罗盖[②]，疑是梦，今犹在。十分春易尽，一点情难改。多少事，却随恨远连云海。

【注释】

①流苏带：古时妇女衣饰佩用的东西。

②手搴（qiān）轻罗盖：手擎着轻轻的绮罗伞盖。

【评解】

这首词沿用的是秦观《千秋岁·谪虔州日作》中的原韵，写的是妇人闺思。上阕将女子睡觉时的慵懒状态描写的十分生动：她上半身探出了曲屏之外，唇上的朱红也已经褪色。枕上只能看到簪发的玉钗，却看不到用来系罗衣的流苏带子，配饰也十分零散。后面两句则点明了女子有思念之人。下阕回忆了湘水之滨的一次约会，种种细节都历历在目，而今却孑然一身，让人不禁惆怅。末句宕开，“却随恨远连云海”，情含无限，尺幅千里，大有“篇终接浑茫”之势。全词抒情委婉，描写细腻，曲折婉转，柔媚多姿。字里行间流露出作者对所写人物的同情。

周邦彦

【作者简介】

周邦彦（1056～1121年），字美成，号清真居士，钱塘（今浙江杭州）人。精通音律，可以自己编曲，宋徽宗召为大晟府提举（国家音乐机关主管官），是北宋末年著名的词人。他擅长写景咏物，精工词语，擅长融化前人诗句入调，善于在铺叙基础上进一步讲求曲折、回环、变化。词语典雅，含蓄，因而博得上层文人的赞赏，被誉为词坛泰斗。今传《片玉集》。

蝶恋花

月皎惊乌栖不定。更漏将残，辘轳牵金井[①]。唤起两眸清炯炯[②]，泪花落枕红绵冷。

执手霜风吹鬓影，去意徘徊，别语愁难听。楼上阑干横斗柄[③]，露寒人远鸡相应。

【注释】

①辘轳：井上的汲水器。金井：对井的美称。

②炯炯：闪亮有神的样子。

③阑干：横斜的样子。斗柄：北斗七星的第五至第七的三颗连起来像是古代酌酒所用的斗把，所以被称为斗柄。斗柄尚见，说明天还没亮。

【评解】

这是一首写离情别绪的词。作者在字里行间将破晓时分的分别场景生动地展现在读者面前，抒发了作者离别的苦楚。全词以“雅”为底色，却又能将“俗”融于“雅”中，互相不但没有妨碍，反而更能增添词的生气。这些就是这首词与其他词不同的地方。

少年游

并刀如水[①]，吴盐胜雪[②]，纤手破新橙。锦幄初温[③]，兽烟不断[④]，相对坐调笙。

低声问：向谁行宿[⑤]？城上已三更。马滑霜浓，不如休去，直是少人行[⑥]。

【注释】

①并刀：并州所生产的一种剪刀。如水：形容剪刀的锋利。

②吴盐：吴地所出产的质地洁白细盐。

③幄：帐。

④兽烟：兽形香炉中升起的细烟。

⑤谁行（háng）：谁那里。

⑥直是：就是。

【评解】

这是一首含蓄温婉的欢娱词，词人虽描绘了欢娱情形，却没有点明所在的处所，但是读者仍都可透过蛛丝马迹看出其所在。“并刀”“吴盐”“新橙”都是普通的东西，作者却将其写的跟华丽的场景十分相配。刀是好刀，盐也是好盐，在南方刚上市的橙子就已经摆在了当地的桌子上，可以看出绝非是普通家庭，也透露出排场的奢华。之后的“锦幄”“兽烟”更是将居室的奢华渲染出来，与前面的轻描淡写相呼应。下阕以叙事的方式来抒情，用女子的口吻来传情，层次分明且曲折，将人物的心理活动表现的十分微妙，将人物刻画得十分逼真。词中所写的男女之情，意态缠绵，恰到好处且富有新意，作者的写词功底让人敬佩。

满庭芳

夏日溧水无想山作

风老莺雏[①]，雨肥梅子，午阴嘉树清圆[②]。地卑山近，衣润费炉烟。人静乌鸢自乐[③]，小桥外、新绿溅溅[④]。凭栏久，黄芦苦竹，拟泛九江船。

年年，如社燕[⑤]，飘流瀚海[⑥]，来寄修椽[⑦]。且莫思身外[⑧]，长近尊前。憔悴江南倦客，不堪听、急管繁弦。歌筵畔，先安簟枕，容我醉时眠。

【注释】

①风老莺雏：幼莺在暖风中渐渐长大了。

②午阴嘉树清圆：正午的时候，太阳光下的树影，又清晰，又圆正。

③乌鸢：指的是乌鸦。

④溅溅：流水声。

⑤社燕：燕子当春社时节往北飞，秋社时节往南飞，故称社燕。

⑥瀚海：指沙漠。

⑦修椽：长椽子。燕子寄寓在房梁的长椽上。

⑧身外：身外事，指功名利禄。

【评解】

这首词是作者在溧水县令任上，抒发寄居他乡以及遭遇坎坷的感伤之作。词人擅长使用前人的典故，借助古人的诗句来表明自己的心境。上阕暗用了杜牧、杜甫、刘禹锡、白居易的诗意，下阕运用了杜甫、杜牧的诗歌典故。全词用典虽多，但是却能够融会贯通，抒发自己的情感，而非简单堆砌，如自家陈说，词意蕴藉而余味不尽。

苏幕遮

燎沉香[①]，消溽暑[②]。鸟雀呼晴，侵晓窥檐语[③]。叶上初阳干宿雨，水面清圆，一一风荷举。

故乡遥，何日去？家住吴门[④]，久作长安旅[⑤]。五月渔郎相忆否？小楫轻舟，梦入芙蓉浦[⑥]。

【注释】

①燎：燃。沉香：水沉木做成的薰香。

②溽（rù）暑：指的是现在所说的“桑拿天”，盛夏潮湿的天气。

②侵晓：破晓，天刚亮。

④吴门：本为苏州别名，此指古属三吴之地的钱境（杭州）。

⑤长安：借指北宋汴京。

⑥芙蓉浦：长着荷花的水边。

【评解】

这首词写的是作者身处异地的思乡之情。上阕描绘了眼前所看到的场景。夏雨初晴，风荷飘举，呈现出一片清新的夏日景观。下阕由景及情，想到了故乡的五月，风光也是十分迷人，小楫轻舟，消失于芙蓉浦中。末句“芙蓉”，与上阕“风荷”呼应，点明由此及彼、神思奔驰由来，可见作者对词的驾驭十分巧妙。

兰陵王

柳

柳阴直，烟里丝丝弄碧[①]。隋堤上，曾见几番，拂水飘绵送行色。登临望故国[②]，谁识京华倦客。长亭路，年去岁来，应折柔条过千尺。

闲寻旧踪迹。又酒趁哀弦，灯照离席。梨花榆火催寒食[③]。愁一箭风快，半篙波暖，回头迢递便数驿[④]，望人在天北。

凄恻，恨堆积，渐别浦萦回，津堠岑寂[⑤]，斜阳冉冉春无极。念月榭携手，露桥闻笛，沉思前事，似梦里，泪暗滴。

【注释】

①柳阴直：指隋堤上杨柳排列整齐，阴影很直。烟：即雾。丝丝弄碧：柳条随风飞舞，闪弄其嫩绿的姿色。

②故国：故乡，也指重游之地。

③梨花榆火催寒食：此番饯别是在梨花盛开的寒食节前。古代寒食节禁火，朝廷于清明赐榆火予百官。

④迢递：遥远。

⑤津堠（hòu）：码头上供人瞭望歇宿的处所。

【评解】

这首词以“柳”为题，托物起兴，写送别时的感情，但是却不道破。全词首段写景，二段写别时的感想，三段写别后的愁怀。构思精巧、严谨，彼此之间又有着内在联系，前后呼应，浑然天成。全词虚实结合，情景交融，恰当地表达了作者不愿离别的缠绵情意。

浣溪沙

翠葆参差竹径成[①]，新荷跳雨碎珠倾[②]。曲阑斜转小池亭。

风约帘衣归燕急，水摇扇影戏鱼惊。柳梢残日弄微晴。

【注释】

①翠葆（bǎo）：指草木新生枝芽。竹径成：春笋入夏已长成竹林。

②跳雨：是指雨滴打在荷叶上如蹦玉跳珠。

【评解】

这首词描绘的是夏日雨过天晴的景色，体物工巧。雨后的世界给人呈现一片清新之感，新竹成林，新荷跳雨，柳梢弄晴，让场景显得十分清新别致；至曲阑斜转，风约帘衣，水摇扇影，将人和景融合一体，意趣横生，清新柔丽，委婉多姿。

花犯

咏梅

粉墙低，梅花照眼，依然旧风味。露痕轻缀。疑净洗铅华，无限佳丽。去年胜赏曾孤倚，冰盘同燕喜[①]。更可惜、雪中高树，香篝熏素被[②]。

今年对花最匆匆，相逢似有恨，依依愁悴[③]。吟望久，青苔上、旋看飞坠。相将见[④]、翠丸荐酒，人正在、空江烟浪里。但梦想、一枝潇洒[⑤]，黄昏斜照水。

【注释】

①冰盘：果盘。燕：通“宴”。指喜得梅子以进酒。

②篝：熏笼。比喻梅花如篝、雪如被。

③悴（cuì）：忧。

④相将：行将。翠丸：指梅子。

⑤潇洒：凄清之意。

【评解】

这是一首借咏梅花来感慨自己漂泊不定、离合无常的词。上阕从眼前看到的景色写起，梅花盛开，风味依然，由此想到了去年赏梅时的情形。下阕依然从今年写起，人将远行，梅花仿佛也准备离别而坠落。等到梅子成熟的时候，自己身在江上，只能回想潇洒扶疏的梅影。全词似乎每句都紧扣梅花，实际处处在描写自己。将梅花跟人融为一体，道出了自己孤寂的处境。

风流子

新绿小池塘，风帘动、碎影舞斜阳。羡金屋去来[①]，旧时巢燕；土花缭绕，前度莓墙[②]。绣阁里、凤帏深几许？听得理丝簧。欲说又休，虑乖芳信[③]；未歌先噎，愁近清觞[④]。

遥知新妆了，开朱户、应自待月西厢。最苦梦魂，今宵不到伊行[⑤]。问甚时

说与，佳音密耗，寄将秦镜，偷换韩香[6]？天便教人，霎时厮见何妨！

【注释】

①金屋：泛指装饰华丽的屋子，借的是汉武帝金屋藏娇的故事。

②莓墙：长满了苔藓的墙壁。莓，指的是苔藓。

③乖：违背，违反。芳信：指的是女子的书信或者约定。

④清觞：美酒。

⑤伊行（háng）：她那里。

⑥韩香：也被称为韩寿香，指的是男女之间相爱的信物。

【评解】

这首词是周邦彦的代表作之一，既写景又写人。成功刻画了词人所爱慕的女子的神态相貌以及歌舞技艺，并成功进行了心理刻画。从起首的三句，可以知晓词人已经来到了所爱慕女子的门前，但是却被某种可知、不可知的屏障所阻隔，无法到她的身旁。于是他只能通过其他的方式来"见"她，"美""听""说""知""梦""问"，以及到了结束的"天便教人"那般的大声央求。思念如此，只能称得上是苦恋了。

湍龙吟

章台路[1]，还见褪粉梅梢，试花桃树。愔愔坊陌人家[2]，定巢燕子，归来旧处。

黯凝伫，因念个人痴小，乍窥门户。侵晨浅约宫黄[3]，障风映袖，盈盈笑语。

前度刘郎重到，访邻寻里，同时歌舞，惟有旧家秋娘[4]，声价如故。吟笺赋笔，犹记燕台句[5]。知谁伴，名园露饮[6]，东城闲步？事与孤鸿去，探春尽是，伤离意绪。官柳低金缕[7]。归骑晚、纤纤池塘飞雨。断肠院落，一帘风絮。

【注释】

①章台：泛指那些妓女云集的地方。

②愔（yīn）愔：静寂无声。

③浅约：淡淡的。宫黄：古时女子额头上会涂上黄色作为装饰。

④秋娘：原指谢秋娘，后来泛指妓女。

⑤燕台句：唐朝的李商隐曾经写下了《燕台四首》。这首词被洛阳女子柳枝所赞赏，托人约李偕归，后因事未果。不久，柳枝嫁给了东诸侯。这里暗指昔日的情人已归他人。

⑥露饮：摘掉帽子露出头顶来饮酒，这样表示豪爽。

⑦官柳：在官道上种植的柳树。

【评解】

全词共分为三阕。第一阕实写所见之景。词人漂泊江湖十载，来到过去的地方，却发现物是人非，不由升起了一种感伤。第二阕，回想了与人邂逅，一见钟情的场景。表达了词人对佳人的无限惦念与眷恋，以及思人不得的一种郁闷心情。第三阕并没有写佳人的近况，转而写访问所念之人邻里的情况。全词笔触细腻，感情真挚，富有艺术感染力。

六丑

蔷薇谢后作

正单衣试酒[①]，怅客里、光阴虚掷。愿春暂留，春归如过翼。一去无迹。为问花何在，夜来风雨，葬楚宫倾国。钗钿堕处遗香泽。乱点桃蹊，轻翻柳陌。多情为谁追惜。但蜂媒蝶使，时叩窗槅[②]。

东园岑寂[③]。渐蒙笼暗碧。静绕珍丛底，成叹息。长条故惹行客。似牵衣待话，别情无极。残英小、强簪巾帻[④]。终不似一朵，钗头颤袅，向人欹侧[⑤]。漂流处、莫趁潮汐。恐断红、尚有相思字，何由见得。

【注释】

①试酒：品尝新酿成的酒。

②窗槅（gé）：窗户上的格子，这里用来代指窗扇。

③岑寂：寂静。

④巾帻（zé）：古人裹住头发用的幅巾。

⑤欹（qī）侧：倾斜，歪斜。

【评解】

这首词是一首咏物名篇。全词回环往复，写出了词人的惜花伤春之情，又借着咏花来抒发对自己身世的自伤自恋之感。全词借花起兴，看上去是在写花，其实是在写作者自己。全词以“恐断红、尚有相思字，何由见得”作结，言有尽而意无穷，缠绵悱恻，耐人寻味。

李清照

【作者简介】

李清照（1084～1155年）：号易安居士，山东人。南渡前，家庭生活美满，靖康之难后丈夫赵明诚病逝，本人漂泊无定，在凄苦中度过了一生。李清照在诗、词、散文方面颇有造诣，尤其以词为最。其词颇具代表性，语言明快清新，不依附古人，自成风格。留有《李清照集》《漱玉词》。

一剪梅

红藕香残玉簟秋[①]。轻解罗裳，独上兰舟。云中谁寄锦书来？雁字回时[②]，月满西楼。

花自飘零水自流。一种相思，两处闲愁。此情无计可消除，才下眉头，却上心头。

【注释】

①玉簟（diàn）：精致的席子。

②雁字：是指雁群在飞的时候会排成“一”或“人”形。古时人认为鸿雁能够传书。

【评解】

这是一首抒发异地恋情的词，带着一些无奈，也伴着几许惆怅。本词重在写离别之后的相思之情。上阕写秋天衰败的景色，季节转换，也寓意着人生的悲欢离合。下阕则是直抒相思与别愁。用浅显易懂的语言，表达了词人自己深切的相思之情，缠绵悱恻，情感动人。全词轻柔自然，“此情无计可消除，才下眉头，却上心头”更是成为李清照的名句，让人称道。

醉花阴

薄雾浓云愁永昼。瑞脑消金兽[①]。佳节又重阳，玉枕纱厨[②]，半夜凉初透。

东篱把酒黄昏后。有暗香盈袖。莫道不消魂，帘卷西风，人比黄花瘦。

【注释】

①瑞脑：一种名贵的香料，也就是龙脑。金兽：兽形铜香炉。

②玉枕：光滑如玉的瓷枕。纱厨：有纱帐的小床。

【评解】

这是一篇借景抒情之作。又到了佳节，词人独居，坐立难安。在这亲友团聚的日子，自己却无法跟丈夫团聚。作者在描写自然景物的同时，加入了浓厚的个人感情色彩，使情与景交融。用黄花来形容人的憔悴，以瘦暗示相思之深。上阕咏节令，“半夜凉初透”这一句，一个“透”字使用的十分精妙。下阕“帘卷西风”两句，则是千古名句；不仅用意新颖，而且以“东篱”“暗香”，为“黄花”预作照应，达到了水到渠成的效果。

凤凰台上忆吹箫

香冷金猊[①]，被翻红浪，起来慵自梳头。任宝奁尘满[②]，日上帘钩。生怕离怀别苦，多少事，欲说还休。新来瘦。非干病酒，不是悲秋。

休休！这回去也，千万遍阳关，也则难留。念武陵人远[3]，烟锁秦楼。惟有楼前流水，应念我、终日凝眸[4]。凝眸处，从今又添，一段新愁。

【注释】

①金猊（ní）：涂成金色的狮形香炉。

②宝奁（lián）：贵重的镜匣。

③武陵：地名。这里被作者用来借指丈夫所去的地方。

④凝眸：注视。

【评解】

词人与丈夫夫妇情深，可是日常生活却因为丈夫的宦游而被打乱。词人通过几个小细节来表明了对丈夫的眷恋之情。香炉冷、锦被乱、慵梳头、奁生尘，这四个细节环环相扣，描写了自己的生活状态。这首诗层层渲染离愁，节奏步步加快，格局之间的衔接却恰到好处，让感情逐层升华。虽用典，却不难理解，由浅入深，舒卷自如。整首词具有感人的艺术魅力。

武陵春

春晚

风住尘香花已尽[1]，日晚倦梳头。物是人非事事休。欲语泪先流。

闻说双溪春尚好[2]，也拟泛轻舟。只恐双溪舴艋舟[3]，载不动、许多愁。

【注释】

①尘香：尘土里有落花的香气。

②双溪：浙江金华县的江名。

③舴艋（zé měng）：像蚱蜢一样的小船。

【评解】

这是词人在金华避难的时候所作。词人经历了国破家亡的凄苦，内心苦闷之情无处排解，因此整首词表现得十分悲戚。上阕极力言说眼前景物的萧条，心中的凄苦。下阕进一步表明了悲愁之深重。全词都充斥着物是人非事事休的感叹，表明了她对故国的怀念。“愁”本就是抽象的，但是李清照却能够通过暗喻来将这份感情具象化。构思新颖，想象丰富。通过暮春景物引申出内心的悲愁，以舴艋舟载不动愁的艺术形象来表达悲愁之多。写得深沉且含蓄，不愧是千古绝唱。

声声慢

寻寻觅觅，冷冷清清，凄凄惨惨戚戚。乍暖还寒时候，最难将息[①]。三杯两盏淡酒，怎敌他、晚来风急。雁过也，最伤心，却是旧时相识。

满地黄花堆积。憔悴损，如今有谁堪摘。守着窗儿，独自怎生得黑[②]。梧桐更兼细雨，到黄昏、点点滴滴。这次第[③]，怎一个、愁字了得。

【注释】

①将息：将养休息。

②怎生：怎样，怎么。

③这次第：这一连串的事件。

【评解】

这是李清照南渡之后所写的一首足以震惊当时词坛的作品。这首词通过直白的描写，开篇就抓住了人们的思绪，将读者带入词人所设的情境之中。作者通过对秋景的描写，抒发国破家亡、天涯沦落的悲苦，具有鲜明的时代特征。在结构上打破了上下阕的局限，全词一气呵成，着意渲染愁情，如泣如诉，让人久久不能释怀。首句连下十四个叠字，形象地表达了作者的心情。下文“点点滴滴”又前后照应，表现了作者凄凉的处境以及落寞的心情。全词一字一泪，缠绵哀怨，极富艺术感染力。

如梦令

常记溪亭日暮[①]，沉醉不知归路。兴尽晚回舟，误入藕花深处。争渡，争渡，惊起一滩鸥鹭[②]。

【注释】

①常记：时常记起。“难忘”的意思。

②鸥鹭：泛指水鸟。

【评解】

这首小令用词十分简练，选取了几个片段来描绘，将移动着的风景与词人愉悦的心情融合在一起，写出了词人少女时期出游的好心情，让人不由想随她一道荷丛荡舟，沉醉不归。本词不事雕琢，富有一种自然之美，读起来饶有风味，让人向往。

如梦令

昨夜雨疏风骤，浓睡不消残酒。试问卷帘人，却道“海棠依旧”。知否？知否？应是绿肥红瘦[①]。

【注释】

①绿肥：指枝繁叶茂。红瘦：是说花朵稀少。

【评解】

这首词也是李清照的代表作之一。全词短小精练，却有人物、有场景、有对白，叙事完整，别具特色。这首词表达了词人怜花惜花的心情，也含蓄地透露出了心情的苦闷。词中对人物心理情绪的描绘，十分到位。以景衬情，转折颇多，凄婉含蓄，极为传神。

永遇乐

落日熔金[①]，暮云合璧[②]，人在何处？染柳烟浓，吹梅笛怨[③]，春意知几许？元宵佳节，融和天气，次第岂无风雨[④]？来相召、香车宝马，谢他酒朋诗侣。

中州盛日[⑤]，闺门多暇，记得偏重三五[⑥]。铺翠冠儿[⑦]，捻金雪柳[⑧]，簇带争济楚[⑨]。如今憔悴，风鬟霜鬓，怕见夜间出去。不如向、帘儿底下，听人笑语。

【注释】

①落日熔金：落日的颜色像是熔化的黄金。

②合璧：像璧玉一样合成一块。

③吹梅笛怨：指笛子吹出《梅花落》曲幽怨的声音。

④次第：接着，转眼。

⑤中州：这里指北宋汴京。

⑥三五：指元宵节。

⑦铺翠冠儿：用翠羽作为装饰的女式帽子。

⑧捻金雪柳：元宵节时女子头上的装饰。

⑨簇带：妆扮的意思。

【评解】

这首词通过南渡前后过元宵节两种情景的对比，描写了面对国破人亡的元宵节，词人心中备受煎熬的心境。李清照通过使用今昔对照的方法来形成对比，从欢乐的场景写到了凄凉的场景、有意引入口语，让整首词都极富艺术感召力。上阕从眼前景物抒写心境。下阕从今昔对比中抒发国破家亡的感慨，表达沉痛悲苦的心情。全词语言质朴清新，自然之中见精巧。

念奴娇

萧条庭院，又斜风细雨，重门须闭。宠柳娇花寒食近，种种恼人天气。险韵诗成[①]，扶头酒醒[②]，别是闲滋味。征鸿过尽，万千心事难寄。

楼上几日春寒，帘垂四面，玉栏干慵倚。被冷香消新梦觉，不许愁人不起。

清露晨流，新桐初引[3]，多少游春意。日高烟敛，更看今日晴未。

【注释】

①险韵诗：用生僻的字来做韵脚的诗。

②扶头酒：让人容易醉倒的酒。

③初引：初长。《世说新语·赏誉》："于时清露晨流，新桐初引。"这两句形容春日清晨，露珠晶莹欲滴，桐树初展嫩芽。

【评解】

这首词写的是雨后的春景，借景来表达自己独居的落寞之情。上阕写"心事难寄"，从阴雨寒食，天气让人烦闷，引出了借酒浇愁。下阕说"新梦初觉"，从梦后初醒发现天气已经放晴引出了春游的打算。全词都用细腻曲折的笔触，真实地再现了春景，并引出了词人独居的落寞心情。词浅意深，清丽婉妙。

点绛唇[1]

蹴罢秋千[2]，起来慵整纤纤手[3]。露浓花瘦，薄汗轻衣透。

见客入来，袜刬金钗溜[4]。和羞走，倚门回首[5]，却把青梅嗅。

【注释】

①点绛唇：词牌名。

②蹴（cù）：踏。这里指的是打秋千。

③慵：懒，倦怠的样子。

④袜刬（chàn）：这里指跑掉鞋子以袜着地。金钗溜：意谓快跑时首饰从头上掉下来。

⑤倚门回首：这里只是靠着门回头看的意思。

【评解】

这首词生动形象地刻画了一位少女形象。上阕写了荡完秋千的神态。词人并没有写荡秋千时的欢乐，而是选取了荡完秋千那一刹那的镜头。以静写动，以花喻人。下阕刻画了少女初见来客时的情态。她荡完秋千，正累得不愿动弹，突然出现了一个陌生人，见到来客慌忙整理衣衫，进行回避。整首词节奏明快，以女性的角度来写闺中生活比男性词人所写更加亲切自然。

蔡　伸

【作者简介】

蔡伸（1088～1156年），字伸道，号友古居士，莆田（今属福建）人。《宋史翼》有传。少年时期便有才名，擅书法，得祖襄笔意。工词。有《友古居士词》一卷。存词175首。

苏武慢

雁落平沙，烟笼寒水[①]，古垒鸣笳声断[②]。青山隐隐，败叶萧萧，天际暝鸦零乱。楼上黄昏，片帆千里归程，年华将晚。望碧云空暮，佳人何处[③]，梦魂俱远。

忆旧游、邃馆朱扉[④]，小园香径，尚想桃花人面[⑤]。书盈锦轴，恨满金徽[⑥]，难写寸心幽怨。两地离愁，一尊芳酒，凄凉危栏倚遍。尽迟留，凭仗西风，吹干泪眼。

【注释】

①烟笼寒水：烟雾弥漫笼罩着寒冷的江水。化用了杜牧《泊秦淮》中的诗句“烟笼寒水月笼沙”。

②古垒：古代战场遗留下来的营垒，这里指的是徐州的古战场。笳（jiā）：古代的一种管乐器。

③望碧云空暮，佳人何处：这两句化用了江淹的诗句“日暮碧云合，佳人殊未来”，表达了对远方佳人的挂念。

④邃馆：幽深的宅院。

⑤桃花人面：指的是相貌姣好的佳人。

⑥金徽：指的是用金属制成的琴徽，这里指琴。

【评解】

这首词写于词人担任徐州通判时期，在晚秋的时候登楼远望不禁开始挂念远方的恋人，抒发了人居两地的魂牵梦绕的离愁别恨。上阕侧重写景，从而引出下阕。下阕侧重抒情，情景交融，表达了作者无家可回、无处可去的凄凉之情。全词结构精巧，寓意深远，耐人寻味。

赵 佶

【作者简介】

赵佶（jí）（1082～1135年），即宋徽宗。在位25年。靖康二年，金人陷汴京，之后被掳北去，过了九年的俘虏生活而死去。其诗、词、画均很有名，又精通音律。有《宋徽宗词》。

燕山亭

北行见杏花

裁剪冰绡[1]，轻叠数重，淡着胭脂匀注。新样靓妆，艳溢香融，羞杀蕊珠宫女[2]。易得凋零，更多少无情风雨！愁苦，问院落凄凉，几番春暮?

凭寄离恨重重[3]，这双燕，何曾会人言语！天遥地远，万水千山，知他故宫何处。怎不思量，除梦里有时曾去。无据[4]，和梦也新来不做[5]。

【注释】

①冰绡（xiāo）：洁白的绸。

②蕊珠宫女：指仙女。

③凭寄：凭谁寄，托谁寄。

④无据：不可靠。

⑤和：连。

【评解】

这首词以杏花的美丽容易消逝来寓意作者的身世遭遇。通过帝王与俘虏两种生活的对比，唱出了家国沦陷的哀音。上阕描写了杏花盛开的时候的娇艳以及遭到风吹雨打之后的残败场景。下阕写离恨。抒发内心的故国之思。词中用花来喻人，抒写真情实感。百折千回，悲凉哀婉。

张孝祥

【作者简介】

张孝祥（1132 ~ 1169 年），字安国，别号于湖居士，蜀简州（四川简阳）人，后迁居历阳（今安徽和县），因此常常被认为是历阳人。宋高宗时期，廷试进士第一。历任中书舍人、直学士院。在建康留守任内，赞助张浚北伐，被免职。著有《于湖居士乐府》，有《双照楼景刊宋元明词》本，凡四卷。其词颇具爱国主义色彩，与张元干并称为南宋初期的词坛双璧。

临江仙

试问梅花何处好，与君藉草携壶[1]。西园清夜片尘无。一天云破碎，两树玉扶疏[2]。

谁擫昭华吹古调[3]，散花便满衣裾。只疑幽梦在清都[4]。星稀河影转，霜重月华孤。

【注释】

①藉草：以草荐地而坐。

②玉扶疏：指梅枝舒展。

③擫（yè）：用手按捺。昭华：即玉管。古调：指笛曲《梅花落》。

④清都：指北宋都城汴梁。

【评解】

这首词借赏梅来抒发了词人的爱国情怀。上阕写了夜晚对酒赏梅，这是实写。下阕写忽听《梅花落》，不禁想起了过去的国都，这是虚写。这首词风格清幽含蓄，寄托了作者希望能够收复中原的愿望。

西江月

题溧阳三塔寺

问讯湖边春色[1]，重来又是三年。东风吹我过湖船，杨柳丝丝拂面。

世路如今已惯，此心到处悠然。寒光亭下水如天[2]，飞起沙鸥一片。

【注释】

①湖：这里指的是三塔湖。

②寒光亭：在三塔寺内。

【评解】

这首词是作者再次来到江南的时候所写。在写这首词的时候，作者已历经磨难，看尽了世态炎凉，因此触景生情，流露出一种潇洒淡泊之情。

菩萨蛮

回文

堵莲红乱风翻雨，雨翻风乱红莲堵。深处宿幽禽，禽幽宿处深。

淡妆秋水鉴[1]，鉴水秋妆淡。明月思人情，情人思月明。

【注释】

①鉴：照。

【评解】

这是一篇回文，也就是一种倒顺、回环均可读的一种文体，虽然只是一种文字游戏，但是构思颇为巧妙，没有娴熟的文字驾驭功底很难成文。全词共八句，上下句均可构成回文，全词亦可回读，比通常回文诗只能全首回读更为精巧。

菩萨蛮

诸客往赴东邻之集

庭叶翻翻秋向晚[1]。凉砧敲月催金剪[2]。楼上已清寒，不堪频倚栏。

邻翁开社瓮[3]，唤客情应重。不醉且无归，醉时归途迷。

【注释】

①翻翻：飘坠的状态。

②凉砧（zhēn）：指捣练之砧。催金剪：古代缝制寒衣，先捣练帛使柔熟，故句云“催金剪”。

③社瓮：社酒之瓮。社，指秋社，古代风俗，于立秋后第五个戊日祭社神酬谢秋收。

【评解】

上阕写了时令，给读者呈现出一派晚秋的景象，“不堪频倚栏”一句用意深远而含蓄。下阕写题意“赴东邻之集”，可通过“不辞”两句窥见主人邀客情重，设辞有味。

苏 庠

【作者简介】

苏庠（1065～1147），字养直，沣州（湖南沣县）人，伯固之子。最初的时候因为患有眼疾，自号眚（shěng）翁。后来迁居丹阳（今属江苏）后湖，更号后湖病民。绍兴间，居庐山。与徐俯同召不赴。卒年八十余。有《后湖集》。

浣溪沙

书虞元翁画

水榭风微玉枕凉[1]，牙床角簟藕花香[2]。野塘烟雨罩鸳鸯。

红蓼渡头青嶂远，绿蘋波上白鸥双。淋浪淡墨水云乡[3]。

【注释】

①水榭：临水楼台。

②牙床：雕饰精致的小床。角簟：用角蒿编织的席子。

③淋浪：笔墨酣畅淋漓。

【评解】

这是一首题画小词。词人用生动形象的文字，将原画上的色彩、布局和意境景象再现，让没有看到这幅画的读者，也能通过想象了解这幅画，仿佛亲眼目睹这幅画一般。

鹧鸪天

枫落河梁野水秋①，淡烟衰草接荒丘。醉眠小坞黄茅店，梦倚高城赤叶楼。

天杳杳②，路悠悠③，钿筝歌扇等闲休④。灞桥杨柳年年恨，鸳浦芙蕖叶叶愁⑤。

【注释】

①河梁：桥梁。

②杳杳：深远幽暗貌。

③悠悠：遥远。

④钿筝：嵌金为饰之筝。

⑤芙蕖：荷花的别名。

【评解】

这首词借着写秋景来抒发离别之情。上阕写秋风吹落叶，淡烟衰草，醉眠小店，梦倚高楼。下阕写离别之后，天遥路远，钿筝歌扇，早已捐弃。只见灞桥杨柳，年年牵恨，鸳浦芙蕖，叶叶含愁。全词情景交融，含蓄清新。词中的佳句充分吸收了唐词中的精华，是宋词中难得一见的佳作。

万俟咏

【作者简介】

万俟咏（生卒年不详）：号雅言，自号大梁词隐。四川崇宁人。擅长写词，充任大晟府乐制撰。与晁次膺按月律进词。著有《大声集》，周美成为其写序。黄山谷称赞万俟咏是一代词人。王灼记雅言行实云："万俟咏雅言，元祐诗赋科老手也。"

昭君怨

春到南楼雪尽，惊动灯期花信[1]。小雨一番寒，倚栏干。

莫把栏干频倚，一望几重烟水。何处是京华？暮云遮。

【注释】

①灯期：指元宵灯节期间。花信：指群花开放的消息。

【评解】

这首词写的是闺中女子的春日怨情，也是词人用来自比的作品。上阕写春天的气候，下阕抒发愁绪。春风吹过，冰雪消融，让花灯露出了真面容，但是寒意依旧，靠在栏杆旁，雨水伴着冷风洒下，让人更觉寒冷。词人在元宵佳节独自登楼凭风，自然不能是心情欢乐的表现。将作者的凄凉处境与元宵佳节相对比，更觉客居他乡的悲凉。全词含蓄蕴藉，委曲细腻。

木兰花慢

恨莺花渐老，但芳草、绿汀洲。纵岫壁千寻[1]，榆钱万叠，难买春留。梅花向来始别，又匆匆、结子满枝头。门外垂杨岸侧，画桥谁系兰舟。

悠悠。岁月如流。叹水覆、杳难收。凭画阑，往往抬头举眼，都是春愁。东风晚来更恶，怕飞红、怕絮入书楼。双燕归来问我，怎生不上帘钩？

【注释】

①岫：峰峦。寻：古代的长度单位，八尺为一寻。

【评解】

词人明写惜春，却暗用典故伤情。春天将要过去，夏季汹涌而来，作者有心挽留，却无能为力。词人借景物的变化来抒发了春天难以挽留的感慨，也能让人从字里行间读出作者对恋情离去不可追的感叹。这层意思主要是借杜牧《叹花》中的典故，含蓄点出，杜牧曾与人约好十年内娶一位小姑娘，十四年之后再来时，当年的小姑娘已经育有二子。此处便是借典故说出恋情已经不复存在的事实。作者用春归来比喻爱情的消逝，进一步以春愁来寄托情感，做到了言有尽而意无穷。

蒋兴祖之女

【作者简介】

蒋兴祖之女（生卒年不详）宜兴（属江苏）人。能诗善词。据《宋史·忠义传》载，钦宗靖康年间，金兵南侵的时候，蒋兴祖当时是阳武县令，在城被围的时候，坚持抗战，至死不屈，情况极为惨烈。他的妻、子全都在这次战役中被杀。蒋兴祖之女年轻貌美，被金兵掳去，押往金人京师——中都（今北京）。途经雄州①驿，在壁上题了《减字木兰花》。

减字木兰花

题雄州①驿

朝云横度，辘辘车声如水去②。白草黄沙③，月照孤村三两家。

飞鸿过也，万结愁肠无昼夜。渐近燕山，回首乡关归路难。

【注释】

①雄州：河北雄县。

②辘辘：车声。

③白草黄沙：指北方边远地区的荒凉景象。

【评解】

这首词写的是作者对国破家亡、被虏北行发出的慨叹。整首词句句滴泪，感人至深。上阕写了在被虏途中的场景，下阕写“回首乡关”的悲痛心情。全词情景交融，让人读之不禁潸然泪下。用词精准得当，典故运用自如。

秦 觏

【作者简介】

秦觏（gòu）（生卒年不详），字少章，江苏高邮人。少游之弟。元祐六年进士。调临安主簿。工诗词，与其兄词风相近。无专集流传。

黄金缕

妾本钱塘江上住，花落花开，不管流年度。燕子衔将春色去，纱窗几阵黄梅雨。

斜插犀梳云半吐，檀板轻敲[①]，唱彻黄金缕。梦里彩云无觅处，夜凉明月生南浦。

【注释】

①檀板：即拍板。

【评解】

这首词将人与物、情与景交融在一起。上阕写梅雨时节的景色。下阕写的是当年相聚的场景，隐含惜别之情。全词词风婉约轻巧，富含深意，又细腻清新，景物与人情的描写都恰到好处。

谢　逸

【作者简介】

谢逸（1068 ~1113 年），字无逸，号溪堂，北宋临川（今属江西）人，多次落榜之后，终身没有为官，常用诗文来自娱。有《溪堂词》。他的词远规“花间”，近逼温、韦。其词不仅带有“花间”派的浓艳，还有晏、欧的婉柔。曾写了 300 多首蝴蝶诗，多有佳句，被人称为“谢蝴蝶”。现存词 60 余首。

千秋岁

楝花飘砌[①]，蔌蔌清香细[②]。梅雨过，蘋风起[③]。情随湘水远，梦绕吴峰翠[④]。琴书倦，鹧鸪唤起南窗睡。密意无人寄，幽恨凭谁说。修竹畔，疏帘里，歌余尘拂扇，舞罢风掀袂。人散后，一钩新月天如水。

【注释】

①楝（liàn）：落叶乔木，初夏开花。

②蔌（sù）蔌：形容楝（liàn）花落下的声音。

③蘋风：微风。

④吴峰：浙江一带的山。湘水、吴峰：泛指遥远的山水。

【评解】

花落之时，本就容易让人感伤，更何况当时词人身处异乡，漂泊不定。在荒滩野渡，静寂无人，面对遍地的荒草，不由让人想起往昔的温馨。这首词通过写江南的景色，描述了夏日的寂静，透露出了词人怀人的念头。笔触平淡，只轻轻点出，但是所表现的情感却十分细腻，别有一番天然之秀。

菩萨蛮

暄风迟日春光闹①，蒲萄水绿摇轻棹②。两岸草烟低，青山啼子规。

归来愁未寝，黛浅眉痕沁。花影转廊腰，红添酒面潮。

【注释】

①暄风：春风，暖风。迟日：春天昼长夜短。

②棹（zhào）：类似于桨的一种划船工具。

【评解】

这是一首写春愁的词。在词人眼里，春天风和日丽，欢情无限，生机盎然。作者列举了大量生机盎然的景象进行佐证，写出了春天的惬意。之后突然通过“青山子规啼”转换了心情，开始伤春。之后开始写女子因为春愁而难以安眠，因此在画廊中饮酒求醉。女子不胜酒力，满面潮红，心绪却依然难平，这些都体现在了浅眉、眉纹乱画上。此词立意新颖，构思奇巧，别具新意。

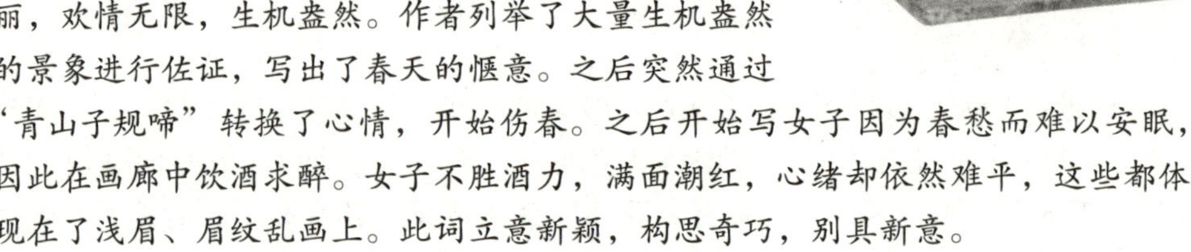

蝶恋花

豆蔻梢头春色浅①，新试纱衣，拂袖东风软。红日三竿帘幕卷，画楼影里双飞燕。

拢鬓步摇青玉碾②，缺样花枝，叶叶蝶儿颤。独倚阑干凝望远，一川烟草平如剪③。

【注释】

①豆蔻：植物名，春天开花。诗词中经常用来比喻少女。

②步摇：古代妇女的首饰。下面三句都是在写妇女的首饰。

③烟草：形容草色如烟。

【评解】

这首词表面上是在描绘春景，实际上是为了表达作者的怀人之情。上阕写景。阳光明媚，春光无限，新穿的衣服，拂袖在春风里。画楼双燕，帘幕高卷。

下阕写人。精妆之后登楼，倚阑远望，只见“一川烟草如剪”。全词表达委婉含蓄，给人言有尽而意无穷之感。

江神子

杏花村馆酒旗风[①]，水溶溶[②]，扬残红[③]。野渡舟横[④]，杨柳绿阴浓。望断江南山色远[⑤]，人不见，草连空[⑥]。

夕阳楼外晚烟笼[⑦]，粉香融[⑧]，淡眉峰。记得年时，相见画屏中[⑨]。只有关山今夜月[⑩]，千里外，素光同[⑪]。

【注释】

①杏花村馆：指的是杏花村驿馆。传闻位于湖北麻城岐亭镇。酒旗风：让酒旗可以舞动起来的和风。

②溶溶：指的是水波荡漾、缓缓流动的样子。

③扬（yáng）：是指舞动、飘散的样子。残红：指的是凋零的花。

④野渡：指村野渡口。

⑤望断：一直张望着直到看不到。

⑥人不见，草连空：意为看不到所想念的故人，只看到草色接连到天际。

⑦晚烟笼：指黄昏时烟雾朦胧的景象。

⑧融：融合，匀融，匀合。

⑨年时：这里指当年那个时候。画屏中：指像诗画一般的景象，而不是指绘有诗词的屏风。

⑩关山：据《苕溪渔隐丛话》后集卷三十三引《复斋漫录》所云，应指黄州关山。

⑪素光：皎洁的月光。

【评解】

这首词是借怀人来表达作者相思之情之作。词人从空间入手，给人构建了一个立体空间境界，描写了当时词人所在的环境的具体景象，从而引出了“流水落花春去也”，让作者产生了伤春的惆怅之情。词人依照地名取典，杏花村与酒连在一起，出自杜牧《清明》诗“借问酒家何处有，牧童遥指杏花村。”后来酒店常常会以杏花村为名。后即景取典，用了韦应物的《滁州西涧》诗中“野渡无人舟自横”的字面。虽然采用了前人的语典，但是却颇为符合词人当时所在地区的景致。本词委婉含蓄，结构缜密。

杜安世

【作者简介】

杜安世（生卒不详），字寿域，北宋京兆（今陕西西安）人，也是当时较为有名的慢词作家，且能自度新曲。词集有《寿域词》一卷。

卜算子

尊前一曲歌①，歌里千重意。才欲歌时泪已流，恨更多于泪！

试问缘何事，不语浑如醉。我亦情多不忍闻，怕我成憔悴。

【注释】

①尊前：在酒樽之前。

【评解】

这首词描述的是一次在宴会上的场景，抒发了词人难以言说的哀愁。上阕写歌者的悲凄的境况。樽前一曲，含意千重。尚未歌而泪先流。下阕写听者的深切同情。看到这番场景让人不忍询问。全词通篇抒情，透出了一种悲苦之感，含蓄地透露出了离愁别恨。

赵长卿

【作者简介】

赵长卿（约1224年前后在世），自号仙源居士，江西南丰人。著有《惜香乐府》。其词仿张先、柳永，颇有其神韵。因此能够在艳冶中复具清幽之致。作品颇多，是柳派的一个重要代表人物。

更漏子

烛消红，窗送白，冷落一衾寒色。鸦唤起，马驮行，月来衣上明。

酒香唇，妆印臂，忆共个人春睡。魂蝶乱，梦鸾孤，知他睡也无？

【评解】

这首词写的是离别时的场景，抒发了离别之情。上阕写“一衾冷落”“月下

登程”的凄凉之景。下阕写离别之后的相思之情。“知他睡也无”，含蕴无限眷恋之情。全词着意抒情而以景相衬，情思缠绵，意境幽远凄凉。

潇湘夜雨

斜点银釭[①]，高擎莲炬[②]，夜深不耐微风。重重帘幕卷堂中。香渐远、长烟袅穟[③]，光不定、寒影摇红。偏奇处、当庭月暗，吐焰为虹。

红裳呈艳[④]，丽娥一见，无奈狂踪[⑤]。试烦他纤手，卷上纱笼。开正好、银花照夜，堆不尽、金粟凝空[⑥]。丁宁语[⑦]、频将好事，来报主人公。

【注释】

①银釭：银灯。

②莲炬：指莲花灯。

③袅：烟篆缭绕上腾貌。穟：同“穗”，本为禾穗，这里借指灯烛芯。

④红裳呈艳：形容灯燃得好。

⑤“丽娥”两句：指飞蛾狂扑灯火。

⑥金粟：指灯花呈金黄色颗粒状。

⑦丁宁语：结灯花时，有小爆炸声，好像丁宁语。

【评解】

这是一首咏物词。上阕写的是银灯点燃的情景，华灯初上、灯火通明。下阕写张灯结彩。飞蛾扑焰，银花黑夜。最后的结尾，以灯花传喜兆作结。全词语言生动形象，对仗工丽，描写细腻，意境优美。

柳梢青

过何郎石见早梅[①]

云暗天低。枫林凋翠，寒雁声悲。茅店儿前，竹篱笆后，初见横枝。

盈盈粉面香肌。记月榭、当年见伊。有恨难传，无肠可断，立马多时。

【注释】

①何郎石：何郎指的是梁代诗人何逊，其《咏早梅》诗颇为有名，至于这块石头在何处，尚不祥。

【评解】

这首词借着咏梅来抒发怀旧的情怀。天气渐凉，枫林的绿叶开始凋零，寒雁悲鸣。而茅店外，竹篱边，却窥见了梅花的倩影。上阕写“初见横枝”的情景。下阕所咏，看上去是在写花又像是在写人，亦花亦人，朦胧美妙。“无肠可断”句，立意新颖，言久已肠断，如今则没有复断。续以“立马多时”，更见踟蹰怅惘，难以言表。

吕渭老

【作者简介】

吕渭老（生卒年不详）也被写成滨老，字圣求，嘉兴（属江苏）人，宋徽宗宣和末年在朝廷里做过小官。南渡后情况不详。所著有《圣求词》。他的词作较平易，但也有刻画工丽、描写生动之作。

好事近

飞雪过江来，船在赤栏桥侧①。为报布帆无恙②，著两行亲札③。

从今日日在南楼，鬓自此时白。一咏一觞谁共④，负平生书册。

【注释】

①赤栏桥：姜夔《淡黄柳》词序有“客居合肥南城赤栏桥之西。”

②无恙：指的是途中相安无事。

③著：加上。亲札：亲笔信。

④“一咏一觞”句：这里指有谁来一起饮酒赋诗。

【评解】

这是作者在南渡之后，写给友人的一首词。词中写了自己在风雪之中返回到故乡，却没有知己可以一起饮酒赋诗，又不能为国建功立业，违背了自己读书救国的志向。词虽简短平淡，但是却表现出作者浓浓的爱国之情。

薄倖

青楼春晚，昼寂寂、梳匀又懒。乍听得、鸦啼莺弄，惹起新愁无限。记年时、偷掷春心，花前隔雾遥相见。便角枕题诗①，宝钗贳②酒，共醉青苔深院。

怎忘得、回廊下，携手处、花明月满。如今但暮雨，蜂愁蝶恨，小窗闲对芭蕉展。却谁拘管？尽无言闲品秦筝，泪满参差雁。腰肢渐小，心与杨花共远。

【注释】

①角枕：枕心角饰者。

②贳（shì）：赊欠。

【评解】

这首词含蓄细腻地写出了离别之后的相思之情。眼前的场景，让词人不禁回想起了过去。上阕写了当时相会的场景，下阕写了离别之后的相思。当时廊下携手，花明月满，如今只能在窗前枯坐，寂寞落泪。“心与杨花共远”，写出了无

限相思与眷恋，耐人寻味。

鲁逸仲

【作者简介】

鲁逸仲（1086～1160 年），姓孔名夷，字方平，号滍皋先生，宋哲宗元祐中隐士。“鲁逸仲”其别号也。其词有《惜余春慢》《南浦》等，均录于赵闻礼《阳春白雪》集中。

南浦

风悲画角，听单于三弄落谯门①。投宿骎骎征骑②，飞雪满孤村。酒市渐阑灯火，正敲窗、乱叶舞纷纷。送数声惊雁，乍离烟水，嘹唳度寒云。

好在半胧淡月，到如今、无处不消魂。故国梅花归梦，愁损绿罗裙③。为问暗香闲艳，也相思、万点付啼痕。算翠屏应是，两眉余恨倚黄昏。

【注释】

①单于：唐乐曲有《小单于》。

②骎骎（qīn）：马快速行进的样子。

③绿罗裙：家中穿着绿罗裙的人。

【评解】

这首词写的是作者的思乡之情。上阕写自己的所见所闻。种种景象无一不在撩动作者的思乡之情。下阕抒怀念故乡、想念亲人之情。写到结尾处，思乡之情已经无法压抑。全词感情真挚，委婉含蓄，耐人寻味。

廖世美

【作者简介】

廖世美（生卒年不详），黄昇《花庵词选》录有他的词两首。

好事近

夕景

落日熔金①，天淡暮烟凝碧。楼上谁家红袖②，靠阑干无力。

鸳鸯相对浴红衣[3]。短棹弄长笛[4]。惊起一双飞去，听波声拍拍。

【注释】

①熔金：形容落日照射在水面上波光闪烁的颜色。

②红袖：指女子。

③红衣：指鸳鸯的彩羽。

④短棹：通常用来指代小舟，这里指的是舟中之人。

【评解】

这是一首艳词。本词中出现了两个人物，一个是凭栏的女子，一个是舟中弄笛人。不图吹箫引凤，却惊鸳鸯飞去。不言他鸟，单言鸳鸯，其词用意可窥一二。

烛影摇红

题安陆浮云楼[1]

霭霭春空，画楼森耸凌云渚。紫薇登览最关情[2]，绝妙夸能赋。惆怅相思迟暮，记当日、朱阑共语。塞鸿难问，岸柳何穷，别愁纷絮。

催促年光，旧来流水知何处？断肠何必更残阳，极目伤平楚。晚霁波声带雨[3]，悄无人舟横野渡。数峰江上，芳草天涯，参差烟树。

【注释】

①安陆：也就是今湖北安陆县。

②紫薇：星名，位于北斗东北。

③带雨：韦应物诗："春潮带雨晚来急，野渡无人舟自横。"

【评解】

这首词通过对春夜景色的描写，抒发了离别之后的相思之情。上阕写春日登楼的所见所感。春空霭霭，画楼入云。登高望远，不禁浮想联翩，思念之情自然而出。下阕写眼前景色，波声带雨，野渡无人。穷目望去，只看到"数峰江上，芳草天涯，参差烟树"全词意境幽美，情景交融，委婉奇巧，用词文雅。

向　镐

【作者简介】

向镐（gǎo）（生卒年不详），字丰之。河内（河南沁阳）人。工词，著有《乐斋词》，他的词以自然为胜，多用俗语入句。

如梦令

野店几杯空酒，醉里两眉长皱，已是不成眠，那更酒醒时候，知否，知否？直是为他消瘦。

【评解】

这首词写的是离别之后的魂牵梦绕之情。离别之后，居住在乡村野店，想起了故人。不能自已，只能借酒浇愁，可是借酒浇愁愁更愁。醉之后依然眉头紧锁，酒醒之后更是愁苦不已。全词轻柔雅丽，语浅情深。

李　祁

【作者简介】

李祁（生卒年不详），字萧远，雍丘（今河南杞县）人。登进士，官至尚书郎。工诗词。其词婉约清丽，胜处不减少游。所作见《乐府雅词》。

点绛唇

楼下清歌，水流歌断春风暮。梦云烟树，依约江南路。

碧水黄沙，梦到寻梅处。花无数，问花无语，明月随人去。

【评解】

这首词借写春景来表达自己的离情别绪。上阕写眼前景色。水流歌断，春风又暮，从而引发了词人对过去的回想。下阕写梦境。碧水黄沙，梅花无数，而月随人去，花自无语。全词抒情含蓄，情意绵绵，别有一番滋味。

沈会宗

【作者简介】

沈会宗（生卒年不详），字文伯。工诗词，词集有赵氏《校辑宋金元人词》本，名《沈文伯词》一卷。

菩萨蛮

落花迤逦层阴少[①]，青梅竞弄枝头小。红色雨和烟[②]，行人江那边。

好花都过了，满地空芳草。落日醉醒间，一春无此寒。

【注释】

①迤逦：曲折连绵。

②红色雨和烟：形容落花在夕阳映照下的景色。

【评解】

这首词着意描写暮春景色。落花似烟云一般，青梅似豆。斜阳夕照，到处都是芳草。而醉醒之间，“好花都过”，春光已经消逝。全词通过景物的描绘，道出了诗人的惜春之情。清新和婉，平易自然。

杨无咎

【作者简介】

杨无咎（1097～1171年），字补之，清江（属江西）人。高宗累征不起，自号清夷长者。其《逃禅词》，有《宋六十家词》本。他的词正如他的人品，高洁清幽，不沾尘俗。

生查子

秋来愁更深，黛拂双蛾浅[①]。翠袖怯天寒，修竹萧萧晚。

此意有谁知，恨与孤鸿远。小立背西风，又是重门掩。

【注释】

①双蛾：即双眉。

【评解】

这首词上阕写景，景中含情。下阕抒情。全词风格清幽雅致，情感细腻动人，词尽而意不尽。

柳梢青

茅舍疏篱，半飘残雪。斜卧低枝，可更相宜？烟笼修竹，月在寒溪。

宁宁伫立移时[①]，判瘦损无妨为伊，谁赋才情，画成幽思，写入新诗。

【注释】

①宁宁：宁静之意。移时：指不一会儿。

【评解】

这首咏画词，将梅花与人融为一体。不仅赞美了梅花不畏严寒的精神，也表现了词人的情操。意境优美动人，用词精准，抒情委婉含蓄，韵味悠长。

范成大

【作者简介】

范成大（1126～1193年），字致能，号石湖居士，吴县（今江苏）人。南宋文学家。孝宗时出使金国，表现出不畏强暴的凛然气节。官至参知政事。擅长田园诗，在诗歌方面与陆游、杨万里、尤袤并称为“南宋四大家”。他的词，所涉及的生活面虽不及诗歌广阔；但却文字精美，音节谐婉，与婉约派一脉相通。有《石湖集》。

秦楼月

浮云集，轻雷隐隐初惊蛰。初惊蛰，鹁鸠鸣怒[①]，绿杨风急。

玉炉烟重香罗浥[②]，拂墙浓杏燕支湿[③]。燕支湿，花梢缺处，画楼人立。

【注释】

①鹁（bó）鸠：亦称鹁鸪，天将雨，其鸣甚急。

②浥：湿润。

③燕支：一种可作胭脂的花。

【评解】

当时临近惊蛰时节，天上传来了隐约的雷声，绿杨的枝条随风飘舞，浓杏越过了高墙，燕支花开得正艳，处处呈现出一派生机盎然的春日风光。在这一片景色中，却看到“花梢缺处，画楼人立”，顿使景中有人，让整个景象都鲜活起来。全词抒情含蓄，清疏有致。

秦楼月

楼阴缺[①]，栏干影卧东厢月[②]。东厢月，一天风露[③]，杏花如雪。

隔烟催漏金虬咽[④]，罗帏暗淡灯花结。灯花结，片时春梦，江南天阔。

【注释】

①楼阴缺：高楼被树荫遮蔽，只露出未被遮住的一角。

②栏干影卧：由于高楼东厢未被树荫所蔽，因此当月照东厢时，栏杆的影子就倒映在地上，像卧倒一般。

③一天：满天。

④金虬（qiú）：即铜龙，指计时的漏器上所装的铜制龙头。

【评解】

在朦胧的月色下，被茂密的树荫遮挡的楼阁露出一角，但是楼上栏杆的影子还是落到了东面厢房的地上。眼前景色清幽，天空似水般清澈，露气渐浓，不远处有杏花似雪。长期待在闺中的少妇，一直生活在这片寂静雅致的园林中，心情惆怅。独居此处的她，辗转难眠，无法打消自己思念的愁绪。漏壶传出的嘀嗒声，在女子看来仿佛是哽咽抽泣的声音。女子就在这种愁绪下渐渐睡着了，梦见了自己与心上人相聚在江南的风光里，可是醒来，却无处寻见。全词委婉含蓄，清疏雅洁。

眼儿媚

萍乡道中乍晴，卧舆中，困甚，小憩柳塘。

酣酣日脚紫烟浮[①]，妍暖破轻裘。困人天色，醉人花气，午梦扶头[②]。

春慵恰似春塘水，一片縠纹愁[③]。溶溶泄泄[④]，东风无力，欲皱还休。

【注释】

①酣（hān）酣：暖意。

②扶头：酒名。

③縠（hú）纹：形容细微的波纹。

④溶溶泄泄：水波荡漾的样子。

【评解】

这首词通过描绘春景，引出了人物的内心感受。上阕写景。春天到来，气候渐暖，万事万物都焕发生机，春天让人沉醉在花香之中，也让人不禁感觉慵懒困乏，再加上饮了一些酒，变得更加昏沉，于是在中午小睡，这种感觉十分惬意。下阕通过比喻，抒写人物心情。春天的慵懒就像是春天池塘里的水波，总给人一种不能言说的闲愁。春水在东风的吹拂下，泛起一阵阵涟漪，却感觉软弱无力。闲愁也像春水一般，时消时涨，不能让人完全排解。全词情景交融，细腻柔和，工巧精美。

醉落魄

栖乌飞绝，绛河绿雾星明灭①。烧香曳簟眠清樾②。花久影吹笙，满地淡黄月。

好风碎竹声如雪③，昭华三弄临风咽④。鬓丝撩乱纶巾折。凉满北窗⑤，休共软红说⑥。

【注释】

①绛河：银河。绿雾：指的是银河旁的云雾。

②曳簟（diàn）：拖着竹席。清樾（yuè）：凉爽的树荫。樾，指的是两树交聚而形成的树荫，也指道路旁成荫的树。

③雪：笙声清脆。

④昭华：指的是笙。三弄：指三遍。

⑤北窗：指的是书房。

⑥软红：繁华的景象。说：同“悦”，愉快。

【评解】

这首词描绘的是词人在罢官闲居之后，选择在一个凉爽的夜晚吹笙自娱时的情形。当时已是深夜，乌鸦都归巢不再飞翔了。天空中一片薄雾笼罩着银河，透出点点星光。这时词人点燃了一炉香，将竹席铺开，然后在清凉的树荫下躺下来，开始吹奏音乐。风吹动着花丛左右摆动，朦胧的月色笼罩着大地，笙的声音清脆动人，像是风吹动竹林时的声响。词人吹了三遍，清幽的笙声，如泣如诉，惆怅便在此时填充了词人的胸膛。声音穿过北面的窗户，吹乱人的鬓发，纶巾也被吹掉了。如此美好的夜晚，只能让闲居的人欣赏。

杨万里

【作者简介】

杨万里（1127~1206年），字廷秀，号诚斋，吉州吉水（今属江西）人，南宋著名词人、诗人。在诗词方面的成就，与尤袤、范成大、陆游一起被称为“南宋四大家”。杨万里诗歌多以写景为主，其中也有不少诗反映民间疾苦，抒发爱国情怀。语言浅显易懂，清新自然，富有幽默情趣，被称为“诚斋体”。著有《诚斋集》

好事近

七月十三日夜登万花川谷望月作

月未到诚斋[1]，先到万花川谷[2]。不是诚斋无月，隔一庭修竹。

如今才是十三夜，月色已如玉。未是秋光奇绝[3]，看十五十六。

【注释】

①诚斋：杨万里的书房名。

②万花川谷：是距离“诚斋”不远的一个花圃的名字。位于吉水之东，作者所居住的宅院的上方。

③未是：还没到。奇绝：奇妙非常。

【评解】

这是一首对美景进行歌咏的词。词的开篇对月色进行了赞美，表达了作者为自己可以在十三的晚上看到美妙的月色的欣喜之情。虽然词人对能够在此时看到如此美景而感到欣喜，但是词人也明白，最好的赏月时刻是在十五、十六日。本词意境优美，抒情含蓄，耐人寻味。

昭君怨

咏荷上雨

午梦扁舟花底[1]，香满西湖烟水。急雨打篷声，梦初惊。

却是池荷跳雨[2]，散了真珠还聚。聚作水银窝，泻清波。

【注释】

①扁舟：小船。花底：花丛下面。

②跳雨：雨珠溅落。

【评解】

作者以吹梦中所见的景色起兴，从而将梦境与现实联系在一起，开始写现实中的景色。从本词中可以看出词人观察能力很强，将景色真实地展现在读者眼前，极具画面感。本词描写细腻，意境优美。

赵　鼎

【作者简介】

赵鼎（1085～1147年），字元镇，号得全居士，解州闻喜（今属山西）人。徽宗崇宁五年进士。元镇为宋代名臣，官至相位。因与秦桧政见不合，被贬岭南，忧愤国事，不食而死。可见其气节人品。他的词多河山故主之思，音节虽婉柔，而意绪则甚凄楚。有《得全居士词》一卷。

点绛唇

香冷金猊[1]，梦回鸳帐余香嫩；更无人问，一枕江南恨！

消瘦休文，顿觉春衫衬。清明近，杏花吹尽。薄暮东风紧。

【注释】

①金猊（ní）：香炉的一种。其形似狮。

【评解】

这首词写春景，抒离恨。上阕写了房间里的情景。香炉里的香已经熄灭了，梦回鸳帐，离恨一枕，悄无人问。下阕写室外的情景。临近清明时节，杏花随风，薄暮来临，东风渐紧。全词通过景物描写，委婉地导出了春愁与离恨。意境优美动人，委婉柔媚。

张元干

【作者简介】

张元干（1091～约1161年），字仲宗，号芦川居士，又号真隐山人，福建永福县人。北宋末年之太学生。曾积极赞助李纲抗金。高宗时，因作词送主战派李纲、胡铨，遭秦桧迫害，下狱削籍。著有《芦川词》，词风多样。

石州慢

寒水依痕[①]，春意渐回，沙际烟阔。溪梅晴照生香，冷蕊数枝争发[②]。天涯旧恨，试看几许消魂？长亭门外山重叠。不尽眼中青，是愁来时节。

情切。画楼深闭，想见东风，暗销肌雪。辜负枕前云雨，尊前花月。心期切处，更有多少凄凉，殷勤留与归时说。到得却相逢，恰经年离别。

【注释】

①寒水依痕：化用了杜甫《冬深》里面的“早霞随类影，寒水各依痕”两句，指的是冰雪消融之后，河岸上会留下一道水痕。

②冷蕊：指的是梅花。

【评解】

本词是作者长久离乡之后挂念故乡之作。冬去春来，万物复苏，冰雪消融，岸上留下一道水痕。在这个生机勃勃的季节，词人的思乡之情油然而生。从广阔迷茫的景色中，词人感受到了一股和煦的暖意。阳光照耀着大地，西边的梅花伸出了几根枝条，上面的花苞已经绽放，发出阵阵香气。词人的惆怅却一直深埋心间。看到长亭外层层叠叠的大山，正像愁绪一般，连绵不断。想起了割舍不下的妻子，不知何时再相见，更是伤心欲绝。本词笔触委婉含蓄，寓意深远。

浣溪沙

山绕平湖波撼城[①]，湖光倒影浸山青，水晶帘下欲三更。

雾柳暗时云度月，露荷翻处水流萤[②]，萧萧散发到天明[③]。

【注释】

①波撼城：孟浩然《临洞庭》诗：“气蒸云梦泽，波撼岳阳城。”

②水流萤：月下荷叶上露珠闪光，晶莹如萤火一般。

③萧萧：疏散貌。

【评解】

静寂的夜晚，散发着丝丝凉意，湖光山色，极为值得观赏。在这样的美景中，词人在水晶帘下欣赏许久，才从周围的静境中看出动势。觉得湖波足可以撼城，认为山影可以浸湖；云遮月则柳暗如雾，荷翻露则细光如萤。寂静的环境中有着无穷的变化，醒心娱目。这首词妙在可以表达安静环境中的动势。

点绛唇

呈洛滨、筠溪二老

清夜沉沉，暗蛩啼处檐花落[1]。乍凉帘幕，香绕屏山角。

堪恨归鸿，情似秋云薄。书难托，尽交寂寞[2]，忘了前时约。

【注释】

①暗蛩：藏身在暗处的蟋蟀。檐花落：屋檐上的水滴落下来，在灯光的照射下就像是银花一般。

②尽交：放任不管。

【评解】

这是一首小令，意境营造十分优美，表现手法颇具特色。在写景的同时，抒发了思念心上人的愁苦之情。景中有情，情景交融，曲折有致，颇具新意。

赵彦端

赵彦端（1121～1175年），字德庄，号介庵。宋太祖之弟，鄱阳（今江西波阳）人。著有《介庵集》，不过已经遗失。

虞美人

断蝉高柳斜阳处[1]，池阁丝丝雨[2]。绿檀珍簟卷猩红，屈曲杏花蝴蝶小屏风[3]。

春山叠叠秋波慢[4]，收拾残针线。又成娇困倚檀郎。无事更抛莲子打鸳鸯[5]。

【注释】

①断蝉：蝉鸣声时断时续。

②池阁：挨着池塘的卧房。

③“绿檀”两句：根据语句的意思断句应当为“绿檀珍簟卷，猩红屈曲，杏花蝴蝶小屏风”。

④“春山叠叠”：指的是反复皱眉。春山，指的是美女的眉峰。叠叠，这里指的是多次、反复。

⑤无事：无缘无故，毫无理由的。

【评解】

这首词描写了一位女子午后闲适自得，与心上人在一起的生活片段。词首先对景色进行了描写，写出一抹残阳笼罩在夜空，柳树上传来时断时续的蝉鸣声。挨着池塘的柳条飘动，像是洒落的雨丝一般。房间里铺着浓绿珍贵的竹席，屏风上画着蝴蝶在杏花间舞动。然后写了女子还没有从睡意中清醒过来，频频皱眉，目光呆滞。收拾起昨天还没有绣完的残针絮线。这时候，睡意再次袭来，她撒娇般地倚靠着情郎。闲来无事，拿着莲子笑着打水中的鸳鸯。

豆叶黄

粉墙丹柱柳丝中。帘箔轻明花影重①。午醉醒来一面风。绿葱葱。几颗樱桃叶底红。

【注释】

①帘箔（bó）：帘子。

【评解】

这里描绘了一派午后的自然风光。淡粉色的院墙，红色的柱子在绿色柳丝的映衬下显得格外娇艳。帘子是浅色的，因此透过帘子能够看到外面繁花盛开的影子。午后一觉醒来，凉爽的风吹了进来。卷起珠帘，词人向外张望，看到碧绿的樱桃树叶下面，已经结了很多小小的红色的樱桃。

黄公度

【作者简介】

黄公度（1109～1156年），字师宪，莆田（属福建）人。宋高宗绍兴八年进士榜首。签书平海军节度判官，累仕考功员外郎。著有《知稼翁词》，有毛晋《宋六十家词》本。

菩萨蛮

眉端早识愁滋味，娇羞未解论心事。试问忆人不？无言但点头。

唤人归不早，故把金杯恼。醉看舞时腰，还如旧日娇。

【评解】

这是一首怀人词。充分表现对故人的怀念，心中的愁苦早就显现在了眉间。“无言但点头”“还如旧日娇”，将相思的愁苦姿态描写得绘声绘色。全词风格含蓄动人，容易让人感受其愁苦。

陆 游

【作者简介】

陆游（1125 ~1210 年），字务观，自号放翁，越州山阴（今浙江绍兴）人。他不仅是南宋著名爱国诗人、其词也有着高超的造诣。留下词数量虽然不多，但是风格各异，其中有婉约的作品，也有豪放的作品。著有《陆放翁全集》。

采桑子

宝钗楼上妆梳晚，懒上秋千。闲拨沉烟，金缕衣宽睡髻偏。

鳞鸿不寄辽东信[①]，又是经年。弹泪花前，愁入春风十四弦。

【注释】

①鳞鸿：这里泛指传递书信。辽东：古代郡名。这里泛指边远地区。

【评解】

这虽是一首春愁词，却意在写人。上阕刻画了人物的各种情态。梳妆慵晚，懒上秋千，花冠不整，衣宽髻偏。下阕重点写相思与离别之情。原来情绪不佳是由于游人未归，而且多年都没有音讯传来。从而只能在花前落泪，相思不已。“愁入春风十四弦”，思绪缠绵，情韵无限，精准地写出了相思相爱之情。全词抒情细腻，委婉凄美。

朝中措

梅

幽姿不入少年场，无语只凄凉。一个飘零身世，十分冷淡心肠。

江头月底，新诗旧梦，孤恨清香。任是春风不管，也曾先识东皇[①]。

【注释】

①东皇：司春之神。

【评解】

这是一首咏梅词，虽然整首词没出现一个“梅”字，却句句都在写梅，将梅花的特点全都刻画出来。作者使用了拟人化手法，借梅花以自喻。将梅花与人融为一体，写出了自己的身世，寓意深远，让人感觉言有尽而意无穷。

浣溪沙

和无咎韵[①]

漫向寒炉醉玉瓶[②]，唤君同赏小窗明。夕阳吹角最关情。

忙日苦多闲日少，新愁常续旧愁生。客中无伴怕君行。

【注释】

①无咎：韩元吉，字无咎。南宋著名诗人。

②漫向：一本作“懒向”。

【评解】

陆游在镇江担任通判期间，韩无咎从江西过来探望母亲。陆游与其相处了三个月。写下了这首词。上阕写出了两人之间的真挚友情。下阕写客中送客，写出了作者的孤独寂寞的心情。全词抒情含蓄，感情真挚动人。

朝中措

怕歌愁舞懒逢迎，妆晚托春酲[①]。总是向人深处，当时枉道无情。

关心近日，啼红密诉，剪绿深盟，杏馆花阴恨浅，画堂银烛嫌明。

【注释】

①春酲（chéng）：春日病酒。酲：病酒，谓经宿饮酒，故曰酲。

【评解】

这首词也是陆游在蜀期间所写，他用拟人化的手法，上阕写出了梅花由于不喜欢歌舞逢迎，因此被人认为是无情之物。下阕写最近春光无限，生机勃勃。全词清雅含蓄，动情委婉，似在写梅花也像是在写人，寓意深远。

月上海棠

斜阳废苑朱门闭，吊兴亡、遗恨泪痕里。淡淡宫梅，也依然、点酥剪水[①]。凝愁处，似忆宣华旧事[②]。

行人别有凄凉意。折幽香、谁与寄千里。伫立江皋，杳难逢、陇头归骑。音尘远，楚天危楼独倚[③]。

【注释】

①点酥：喻美目。

②宣华：蜀王旧苑。

③楚天：古时长江中下游等地区属楚，因此用以泛指南方的天空。

【评解】

这首词，作者借写宫梅的“凝愁忆旧”，写出了对成都蜀王旧苑的凭吊。上阕写到了旧苑梅花从而引发了作者的怀古之情。下阕由花及人，开始回忆故人。“折幽香、谁与寄千里”，展现了词人当前处境的凄凉。全词基调较为凄凉，幽雅而委婉，极富感染力。

南乡子

归梦寄吴樯[①]，水驿江程去路长[②]。想见芳洲初系缆，斜阳，烟树参差认武昌。

愁鬓点新霜[③]，曾是朝衣染御香。重到故乡交旧少，凄凉，却恐他乡胜故乡。

【注释】

①吴：泛指南方。樯：桅杆。泛指舟船。

②驿：古时传送文书者休息、换马的处所。这里泛指行程。

③霜：这里指白发。

【评解】

这首词是陆游奉调入京、准备离开成都的时候所写。既写出了词人的思乡之情，又道出了对成都的恋恋不舍之情。全词将词人的内心活动刻画得细致入微，营造了一种优美的意境。

卜算子

咏梅

驿外断桥边，寂寞开无主[①]。已是黄昏独自愁，更著风和雨[②]。

无意苦争春，一任群芳妒。零落成泥碾作尘，只有香如故。

【注释】

①开无主：没有人看护，任由其自开自落。

②更著：又遭受，再加上。

【评解】

梅花是一种清雅脱俗、象征高洁的植物。如今在野外的驿站旁边的断桥边上，有几株无人照看的梅花，独自生长在那里，周围一片荒凉。日暮时分，夕阳西下，夜色朦胧，梅花要承受风雨的摧残。等到百花齐放的春天，梅花却没有“争春”的念头，而是冒着严寒独自开放，向人们汇报春天到来的消息。其实，它并无意争春，就算“群芳妒”，也不会放在心上。最终被车马碾压成泥土，也依然会保持自己以往的幽香。

钗头凤

红酥手①，黄縢酒②，满城春色宫墙柳。东风恶③，欢情薄④。一怀愁绪，几年离索⑤。错、错、错。

春如旧，人空瘦，泪痕红浥鲛绡透⑥。桃花落，闲池阁⑦。山盟虽在，锦书难托。莫、莫、莫！

【注释】

①酥手：像酥油一样柔软细腻的手。

②黄縢（téng）酒：黄封酒，用黄纸封口的酒。

③东风：原本应当指的是春风，这里用来指代破坏爱情的势力。

④欢情薄：恩爱美好的感情无法持续。

⑤离索：离群索居，暗指自己与唐婉被迫离婚。

⑥泪痕红浥（yì）鲛绡透：指的是泪水将胭脂冲掉了，浸湿并染红了手帕。浥：浸湿。鲛绡：传闻男孩之中有鲛人，像鱼一般生活在水里，它们吐出来的丝十分轻薄，可以遇水不湿，这里指的是质地十分薄的手帕。

⑦闲池阁：沈园之中的亭台在词人看来已经十分荒凉。

【评解】

这首词写的是陆游本人与唐婉的真实故事，感情真挚动人，让人落泪。陆游的原配妻子唐婉与陆游十分相爱，可是陆游的母亲却对儿媳十分厌恶，逼着陆游休掉了唐婉。后来，唐婉改嫁给了同郡的士人赵士程，从此二人便断了联系。几年之后，陆游在一个偶然的机会游览沈园，并在那里碰到了跟随丈夫出游的唐婉。唐婉安排了一桌酒席，请陆游赴宴。陆游再次看到自己的心爱之人，内心感慨颇多，于是在酒后写下了这首词，并题在了沈园的墙壁之后。后来唐婉再游沈园的时候，看到这首词，也以《钗头凤》相和。没过多久，唐婉郁郁而死。本词感情真挚动人，极富感染力。

唐　婉

【作者简介】

唐婉（生卒年不详），字蕙仙。自幼文静灵秀，才华横溢。陆游的第一任妻子，后因陆母偏见而被拆散，也因此写下著名的《钗头凤·世情薄》。

钗头凤

世情薄，人情恶，雨送黄昏花易落。晓风干，泪痕残，欲笺心事，独倚斜栏。难！难！难！

人成各，今非昨，病魂常似秋千索。角声寒[①]，夜阑珊[②]，怕人寻问，咽泪装欢。瞒！瞒！瞒！

【注释】

①角声：军号声。角，古代乐器名。

②阑珊：暗淡，零落。

【评解】

这首词是唐婉对陆游所作的《钗头凤》的相和之作。将二人分别之后的切身体会大胆地表达出来，可以算是“独白体”。本词语句如泣如诉，用真挚的感情与悲惨的感情经历感动古今。本词与陆游所作的《钗头凤》采用的艺术手法各不相同，但是却珠联璧合，读之让人仿佛置身其中，为二人伤心落泪。

陈　亮

【作者简介】

陈亮（1143 ~1194 年），本名汝能，字同甫，号龙川，被世人称为龙川先生。浙江永康人。南宋词人。光宗绍熙四年，以进士榜首的身份入仕，被授予签书建康府判官厅公事，不过尚未上任就已过世。词人有着强烈的爱国主义情怀，力主抗金，曾多次遭受迫害。他与辛稼轩交往密切，词风亦相近。多豪迈之词，不过也有婉约之作，其《水龙吟》《虞美人》等词就以婉约著称。著有《龙川词》。有《四印斋所刻词》本。

水龙吟

春恨

闹红深处层楼[①]，画帘半卷东风软。春归翠陌，平莎茸嫩[②]，垂杨金浅。迟日催花[③]，淡云阁雨[④]，轻寒轻暖。恨芳菲世界，游人未赏，都付与、莺和燕。

寂寞凭高念远，向南楼一声归雁。金钗斗草，青丝勒马，风流云散。罗绶分香[⑤]，翠绡封泪，几多幽怨？正销魂，又是疏烟淡月、子规声断。

【注释】

①闹红：也被写为“闹花”。用来形容百花齐放的场景。

②平莎：平原上的莎草。或说，平整的草。茸嫩：形容新草十分柔嫩。

③迟日：春日昼长，故曰“迟日”。

④阁雨：把雨止住。阁，同搁。

⑤罗绶：罗带。

【评解】

这是一首春恨词。上阕由景物来引出人事，道出了景物的优美：百花齐放，东风卷画帘，柳媚花娇，草软莎平。淡云微雨，春色惹人。但是如此优美的风景，却无人欣赏，让人不禁哀叹。下阕写闻“归雁”而“念远”，感叹当今处境的同时不禁想起了过去。这首词的可贵之处，是在写景色的时候带出了爱国之情。感今忆昔，“几多幽怨”。正由于笔曲意深，含蓄委婉，韵味无穷，所以艺术效果出众，词人的高超技艺，也可从中窥见一二。

虞美人

东风荡飏轻云缕[①]，时送潇潇雨。水边台榭燕新归，一点香泥[②]，湿带落花飞。

海棠糁径铺香绣[③]，依旧成春瘦。黄昏庭院柳啼鸦，记得那人，和月折梨花。

【注释】

①荡飏：即荡扬。

②一点香泥：一作“一口香泥”。

③糁（sǎn）：这里是散落的意思。

【评解】

这首词借写景道出了春愁。上阕主要是用来刻画春天的景色，写出了春景的优美。下阕由写景引申出怀人，以美丽的春景衬托出了春愁。因为景色宜人，反而让人觉得更加孤寂。全词词风委婉，营造出优美的意境，表现了词人词风的多变性。

点绛唇

咏梅月

一夜相思，水边清浅横枝瘦[①]。小窗如昼[②]，情共香俱透。

清入梦魂，千里人长久。君知否？雨僝云僽[③]，格调还依旧[④]。

【注释】

①“水边”句：用林逋《山园小梅》：“疏影横斜水清浅，暗香浮动月黄昏”诗意。

②小窗如昼：形容月光明亮。

③雨僝云僽（zhòu）：指风吹雨打。僝僽：摧残。

④格调：指品格。

【评解】

这是一首月下咏梅词。词人借梅言志，借月抒怀。上阕写了月光下梅花的影子横斜水边。诗人在小窗前独坐，悠悠的香气与作者的情感交相融合。下阕写月光洒下之后伴词人入梦，梦中向千里之外的好友送去了祝福，并明确表示就算遭到了风雨的摧残，高洁的品格也不会更改。全词含蓄委婉，寓意深远。

赵汝茪

【作者简介】

赵汝茪（生卒年不详），字参晦，号霞山，商王元份八世孙善官之子（见《宋史·宗室世系表》）。他的词极明艳生动，为风雅派中上驷。有《退斋词》，录于赵氏《校辑宋金元人词》者凡九首。

如梦令

小砑红绫笺纸[①]。一字一行春泪。封了更亲题，题了又还折起。归来？归来？好个瘦人天气。

【注释】

①砑：砑石，古人用来磨纸，使之光泽。

【评解】

这是一首闺怨词。词中的女子准备给远方的丈夫写信，催促他早日回来。一边写一边落泪，意境十分凄美；还写出女子写好信之后的动作以及由此而引发的盼君归来的急切心情，这已经不是自己第一次写这样的信，千言万语道不尽的怨情，只得埋怨天气。全词只就写信落墨，并没有直接道出离别之情，但是却把女子的种种情绪付诸笔端，让人读之不禁为其落泪。

李弥逊

【作者简介】

李弥逊（1085～1153年），字似之，号筠西翁、筠溪居士、普现居士等。吴县（属江苏）人。宋朝的官员，文学家。有《筠溪词》一卷，有《四印斋汇刻宋元三十一家词》本。

十样花

陌上风光浓处。第一寒梅先吐。待得春来也，香消减，态凝伫[①]。百花休漫妒[②]。

【注释】

①凝伫：形容寒梅庄重挺立。

②漫：随意。

【评解】

这是一首咏梅词。严冬季节，在一个乡间小路上绽放着一枝寒梅，告知人们春天即将到来。但是等到春回大地之时，梅花却看不到行踪，香消态凝，端庄自重。词人劝说百花不要相争，从而赞美梅花凌寒独放，不与百花争艳的高洁品格。

吕本中

【作者简介】

吕本中（1084～1145年），字居仁，号紫薇，世人将其称为东莱先生。寿州

（安徽寿县）人。宋高宗绍兴六年赐进士，累迁中书舍人，兼直学士院，提举太平观。卒谥文靖，有《东莱集》。他的词，赵万里为其汇辑成卷，名《紫薇词》，刊于《校辑宋金元人词》中，凡26首。

踏莎行

雪似梅花①，梅花似雪②。似和不似都奇绝。恼人风味阿谁知③？请君问取南楼月。

记得去年④，探梅时节。老来旧事无人说。为谁醉倒为谁醒？到今犹恨轻离别。

【注释】

①雪似梅花：东方虬（qiú）《春雪》一诗写道：“春雪满空来，触处似花开。”

②梅花似雪：古乐府：“只言花似雪，不悟有香来。”

③阿谁：谁，何人。

④去年：往年。

【评解】

作者将梅花、白雪两者放在一起，花魂雪魄，冰清玉洁。因此到了梅花盛开到时候，看到这番美景，不禁勾起了作者对往事的回忆，因此产生了一种与众不同的情愫。这首词由梅花之景引出了作者对往事的回忆，浑然天成，引人觉醒。

采桑子

恨君不似江楼月。南北东西，南北东西，只有相随无别离。

恨君却似江楼月，暂满还亏，暂满还亏①，待得团圆是几时。

【注释】

①满：指月圆。亏：指月缺。

【评解】

这首词中作者由江楼月联想到了人生的聚散离合。月虽然有阴晴圆缺，但是却不会分南北东西。词人构思奇巧，寓意奇特，正反成理。以“不似”与“却似”来暗喻朋友之间的聚散离合，表达了作者对相聚短暂、长期离别的感慨。本词极富民歌色彩。全词简单易懂，自然流畅，风格委婉，做到了言有尽而意无穷。

杨炎正

【作者简介】

杨炎正（1145～?），字济翁，庐陵（今江西吉安）人。宋宁宗庆元间进士。曾任大理司直（审判官）。他的词集名《西樵语业》。有《宋六十家词》本。毛晋跋语称他的词“不作娇艳情态”“俊逸可喜”。

蝶恋花

别范南伯

离恨做成春夜雨，添得春江，刬地东流去[①]。弱柳系船都不住，为君愁绝听鸣橹[②]。

君到南徐芳草渡[③]，想得寻春，依旧当年路。后夜独怜回首处，乱山遮莫无重数。

【注释】

①刬（chǎn）地：依旧，还是。

②橹：摇船工具。

③南徐：州名，在今江苏省丹徒县。

【评解】

这首词借写春景来抒发作者的离情别绪。上阕写离别时的情景。春江水满，无限离愁，将船系在柳树上，却留不住人。由于听闻了花匠的声音，让别离之情更添一层。下阕对离别之后的情形进行了设想。回望送别的地方，只见群山重叠，故人安在！全词将作者的离别之情刻画得十分细腻，别有一番风味。

曾　觌

【作者简介】

曾觌（dí）（1109～1180年），字纯甫，号海野老农，汴（河南开封）人。绍兴中，为建王内知客。孝宗受禅，以潜邸旧人，除权知阁门事，后又加少保。著有《海野词》。

阮郎归

柳阴庭院占风光，呢喃春昼长[①]。碧波新涨小池塘，双双蹴水忙[②]。

萍散漫，絮飘扬。轻盈体态狂。为怜流去落红香，衔将归画梁。

【注释】

①呢喃：燕语。

②蹴水：点水，踏水，掠水。

【评解】

这是一首咏燕词，乃词人在宫中侍宴的时候写下的作品。上阕写了燕子呢喃点水，小池塘之中的水新涨，柳阴庭院，风光无限。下阕写燕子飞来衔泥，东风落红飘香，轻盈体态，飞入画梁。全词构思新颖，将燕子的形态写得绘声绘色，十分逼真。

辛弃疾

【作者简介】

辛弃疾（1140 ~ 1207 年），字幼安，号稼轩，山东济南人。南宋著名的词人、军事家，积极主张抗金，但因南宋朝廷苟安江左，不思恢复，使辛弃疾的报国志向无法实现，满腔的爱国热情只能通过诗词表现出来，因此成为南宋一名伟大的爱国词人。其词多豪放，但也有婉约之作，足见其词风的多样化。

祝英台近

晚春

宝钗分[①]，桃叶渡[②]，烟柳暗南浦[③]。怕上层楼，十日九风雨。断肠片片飞红[④]，都无人管，更谁劝，流莺声住。

鬓边觑[⑤]，试把花卜归期，才簪又重数。罗帐灯昏，哽咽梦中语。是他春带愁来，春归何处。却不解、带将愁去。

【注释】

①宝钗分：钗为古代妇女簪发首饰。分为两股，情人分别时，各执一股为纪念。宝钗分，寓意夫妇离别。

②桃叶渡：在南京秦淮河与青溪合流之处。这里泛指男女送别之处。

③南浦：水边，泛指送别的地方。江淹《别赋》：“送君南浦，伤如之何。”

④飞红：落花。

⑤觑（qù）：细看，斜视。这三句是说细看鬓边的花儿，拿下来数花片以卜归期，才插上又忘了，因而取下来重数一遍。

【评解】

这首词，作者借写“闺怨”来抒发自己的情怀。上阕主要描写春景，借以抒发离别之情。暮春时节，烟雨蒙蒙，落花遍地，莺啼不止，声声断肠。下阕主要描写人物。分别写了清醒时与在梦中的怀人情思。词中托物起兴，通过写春色渐消，抒发了作者思念之情，表达作者深切关切国事，以及对国事的担忧。全词千回百折，委婉含蓄，将感情抒发得十分细腻深刻。

青玉案

元夕

东风夜放花千树[①]，更吹落、星如雨[②]。宝马雕车香满路。凤箫声动，玉壶光转[③]，一夜鱼龙舞[④]。

蛾儿雪柳黄金缕[⑤]，笑语盈盈暗香去[⑥]。众里寻他千百度，蓦然回首[⑦]，那人却在，灯火阑珊处[⑧]。

【注释】

①花千树：花灯多的就像是千树开花。

②星如雨：指焰火纷纷，像雨一样掉落。

③玉壶：指月亮。

④鱼龙舞：指舞鱼、龙灯。

⑤蛾儿、雪柳、黄金缕：这些指的都是古代妇女的首饰。这里指盛妆的妇女。

⑥盈盈：仪态美好的样子。

⑦蓦然：突然，猛然。

⑧阑珊：零落稀疏的样子。

【评解】

这首词借描写元宵节花灯的盛况来抒发作者不愿同流合污的意愿。本词先写了灯火的辉煌、歌舞欢腾的热闹场景。然后写了游人观灯的欢乐场景。在这样热闹狂欢的场景之中，词人与意中人秘密约会，一直寻不见的心上人，后来猛然发现在“灯火阑珊处”。结尾四句，借“那人”的孤高自赏，表明了词人不愿意与他人同流合污的高洁品格。全词构思新颖，语言细腻又恰到好处，情节曲折，韵味十足。

汉宫春

立春

春已归来，看美人头上，袅袅春幡。无端风雨，未肯收尽余寒。年时燕子，料今宵、梦到西园。浑未辨，黄柑荐酒，更传青韭堆盘[①]。

却笑东风，从此便熏梅染柳，更没些闲。闲时又来镜里，转变朱颜。清愁不断，问何人、会解连环[②]。生怕见，花开花落，朝来塞雁先还。

【注释】

①堆盘：古时的风俗，在立春的这一天作五峰盘，并以黄柑酿酒，称洞庭春色。

②解连环：指战国时秦昭王遣使为齐王后解玉连环事。

【评解】

在这首词中，词人借写春景来抒发时间短暂、功业未成的感慨。花谢花开，春去春来，岁月匆匆，难以挽留，却发现自己的志向无法实现。“问何人会解连环”一句，以古喻今，词人的忧国忧民之情，跃然纸上。

醉太平

春晚态浓意远，眉颦笑浅[①]，薄罗衣窄絮风软。鬓云欺翠卷。

南园花树春光暖。红香径里榆钱满。欲上秋千又惊懒，且归休怕晚。

【注释】

①颦：蹙眉。

【评解】

这首词着意刻画人物情态。以景衬人，情景交融。暮春时节，柳絮纷飞，落英遍地，到处可以看到榆钱。作者刻画的人物鬓云欺翠，罗衫春暖。“眉颦笑浅，态浓意远”。委婉地道出了白昼渐长之后人们慵懒的情态。全词工丽和婉，刻画得十分细腻，充分展现了辛弃疾词的风格。

念奴娇

书东流村壁[①]

野塘花落，又匆匆过了，清明时节。刬地东风欺客梦[②]，一枕云屏寒怯[③]。曲岸持觞[④]，垂杨系马，此地曾轻别。楼空人去，旧游飞燕能说。

闻道绮陌东头，行人曾见，帘底纤纤月[⑤]。旧恨春江流不断，新恨云山千叠。料得明朝，尊前重见，镜里花难折。也应惊问：近来多少华发？

【注释】

①东流：旧县名，在今安徽省东至县。

②刬（chǎn）地：无端，无缘无故。

③云屏：云母石制作的屏风；或说云母石制作的枕头。或说云屏指帷帐。

④曲岸：河岸。

⑤纤纤月：古代原形容女子的脚，这里借指美人。

【评解】

词人在写这首词时正由江西豫章被调往临安，旅行东流县。这首词充分表达了作者当时的感受。上阕着意写过东流县的时候，恰逢清明刚过。岁月匆匆，词人独居旅店，不由想起了过去一段难以忘怀的往事。如今时移事异，由此引发了词人感慨万分。下阕写词人在经过东流的所见所闻，引发了新愁旧恨，让人感同身受。

西江月

夜行黄沙道中[①]

明月别枝惊鹊[②]，清风半夜鸣蝉。稻花香里说丰年，听取蛙声一片。

七八个星天外，两三点雨山前。旧时茅店社林边[③]，路转溪桥忽见。

【注释】

①黄沙：黄沙岭，在江西上饶西。

②“明月”句：苏轼《次韵蒋颖叔》诗：“明月惊鹊未安枝。”别枝：斜枝。

③社：土地神庙。古时，村有社树，为祀神处，故曰社林。

【评解】

这首词是辛弃疾被贬闲居江西时所作。重点刻画了黄沙岭的夜景。月明星稀，鹊惊蝉鸣，稻花飘香，蛙声一片。作者从视觉、听觉和嗅觉三方面写出了夏天山村夜晚的景观，情景交融，场景优美，让人仿佛身临其境一般，十分逼真生动。

摸鱼儿

淳熙己亥[①]，自湖北漕移湖南[②]，同官王正之置酒小山亭，为赋。

更能消，几番风雨，匆匆春又归去。惜春长怕花开早[③]，何况落红无数。春

且住。见说道、天涯芳草迷归路。怨春不语。算只有殷勤、画檐蛛网[4]，尽日惹飞絮。

长门事[5]，准拟佳期又误。蛾眉曾有人妒[6]。千金纵买相如赋，脉脉此情谁诉。君莫舞。君不见，玉环飞燕皆尘土[7]。闲愁最苦。休去倚危栏，斜阳正在，烟柳断肠处。

【注释】

①淳熙己亥：宋孝宗淳熙六年（1179年）。

②漕：转运使的简称。

③怕：一说作“恨”。

④画檐蛛网，尽日惹飞絮：喻小人误国。

⑤长门：汉代宫名。汉武帝曾经金屋藏娇的陈阿娇皇后，后来失宠居住在长门宫。陈皇后为了能够再次得宠，派人送黄金百斤给司马相如，请他代写一篇《长门赋》送给汉武帝。后来，“长门”成为了失宠后妃居处的专用名词。

⑥蛾眉：借指美人。

⑦玉环：唐玄宗贵妃杨氏的小字。飞燕，姓赵，汉成帝的皇后。两人都得宠且善妒。

【评解】

本词是辛弃疾的抒情之作。整首词都采用比兴手法，表达出作者对国家命运的担忧。上阕写了暮春时节，经过几波风雨之后，落花无数，从而隐喻南宋逐渐衰微的政局，表明了词人对想要收复中原却不能引发的感慨。下阕作者引用了汉武帝时陈皇后失宠的典故，写出了自己的遭遇，也表明了对南宋朝廷的不满情绪。本篇作品化刚为柔，在婉约之中饱含了词人的爱国之情，形成了词人独特的艺术风格。

丑奴儿[1]

书博山道中壁

少年不识愁滋味，爱上层楼[2]。爱上层楼，为赋新词强说愁。

而今识尽愁滋味，欲说还休。欲说还休，却道天凉好个秋！

【注释】

①丑奴儿：即《采桑子》。

②层楼：高楼。

【评解】

这首词全篇都在说“愁”。将“少年”时的愁与“而今”的愁进行对比，写出了词人在遭受压迫、排挤，有着满腔报国志向却报国无门的痛苦，同时也讽刺了南宋朝廷的软弱无能。上阕写少年不识愁滋味。下阕写如今遭遇的艰辛，“识尽愁滋味”。全词构思新巧，浅显易懂。浓愁淡写，重语轻说。将满腔情绪用婉约的风格表现出来，寓意深远，别有一番风味。

粉蝶儿

和赵晋臣敷文赋落梅[①]

昨日春如十三女儿学绣，一枝枝不教花瘦。甚无情，便下得雨僝风僽[②]，向园林铺作地衣红绉。

而今春似轻薄荡子难久。记前时送春归后，把春波都酿作一江醇酎[③]。约清愁，杨柳岸边相候。

【注释】

①赵晋臣：赵不迂，字晋臣，是作者的朋友，官至敷文阁学士，故以敷文称之。

②僝（chán）、僽（zhòu）：折磨的意思。

③醇酎（zhòu）：浓酒。

【评解】

这是一首送春词。作者采用了拟人化的手法，将春天即将消逝，难以挽留而产生的愁绪具体化、形象化。上阕写昨日春光烂漫。下阕写今日春光难留。全词描写十分细腻委婉，色彩艳丽，构思奇特，别具一番韵味。

锦帐春

席上和杜叔高[①]

春色难留，酒杯常浅。更旧恨新愁相间。五更风，千里梦，看飞红几片。这般庭院。

几许风流，几般娇懒。问相见何如不见。燕正忙，莺语乱，恨旧帘不卷。翠屏平远。

【注释】

①杜叔高：杜之弟，浙江金华人。兄弟五人，俱善诗词。陈亮云：伯高奔风逸足，而鸣以和鸾。仲高丽句，晏叔原不得擅美。叔高戈矛森立，有吞虎食牛之气。季高幼高，后先辉映，匪独一门之盛，可谓一时之豪。

【评解】

这首词作者写出了伤春惜别的情怀以及对往事的回忆。上阕写出庭院之中的春色，几片飞红，引发了词人的新愁旧恨。下阕写了词人的诸多感慨。全词含蓄委婉，凄恻缠绵。语言工丽，韵味无穷。

高观国

【作者简介】

高观国（生卒年不详），字宾王，号竹屋，山阴（今浙江绍兴）人。“南宋十杰”之一，著有《竹屋痴语》一卷，有毛刻《宋六十家词》本。其词多描写男女之间的恋情，词风婉约秀雅，被世人成为“白石羽翼”。

解连环

柳

露条烟叶，惹长亭旧恨，几番风月。爱细缕、先窣轻黄[1]，渐拂水藏鸦[2]，翠阴相接。纤软风流，眉黛浅、三眠初歇[3]。奈年华又晚，萦绊游蜂，絮飞晴雪。

依依灞桥怨别[4]，正千丝万绪，难禁愁绝。怅岁久、应长新条，念曾系花骢[5]，屡停兰棹[6]。弄影摇晴，恨闲损，春风时节。隔邮亭，故人望断，舞腰瘦怯。

【注释】

①窣：突然出现。

②拂水藏鸦：指的是柳树的叶片逐渐长长。

③三眠：《三辅故事》：汉苑有柳如人形，一日三眠三起。

④灞（bà）桥：位于长安城东面，汉人送客到这里，折柳赠别。这里泛指送别的地方。

⑤花骢：骏马。

⑥兰棹：这里泛指舟船。

【评解】

这首词是作者借咏柳来怀念故人之作，笔触细腻，将景物与情感完美地结合起来，以景喻情，情景交融。上阕着意描写柳树。下阕由柳树来引出对故人的思念。全词都表达了作者对故人的无限思念之情。委婉含蓄，余韵无穷。

卜算子

泛西湖坐间寅斋同赋[1]

屈指数春来，弹指惊春去[2]。檐外蛛丝网落花，也要留春住。

几日喜春晴，几夜愁春雨。十二雕窗六曲屏，题遍伤心句。

【注释】

①寅斋：高观国的好友。

②弹指：形容时间短暂。

【评解】

这是一首送春词，写出了作者的伤春惜春之情。上阕主要是刻画春天的稍纵即逝，难以留住。下阕主要是写伤春的愁绪。全词用词十分精准，让人读之仿佛置身其中，莫名地伤感起来。

周紫芝

【作者简介】

周紫芝（1082～1155年），字少隐，自号竹坡居士，宣城（属安徽）人，南宋文学家，属于大器晚成之列。其词学晏、欧、柳、秦，造句颇为自然，是南渡前后的巨手。高宗绍兴十七年，为枢密院编修官。著有《竹坡诗话》、《竹坡词》等。

鹧鸪天

一点残红欲尽时[①]，乍凉秋气满屏帏。梧桐叶上三更雨，叶叶声声是别离。

调宝瑟[②]，拨金猊[③]。那时同唱鹧鸪词。如今风雨西楼夜[④]，不听清歌也泪垂。

【注释】

①残红：这里指的是即将熄灭的灯烛。

②调：摆弄乐器。

③金猊（ní）：狮形的铜制香炉。这句话是指拨去炉中的香灰。

④西楼：作者住处。

【评解】

此词写梧桐秋雨引起的离愁别绪。上阕借景抒情。残灯将尽，屏帏乍寒，夜雨梧桐，声声别离。下

阕写当日的欢乐和今日的凄凉。忆昔伤今，悲不自胜。全词和婉细腻，意境清幽。

踏莎行

情似游丝，人如飞絮。泪珠阁定空相觑[1]。一溪烟柳万丝垂，无因系得兰舟住[2]。

雁过斜阳，草迷烟渚[3]。如今已是愁无数。明朝且做莫思量，如何过得今宵去。

【注释】

①觑：细看。指离别前两人眼中含泪空自对面相看。

②无因：没有法子。

③渚：水中小洲。

【评解】

此词抒写离情别绪。上阕写离别时的情景。情似游丝，泪眼相觑，一溪烟柳，难系兰舟，写尽了离别滋味。下阕写别后相思之苦。愁绪无数，无法排遣。全词凄迷哀婉，愁思无限。

程　垓

【作者简介】

程垓（gāi）（生卒年不详），字正伯，号书舟，眉山（属四川）人，南宋著名作家。著有《书舟词》（一作《书舟雅词》），有《宋六十家词》本。

酷相思

月桂霜林寒欲坠。正门外，催人起。奈离别[1]、如今真个是：欲住也、留无计；欲去也、来无计。

马上离魂衣上泪。各自个、供憔悴。问江路梅花开也未。春到也、须频寄；人到也、须频寄。

【注释】

①奈：奈何。

【评解】

这首词采用了民歌回环复沓的格调，主要描写了离别以及相思之情。在分别的时候，没有办法挽留，在离别之后又引发了两地相思，只能折下江路的梅花来寄托自己的相思之情。全词语浅意深，清新素雅，耐人寻味。

卜算子

独自上层楼，楼外青山远。望到斜阳欲尽时，不见西飞雁[1]。

独自下层楼，楼下蛩声怨[2]。待到黄昏月上时，依旧柔肠断。

【注释】

①西飞雁：从西边飞回之雁（相传雁足能传书）。

②蛩（qióng）：蟋蟀。

【评解】

这首词描写了离别之后的相思之情。上阕主要写诗人独自登上阁楼，望断青山，一直到夕阳西下，却依然没有看到归雁送来远方人的消息。下阕写独自下楼，而楼下蛩声，黄昏月上，一股凄凉之景，让人柔肠寸断。全词委婉含蓄，意境清幽。

陈　克

【作者简介】

陈克（1081～1137年），字子高，自号赤诚居士，侨居金陵。有《天台集》。其词集名《赤诚集》，有《缰村丛书》本。其词工丽，颇有花间词派的神韵。

菩萨蛮

绿芜墙绕青苔院，中庭日淡芭蕉卷。蝴蝶上阶飞，风帘自在垂。

玉钩双语燕，宝甃杨花转[1]，几处簸钱声，绿窗春梦轻。

【注释】

①甃（zhòu）：井壁。

【评解】

这首词描写的是暮春景色，抒发了作者当时闲暇愉悦的心情。上阕写了庭院之中的春景。苔深蕉卷，蝶飞帘垂。下阕写“绿窗梦轻”。听到玉钩燕语，几处簸钱。全词融情于景，温婉轻柔，清新瑰丽。

谒金门

柳丝碧，柳下人家寒食。莺语匆匆花寂寂，玉阶春藓湿[①]。

闭凭熏笼无力，心事有谁知得？檀炷绕窗灯背壁[②]，画檐残雨滴。

【注释】

①春藓：苔藓类的一种植物。

②檀炷：焚烧檀香散发的烟雾。

【评解】

这首词主要描写了春情。上阕写室外春景，清明时节，杨柳青青，花寂莺语，玉阶藓湿。下阕写了房间里的人。闲凭熏笼，心事满怀，檀炷绕窗，画檐残雨。全词语言温婉细腻，情景交融，耐人寻味。

汪 藻

【作者简介】

汪藻（1079 ~1154 年），字彦章，号浮溪，又号龙溪，德兴（今江西波阳）人。汪藻撰著，散佚甚多。有《浮溪集》。《彊村丛书》收浮溪词三首，题婺源汪藻撰。

点绛唇

新月娟娟，夜寒江静山衔斗[①]。起来搔首，梅影横窗瘦。

好个霜天，闲却传杯手[②]。君知否？晓鸦啼后，归梦浓于酒。

【注释】

①山衔斗：北斗星在山间闪烁。

②“闲却”句：与末句相应。言无意饮酒。

【评解】

这首词上阕注重写景。寒夜新月，山衔北斗，搔首怅望，梅影横窗。下阕注重写人。“归梦浓于酒”，委婉含蓄，余韵悠长。全词借景抒情，情景交融，让景物与人构成了一个整体。

徐　俯

【作者简介】

徐俯（1075～1141 年），字师川，自号东湖居士，洪州分宁（今江西修水）人。宋朝官员，江西派著名诗人之一。有《东湖集》。师川为黄山谷外甥，诗词均十分出色。

卜算子

胸月千种愁，插在斜阳树。绿叶阴阴自得春，草满莺啼处。

不见凌波步①，空想如簧语②。柳外重重叠叠山，遮不断愁来路。

【注释】

①凌波：用来形容女子的步履轻逸。

②如簧语：形容语音悦耳动听。簧：乐器的一种。

【评解】

这首词主要描写了作者的春愁。上阕借景抒情。斜阳烟树，绿叶得春，草满莺啼，勾起了词人的愁绪。下阕引发了作者对故人的怀念。凌波微步，如簧话语，已被群山隔断，却隔不断“愁来路”。全词语言清丽柔媚，愁思断肠，让人回味。

康与之

【作者简介】

康与之（生卒年不详），字伯可，号顺庵，滑州（属河南省）人。渡江初，因词受知高宗。任郎中一职。作为一名宫廷词人，他也是一名柳派的重要作家。词风清婉工丽。著有《顺庵乐府》。

诉衷情

阿房废址汉荒丘[1]，狐兔又群游。豪华尽成春梦，留下古今愁。

君莫上，古原头，泪难收。夕阳西下，塞雁南来，渭水东流！

【注释】

①阿房：宫名。秦始皇营建。

【评解】

这首词借古伤今，抒发了作者对当时偏安一隅，不胜今昔的感叹。上阕由眼前所见之景写起，阿房荒废的旧址，汉代荒丘，如今已经成为了狐狸兔子这一类动物的居住之处。过去的繁华，就像是一场春梦。让人观之，不胜唏嘘。下阕主要写情。由眼前之景，想起了往事，唯见塞雁南来，渭水东流。黄昏时候，更是倍觉伤感。全词工整哀婉，余韵悠长。

姜　夔

【作者简介】

姜夔（kuí）（1154～1221），字尧章，别号白石道人，饶州鄱阳（属江西）人。南宋文学家，音乐家，是南宋词坛上成就与影响力较高的作家。主要以相思之情、纪游咏物或慨叹身世为题材，也有部分关心国事、同情人民疾苦的作品。其词音律讲究，用词精准，想象力丰富，意境深远，是南宋婉约词的代表人物。

暗香

辛亥之冬[1]，予载雪诣石湖[2]。止既月[3]，授简索句[4]，且征新声[5]。作此两曲，石湖把玩不已，使工伎隶习之[6]，音节谐婉，乃名之曰“暗香”“疏影”。

旧时月色，算几番照我，梅边吹笛。唤起玉人，不管清寒与攀摘。何逊而今渐老[7]，都忘却、春风词笔。但怪得[8]、竹外疏花，香冷入瑶席。

江国，正寂寂，叹寄与路遥，夜雪初积。翠尊易泣[9]，红萼无言耿相忆。长记曾携手处，千树压、西湖寒碧。又片片、吹尽也，几时见得。

【注释】

①辛亥：光宗绍熙二年（1191 年）。

②石湖：位于苏州西南，与太湖相通。范成大曾在此居住，因此而自号石湖居士。

③止既月：指住满一月。

④简：纸。

⑤征新声：征求新的词调。

⑥工伎：乐工、歌伎。隶习：学习。

⑦何逊：南朝梁诗人，早年曾经担任南平王萧伟的记室。在担任扬州法曹期间，廨舍有梅花一株，常吟咏其下。后居洛思之，请再往。抵扬州，花方盛片，逊对树彷徨终日。杜甫诗“东阁官梅动诗兴，还如何逊在扬州。”

⑧但怪得：惊异。

⑨翠尊：翠绿酒杯，这里指酒。

【评解】

这是一首咏梅之作。借咏石湖的梅花七星，思今念往。上阕写过去在梅边月下的欢乐；以及如今难以寻见知己的凄凉。两相对照，因此对梅花升起了一种特殊的情绪，实际上表达了词人的无限深情。下阕写路遥积雪，江国寂寂，红萼依然，玉人何在！往日的欢会，只能留在“长记”中了。低回缠绵，怀人之情，溢于言表。全词写梅花的同时句句又在写人。清新脱俗，不拘泥于事物本身，景中有情，情中有景，余韵悠长。

鹧鸪天

元夕有所梦

肥水东流无尽期[①]。当初不合种相思[②]。梦中未比丹青见[③]，暗里忽惊山鸟啼。

春未绿[④]，鬓先丝。人间别久不成悲。谁教岁岁红莲夜[⑤]，两处沉吟各自知。

【注释】

①肥水：源出安徽合肥西南紫蓬山，东流经合肥入巢湖。

②种相思：种下相思之情。

③丹青：这里泛指画像。

④春未绿：本词写于正月，正值天气寒冷，寸草未生之时。

⑤红莲：指灯。

【评解】

作者曾经多次游览合肥，并与当地的一名歌伎相恋。当时的欢乐，如今竟成了他一生都不愿回忆的一段往事。每每想起那位佳人，词人依然印象深刻。然而佳人已经不在，后会无期。让词人每每忆起，都倍觉心痛，思念不止，感慨万千。在梦

中与佳人相会，却又被山鸟惊醒。思念的痛苦，真觉得“当初不合种相思”了。抹不去的愁绪，就像是肥水东流，遥遥无期。到底是谁让两人每年的元宵之夜，就开始想起过去相恋时的场景呢！作者用词精准，全词委婉深情，耐人回味。

点绛唇

丁未冬，过吴松作①

燕雁无心，太湖西畔随云去。数峰清苦。商略黄昏雨②。

第四桥边③，拟共天随住④。今何许？凭阑怀古，残柳参差舞。

【注释】

①丁未：宋孝宗淳熙十四年（1187 年）。吴松：指的是如今的吴江。本年春，姜夔曾由杨万里介绍到苏州去见范成大。

②商略：商量，酝酿。此处指遥望山峰，雨意很浓。

③第四桥：指坐落于吴江城外的甘泉桥。郑文焯《绝妙好词校录》：“宋词凡用四桥，大半皆谓吴江城外之甘泉桥……《苏州志》：甘泉桥旧名第四桥。”

④天随：晚唐陆龟蒙，号天随子，隐居吴江。

【评解】

这首词是作者从湖州前往苏州，路过吴松的时候所作。全词只有 41 个字，但是却生动地刻画了作者在路过吴松时的怀古之情。上阕注重写景。不仅描绘出了景色，更是采用了拟人的手法，让静物变得生动起来，让人称道。下阕借由该地之景来怀古、写出了残柳的景象，让无情之物渲染上了一种沧桑之感。全词委婉含蓄，引人思索，不胜唏嘘，是小令之中的佳作。

小重山令

潭州红梅①

人绕湘皋月坠时②，斜横花树小，浸愁漪。一春幽事有谁知？东风冷，香远茜裙归③。

鸥去昔游非，遥怜花可可、梦依依。九疑云杳断魂啼，相思血，都沁绿筠枝④。

【注释】

①潭州：今湖南长沙市。

②湘：湘江，流经湖南。皋：岸。

③茜：大红色。

④沁：渗透。

【评解】

这首词以咏梅为题，抒发了作者吊古怀人之情。上阕注重写景。首两句点明了“潭州”与“梅花”。“东风”两句，由景及人。下阕主要抒情。鸥去之后，昔游全非。因今思昔，感怀吊古，相思血泪，都沁绿枝。全词在写梅花的同时实为在写人，用梅花来指代人，是写景也是在抒发感情。用词精准，语浅意深，风格委婉清丽。

扬州慢

淳熙丙申至日，予过维扬。夜雪初霁，荠麦弥望。入其城，则四顾萧条，寒水自碧，暮色渐起，戍角悲吟，予怀怆然。感慨今昔，因自度此曲。千岩老人以为有黍离之悲也[①]。

淮左名都[②]，竹西佳处[③]，解鞍少驻初程。过春风十里[④]。尽荠麦青青。自胡马窥江去后[⑤]，废池乔木，犹厌言兵。渐黄昏，清角吹寒。都在空城。

杜郎俊赏，算而今、重到须惊。纵豆蔻词工，青楼梦好，难赋深情。二十四桥仍在[⑥]，波心荡、冷月无声。念桥边红药[⑦]，年年知为谁生。

【注释】

①千岩老人：指的是南宋诗人萧德藻，字东夫，自号千岩老人。姜夔曾跟着他学习作诗，也是他的侄女婿。黍离：《诗经·王风》篇名。传闻周平王东迁之后，周大夫经过西周故都，看见宗庙尽毁，尽为禾黍，心中惆怅不愿离去，因此写下了这首诗。后以“黍离”来表示对故国的相思之情。

②淮左名都：指扬州。宋朝的行政区设有淮南东路和淮南西路，扬州是淮南东路的首府，因此被称为淮左名都。左，古人方位名，面朝南时，东为左，西为右。

③竹西：指的是亭子的名称，位于扬州北门外。

④春风十里：杜牧《赠别》诗：“春风十里扬州路，卷上珠帘总不如。”这里用以借指扬州。

⑤胡马窥江：指金兵侵扰长江流域地区，对扬州进行了洗劫。此处应当指的是第二次洗劫扬州。

⑥二十四桥：扬州城内古桥，即吴家砖桥，也叫红药桥。

⑦红药：红芍药花，传闻扬州繁华时期常见的花。

【评解】

作者再次来到了过去曾经十分繁华的扬州，看到如今已经一片废墟不禁十分感慨。姜夔在这首词里用了他常用的小序。交代了写作的缘由和背景，让读者更清楚地了解写这首词的用意，以及写作的时间、地点、原因、内容和主旨。让人更好地、更深入地了解词人写作此词时的心理情怀。全词采用了一种今昔对比的手法，将过去繁荣兴盛的景象与如今一片凋零破败的景象对比，烘托出战争给人们带来的伤害。本词情景逼真，韵味无穷，寓意深远。

踏莎行

自沔东来[1]，丁未元日，至金陵，江上感梦而作。

燕燕轻盈，莺莺娇软[2]，分明又向华胥见[3]。夜长争得薄情知？春初早被相思染。

别后书辞，别时针线，离魂暗逐郎行远[4]。淮南皓月冷千山[5]，冥冥归去无人管[6]。

【注释】

①沔（miǎn）东：唐、宋时期的州名，指的是现在的湖北汉阳（属武汉市），姜夔早年曾在这里流寓。

②燕燕、莺莺：代指伊人。苏轼《张子野八十五岁闻买妾述古令作诗》："诗人老去莺莺在，公子归来燕燕忙。"

③华胥（xū）：指的是梦境。

④郎行：情郎那里。

⑤淮南：指现在的合肥。

⑥冥冥（míng）：自然界的幽暗深远。

【评解】

这首词紧扣感梦的主题，以梦见心上人作为开端，然后又以情人梦魂归去作为结尾，意境幽深。词的后半部分，在构思上借鉴了唐传奇《离魂记》，里面写道倩娘可以灵魂出窍去追逐心上人，构思十分奇妙。在意境与措辞上，又与杜诗《梦李白》"魂来枫林青，魂返关塞黑"、《咏怀古迹》"画图省识春风面，环佩空归月夜魂"有着异曲同工之妙。本词自然流畅，构思奇特。

齐天乐

丙辰岁[1]，与张功父会饮张达可之堂[2]。闻屋壁间蟋蟀有声，功父约予同赋，以授歌者。功父先成，辞甚美。予裴回末利花间[3]，仰见秋月，顿起幽思，寻亦得此。蟋蟀，中都呼为促织[4]，善斗。好事者或以三二十万钱致一枚，镂象齿为楼观以贮之。

庾郎先自吟愁赋[5]，凄凄更闻私语。露湿铜铺[6]，苔侵石井，都是曾听伊处。哀音似诉。正思妇无眠，起寻机杼。曲曲屏山[7]，夜凉独自甚情绪？

西窗又吹暗雨。为谁频断续，相和砧杵？候馆迎秋[8]，离宫吊月[9]，别有伤心无数。豳诗漫与[10]。笑篱落呼灯，世间儿女。写入琴丝，一声声更苦。

【注释】

①丙辰岁：宋宁宗庆元二年（1196年）。

②张功父：张镃（zī），字功父。南宋将领张俊之孙，有《南湖集》。张达可：不详。

③裴回：即徘徊。

④中都：这里指的是汴京（今河南开封）。促织：蟋蟀。

⑤庾郎：北朝诗人庾信，曾作《愁赋》。

⑥铜铺：铜制的铺首，装在门上可以衔门环。

⑦屏山：屏风上画有远山，因此被称为屏山。

⑧候馆：迎客的馆舍。

⑨离宫：皇帝出巡时居住的行宫的。

⑩豳（bīn）诗：指《诗经·豳风》中的《七月》篇："七月在野，八月在宇，九有在户，十月蟋蟀入我床下。"

【评解】

这首词看上去是在咏物，实际上是在抒情，通过写蟋蟀鸣声，寄托家国之恨。这首词妙在分辟蹊径，别开生面，不断运用空间的转换，表达了对物是人非的感慨，层层递进，达到一种凄迷深远的艺术境界。

疏影

辛亥之冬，余载雪诣石湖[1]。止既月[2]，授简索句[3]，且征新声[4]，作此两曲，石湖把玩不已，使二妓肄习之[5]，音节谐婉，乃名之曰《暗香》、《疏影》。

苔枝缀玉，有翠禽小小，枝上同宿。客里相逢[6]，篱角黄昏，无言自倚修

竹。昭君不惯胡沙远，但暗忆、江南江北。想佩环、月夜归来，化作此花幽独。

犹记深宫旧事，那人正睡里，飞近蛾绿。莫似春风，不管盈盈，早与安排金屋。还教一片随波去，又却怨、玉龙哀曲⑦。等恁时⑧、重觅幽香，已入小窗横幅⑨。

【注释】

①载雪：冒着雪乘船。诣：到。石湖：位于苏州的西南，与太湖通。南宋诗人范成大晚年居住在苏州西南的石湖，自号石湖居士。

②止既月：指刚好住满一个月。

③授简索句：给纸索取诗调。简：纸。

④征新声：征集新的词调。

⑤二妓：乐工和歌伎。肄习：学习。

⑥客里：离开家乡客居他乡期间。唐牟融《送范启东还京》诗："客里故人尊酒别，天涯游子弊裘寒。"白石是江西人，当时住苏州。

⑦玉龙哀曲：马融《长笛赋》："龙鸣水中不见己，截竹吹之声相似。"玉龙，指的就是玉笛。李白《与史郎中饮听黄鹤楼上吹笛》诗："黄鹤楼中吹玉笛，江城五月落梅花。"哀曲，指笛曲《梅花落》。这首曲子是古代流行的乐曲，听了使人悲伤。唐皮日休《夜会问答》说听《梅花落》曲"三奏未终头已白"，可见一斑。故曰"玉龙哀曲"。

⑧恁（nèn）时：那时候。南唐冯延巳《忆江南》词："东风次第有花开，恁时须约却重来。"

⑨小窗横幅：晚唐崔橹《梅花诗》："初开已入雕梁画，未落先愁玉笛吹。"陈与义《水墨梅》诗："晴窗画出横斜枝，绝胜前村夜雪时。"此反用其意。

【评解】

这是一首描绘梅花的词。词中先勾勒出了梅花不同凡俗的形貌，然后又赞美了其高洁的情操，借鉴了杜甫、王建诗意，将远嫁他乡的昭君故事神话化，将眷恋故国的昭君之魂和寒梅的幽独之魂结合在一起，营造了凄美的境界。下阕从眼前梅花盛开联想到梅花飘落的时候，采用了寿阳公主及陈阿娇之事，来表达怜香惜玉之情，又借笛里梅花哀怨的乐曲，加深怅惋的感情，最后两句从梅花凋尽，唯余空枝幻影映上小窗，语意沉痛。全词富有变化，虚实结合，让人称赞。

史达祖

【作者简介】

史达祖（生卒年不详），字邦卿，号梅溪，汴（河南开封）人。一生未中第，早年做过幕僚。韩侂胄当国的时候，他曾经是其最为亲信的堂吏，负责撰拟文书。韩败之后被牵连受黥刑，在贫困中过世。史达祖的词擅咏物。今存词112首，留有《梅溪词》。

绮罗香

咏春雨

做冷欺花[①]，将烟困柳[②]，千里偷催春暮。尽日冥迷[③]，愁里欲飞还住。惊粉重、蝶宿西园，喜泥润、燕归南浦。最妨它、佳约风流，钿车不到杜陵路[④]。

沉沉江上望极，还被春潮晚急，难寻官渡[⑤]。隐约遥峰，和泪谢娘眉妩[⑥]。临断岸、新绿生时，是落红、带愁流处。记当日、门掩梨花，剪灯深夜语[⑦]。

【注释】

①做冷欺花：春寒多雨，影响了花开。

②将烟困柳：春雨朦胧，就像是烟雾一般围绕着柳树。

③尽日冥迷：整日春雨霏霏。

④钿车：装饰华丽的车子。杜陵：汉宣帝陵墓所在地。当时附近一带住的多是富贵之家，故用来借指繁华的街道。

⑤官渡：用公家渡船运送旅客。

⑥谢娘：唐代歌伎，后世泛指歌女。这两句是写烟雨笼罩远处的山峰，像谢娘被泪沾湿的眉毛那样妩媚好看。

⑦剪灯深夜语：李商隐《夜雨寄北》："何当共剪西窗烛，却话巴山夜雨时。"

【评解】

这是一首咏物词，作者采用多种艺术表现手法写出春雨霏霏的场景。上阕主要写近处的春雨。蝶惊粉重，燕喜泥润，佳期被阻，钿车不行。下阕主要写远处的春雨。春潮晚急，群山迷蒙，新绿落红，带愁流去。全篇都没有一个“雨”字，但是却到处都在写雨。用词巧妙，意境委婉清雅。

双双燕

咏燕

过春社了[①]，度帘幕中间[②]，去年尘冷[③]。差池欲住[④]，试入旧巢相并。还相雕梁藻井[⑤]，又软语商量不定。飘然快拂花梢，翠尾分开红影[⑥]。

芳径[⑦]，芹泥雨润[⑧]。爱贴地争飞，竞夸轻俊。红楼归晚，看足柳昏花暝。应自栖香正稳[⑨]。便忘了、天涯芳信[⑩]。愁损翠黛双蛾，日日画栏独凭。

【注释】

①春社：指的是春分前后祭拜社神的日子。

②度：飞过。

③尘冷：指原来的巢穴一片清冷，布满尘灰。

④差（cī）池：指燕子羽毛长短不齐。

⑤相：细看。藻井：天花板。

⑥红影：指花影。

⑦芳径：花草芬芳的小径。

⑧芹泥：燕子所衔之泥。

⑨“应自”句：该当睡得香甜安稳。自：一作“是”。

⑩天涯芳信：指出外的人给家中妻子的信。

【评解】

这首词是白描中的佳作，描写了春燕重归旧巢的场景，同时也抒发了作者饱满的感情，语言温柔多情。上阕描写了双燕重归旧巢。下阕注重写了双燕飞游的适意以及楼中妇女的幽思。全词构思巧妙，意蕴深远刻画细腻动人。清新而不落俗套，到处都彰显着生活情趣，让人为之羡慕。

夜合花

柳锁莺魂，花翻蝶梦，自知愁染潘郎[①]。轻衫未揽，犹将泪点偷藏。念前事，怯流光，早春窥、酥雨池塘。向消凝里，梅开半面，情满徐妆[②]。

风丝一寸柔肠，曾在歌边惹恨，烛底萦香。芳机瑞锦，如何未织鸳鸯。人扶醉，月依墙，是当初、谁敢疏狂！把闲言语，花房夜久，各自思量。

【注释】

①潘郎：潘岳字安仁，晋中牟人。面容姣好，辞藻绝丽，尤善为哀诔之交。《晋书》有传。

②徐妆：半面妆。《南史梁元帝徐妃传》载："妃以帝眇一目，每知帝将至，必为半面妆以俟。帝见则大怒而去。"

【评解】

这首词既写景，又咏物，还抒情。上阕写眼前的景色，抒发了作者心中深藏的感情。下阕写了回忆当初曾在歌边惹恨，烛底萦香。如今回首往事，寸断柔肠。全词风格婉约轻盈，用词细腻，颇有梅溪词的特色。

临江仙

闺思

愁与西风应有约，年年同赴清秋。旧游帘幕记扬州。一灯人著梦，双燕月当楼。

罗带鸳鸯尘暗淡，更须整顿风流[1]。天涯万一见温柔。瘦应因此瘦，羞亦为郎羞。

【注释】

①整顿：稍作修饰。

【评解】

这是一首闺中怀人词。上阕写了每年一到秋天的时候，愁绪就会跟着西风一起到来。写出了闺中人的寂寞孤独。下阕主要写的是佳人睹物思人，不胜唏嘘，写出了闺中的相思之情。本词用语质朴无华，但是却饱含深情，委婉别致。

鹧鸪天

搭柳栏干倚伫频[1]。杏帘胡蝶绣床春。十年花骨东风泪，几点螺香素壁尘。

箫外月，梦中云。秦楼楚殿可怜身。新愁换尽风流性，偏恨鸳鸯不念人。

【注释】

①伫：久立，盼望。频：屡次，多次。

【评解】

这是一首闺情词，上阕写了作者凭栏瞭望的场景。下阕写借景怀人，抒发了作者吊古伤今之情。结尾一句"偏恨鸳鸯不念人"，愁绪万千，耐人寻味。全词

用词精巧，绮丽动人。

严 仁

【作者简介】

严仁（约公元1200年前后在世），字次山，号樵溪，邵武（属福建）人。他与同族严羽、严参，一起被称为“邵武三严”。著有《清江欸乃集》。

玉楼春

春风只在园西畔，荠菜花繁胡蝶乱。冰池晴绿照还空[①]，香径落红吹已断。

意长翻恨游丝短，尽日相思罗带缓。宝奁如月不欺人[②]，明日归来君试看。

【注释】

①晴绿：指的是池水。

②奁（lián）：镜匣。

【评解】

这首词描写的是春景，写出了春愁。上阕写了庭院之中的春色。西园春风，花繁蝶乱，池水晴绿，落红满径。下阕写了春闺怀人。尽日相思，罗带渐缓，明镜照愁，盼君速归。全篇构思巧妙，婉丽清新，被历代词家所称道。

鹧鸪天

一曲危弦断客肠[①]，津桥捩柁转牙樯[②]。江心云带蒲帆重，楼上风吹粉泪香。

瑶草碧，柳芽黄。载将离恨过潇湘。请君看取东流水，方识人间别意长。

【注释】

①一曲危弦：弹奏一曲。危：高。弦：泛指乐器。

②捩：扭转。牙樯：饰以象牙的帆樯。

【评解】

这首词主要描写的是离愁别恨。上阕写的是离别的伤感之情。离别之歌，让客居之人肝肠寸断。江心征帆，楼头粉泪，写尽离别苦味。下阕着重写离恨。兰舟催发，满载离恨，江水东流，别意悠长。全篇情意缠绵，风格工巧瑰丽。

刘克庄

【作者简介】

刘克庄（1187～1269 年），字潜夫，号后村，蒲田（属福建）人，南宋诗人、词人、诗论家。宋理宗淳祐中赐同进士出身，官龙图阁直学士，卒谥文定。其作品数量丰富，内容涉及广泛，晚年诗歌风格趋向于江西诗派，颇有辛弃疾之韵。著有《后村先生大全集》。

清平乐

顷杜维扬，杨师文参议家舞姬绝妙，赋此。

宫腰束素[①]，只怕能轻举。好筑避风台护取[②]，莫遣惊鸿飞去[③]。

一团香玉温柔，笑颦俱有风流。贪与萧郎眉语[④]，不知舞错伊州[⑤]。

【注释】

①宫腰：指的是女子的细腰。

②避风台：相传赵飞燕身轻不胜风，汉成帝为筑七宝避风台（见汉伶玄《赵飞燕外传》）。

③惊鸿：形容女子体态轻盈。

④萧郎：原指梁武帝萧衍，之后泛指女子所倾心的男子。眉语：以眉之舒敛来传情。

⑤伊州：曲词名，商调大曲。

【评解】

这首词表达了对美人的爱慕以及思念之情。上阕将人物的轻盈身姿刻画得十分生动形象。下阕写了相见的时候所看到的情景。温柔香艳，颦笑风流。相互眉语，情意深重。全词风格香艳妩媚。

生查子

元夕戏陈敬叟

繁灯夺霁华[①]，戏鼓侵明发[②]。物色旧时同，情味中年别。

浅画镜中眉，深拜楼中月。人散市声收，渐入愁时节。

【注释】

①霁华：明月。

②明发：天发明也。

【评解】

这首词是元宵节时的戏作，实际上抒发了无限感慨。上阕写元宵节的晚上，灯火通明，鼓乐通宵。物色如旧而情味却有了差别。让词人不胜感慨。下阕写西楼拜月，镜中画眉，待到乐止人散，却又不由地开始忧愁。全词构思奇巧，语浅情深，感情真挚动人，细腻地刻画了景物。

昭君怨

牡丹

曾看洛阳旧谱，只许姚黄独步①。若比广陵花②，太亏他③。

旧日王侯园圃，今日荆榛狐兔。君莫说中州④，怕花愁。

【注释】

①姚黄：欧阳修《洛阳牡丹记》："姚黄者，千叶黄花，出于民姚氏家。"

②广陵花：指芍药。

③太亏他：言太委屈了牡丹。

④中州：河南省别称。这里指洛阳。

【评解】

这是一首咏物词，借歌咏洛阳的牡丹，表达作者的忧国忧民之情。上阕刻画了洛阳的牡丹，称其独步天下，远胜于扬州的芍药，因此说牡丹"若比广陵花，太亏他"。下阕抒发作者的惜花之情。不过作者的本意并非是这样，在最后一句揭晓了写这首词的主旨，借惜花来惜中州。通过对广陵花、济阳花的褒贬抑扬表现出来了对旧国旧都的感慨。

黄公绍

【作者简介】

黄公绍（生卒年不详），字直翁，邵武（今属福建）人，宋度宗咸淳元年进士。著有《在轩词》，有《彊村丛书》本。

青玉案

年年社日停针线[1]，怎忍见、双飞燕。今日江城春已半。一身犹在，乱山深处，寂寞溪桥畔。

春衫著破谁针线，点点行行泪痕满[2]。落日解鞍芳草岸。花无人戴，酒无人劝，醉也无人管。

【注释】

①社日：指立春之后的春社。停针线：《墨庄漫录》说："唐、宋社日妇人不用针线，谓之忌作。"也就是说在这一天，女子会停止做针线活。

②"春衫"两句：春衫已经穿破，这是谁做的针线活呢？这里的"谁针线"与"停针线"相呼应，由破春衫想起那制作春衫的人，不禁潸然泪下，泪水沾满了破旧的春衫。

【评解】

这首词抒发了游子的思乡之情。上阕写游子站在深山溪桥边，遥望家乡社日，看到双双飞燕而自己却孤零零的一人。下阕写游子长期在外漂泊，衣衫已破，上面沾满了泪痕，却不知道什么时候能回去。末尾连用三个"无人"，不仅点明了没有心情赏花、饮酒，也写出了酒醉之后无人照看的凄凉。全词缠绵悱恻，含蓄委婉，意境凄凉。

石孝友

【作者简介】

石孝友（生卒年不详），字次仲，南昌（今属江西）人。擅长填词，其词集名《金谷遗音》，有《宋六十家词》本。

青玉案

征鸿过尽秋容谢，卷离恨、还东下。剪剪霜风落平野[1]。溪山掩映，水烟摇曳，几簇渔樵舍。

芙蓉城里人如画[2]，春伴春游夜转夜。别后知他何如也。心随云乱，眼随天断，泪逐长江泻。

【注释】

①剪剪：形容风中带有轻寒。

②芙蓉城：四川成都的别称，五代时后蜀孟昶曾在城上种芙蓉花，因此而得名。

【评解】

这首词是离芙蓉城东下舟中思念情人之作。上阕写了眼前所看到的沿江两岸风光，下阕写由怀旧而兴无限怅思。全词用句考究，风格委婉清幽。

卜算子

见也如何暮，别也如何遽。别也应难见也难，后会难凭据[①]。

去也如何去，住也如何住。住也应难去也难，此际难分付。

【注释】

①难凭据：无把握，无确期。

【评解】

这首词将“见”“别”“去”“住”这四个字作为纲领，通过反复的吟唱，抒发了作者聚少离多，想要挽留却不能挽留的惆怅之情。前后上下只动了一两字，就有了新的意境，可见其构思之精巧，是抒情中的佳作。

鹧鸪天

一夜冰澌满玉壶[①]，五更喜气动洪炉[②]。门前桃李知麟集[③]，庭下芝兰看鲤趋[④]。

泉脉动，草心苏。日长添得绣工夫。试询补衮弥缝手，真个曾添一线无[⑤]？

【注释】

①冰澌（sī）：冰消溶。

②洪炉：大炉。喻天地造化之功。

③“门前”句：“桃李”指生徒。麟集：言人才荟萃。

④“庭下”句：“芝兰”喻兄弟子侄。“鲤趋”言子承父教，语出《论语·季氏》：“鲤趋而过庭。”鲤为孔子之子。

⑤添一线：冬至后白昼渐长，古有“吃了冬至面，一日添一线”之谚。

【评解】

这首小词是冬至前一日之作。虽然用典略显呆板，但是整首词较为工整，整篇用句自然委婉。

浣溪沙

集句

宿醉离愁慢髻鬟[①]，绿残红豆忆前欢[②]。锦江春水寄书难。

红袖时笼金鸭暖[3]，小楼吹彻玉笙寒。为谁和泪倚阑干？

【注释】

①宿醉：隔夜酒醉。髻鬟：古代妇女的发髻。

②红豆：王维《相思》诗："红豆生南国，春来发几枝，愿君多采撷，此物最相思。"

③金鸭：鸭形铜香炉。

【评解】

这首词是词人将前人之句进行整理而成。全篇分别采用了韩偓《浣溪沙》、晏几道《西江月》、秦观《木兰花》、李璟《浣溪沙》和李煜《捣练于》中的语句，进行拼接。读起来依然十分巧妙自然，毫无违和之感。

朱淑真

【作者简介】

朱淑真（约1135～约1180年），号幽栖居士，钱塘人。在她身上存在着很多未解谜团，比如她生存的年代，据专家推测应当是北宋末至南宋初人。传闻其婚姻不幸，致使其抑郁而亡。她善绘画，通音律，是婉约派著名女词人。著有《断肠词》，今存词20余首。

蝶恋花

送春

楼外垂杨千万缕，欲系青春，少住春还去。犹自风前飘柳絮[1]，随春且看归何处。

绿满山川闻杜宇[2]，便作无情，莫也愁人苦[3]。把酒送春春不语，黄昏却下潇潇雨[4]。

【注释】

①犹自：仍然，依然。

②"绿满"句：在遍布树木杂草的丛林里听到了杜鹃的叫声。

③"莫也"句：（鸟儿）难道也因为人间的愁苦而忧心不已吗？苦：一作"意"。

④潇潇雨：暴雨、疾雨。潇潇是雨声。

【评解】

本词抒发了词人的惜春之情。上阕描绘了对春天的无限留恋。下阕借刻画暮春的景色，来抒发作者伤春之情。全词意境清幽，抒情委婉，情意绵绵，耐人寻味。

谒金门

春半

春已半，触目此情无限①。十二栏干闲倚遍，愁来天不管。

好是风和日暖，输与莺莺燕燕②。满院落花帘不卷，断肠芳草远。

【注释】

①此情无限：指的是春愁无限。

②输与：比不上，还不如。

【评解】

这是一首写闺中春愁的小词。上阕侧重写了在仲春时节，作者眼前所看到的景色，由此心生愁绪。虽然“十二栏干闲倚遍”，但是依然无法将心中的愁绪排解。下阕写闺中人在这样的大好春光之中，忆起了其所念之人，愁绪涌上心头，寸断肝肠。全篇意境凄凉，抒情委婉细腻，引人愁绪绵绵。

清平乐

夏日游湖

恼烟撩露，留我须臾住。携手藕花湖上路①。一霎黄梅细雨。

娇痴不怕人猜，随群暂遣愁怀②。最是分携时候，归来懒傍妆台。

【注释】

①藕花：即荷花。

②随群暂遣愁怀：一作“和衣睡倒人怀”。

【评解】

这首词描写的是纯真的少女与恋人相聚时候的欢乐以及离别时的惆怅。上阕写出了相聚时一起牵手，漫步在细雨之中时的情景。下阕对少女的情态进行了描写。词中用鲜亮的夏日风光衬托，让勇于追求爱情的少女形象跃然纸上。

严　蕊

【作者简介】

严蕊（生卒年不详）：原姓周，字幼芳，天台营妓，南宋中期女词人。出身卑微，自幼习得乐礼诗书，琴棋书画均十分擅长，其诗词语意清新淡雅，不远千里慕名相访者甚多。

卜算子

不是爱风尘[①]，似被前缘误[②]。花落花开自有时，总赖东君主[③]。

去也终须去，住也如何住！若得山花插满头，莫问奴归处。

【注释】

①风尘：古时常常将妓女称为沦落风尘。

②前缘：前世的因缘。

③东君：司春之神，借指主管妓女的地方官员。

【评解】

这是词人写给岳霖的一首词，反映了词人虽然身处红尘，身世坎坷，但是依然向往自由的生活。全词用词委婉自然，意境深远。

孙道绚

【作者简介】

孙道绚（生卒年不详），号冲虚居士，黄铢之母，宋代福建建宁人。善诗词，笔力甚高。有六首遗词。

南乡子

春闺

晓日压重檐，斗帐春寒起来忺[①]。天气困人梳洗懒，眉尖，淡画春山不喜添[②]。

闲把绣丝挦[③]，认得金针又倒拈。陌上游人归也未？恹恹[④]，满院杨花不

卷帘。

【注释】

①斗帐：形状如斗的帐子。忺（xiān）：适意。

②春山：指女子的眉。

③袴（qiān）：裤子。

④恹恹（yān）：有病的样子。

【评解】

这是一首春闺词，抒发了作者的伤春怀远之情。上阕写了闺中之人在春日里慵懒的情态。委婉地道出了作者的苦闷心情。下阕写出了对外出之人的惦念。闺中人在百无聊赖中闲捋绣丝，聊做女红，可金针倒拈，全无心思。时已暮春，杨花满院，因游人未归，便不愿卷帘再看。通篇缠绵悱恻，委婉细腻。

徐君宝之妻

【作者简介】

徐君宝之妻（生卒年不详），其姓名亡佚，岳州（湖南岳阳）人。在宋朝末年被元将掳掠到杭州，住韩蕲王府（韩世忠旧宅）。元将多次要侮辱她，均被她奇妙避过。后来，元将大怒打算用强制手段让其就范，她称要祭告亡夫，被准许之后，她梳妆焚香，再拜默祝，向南哭泣，在墙壁上写下了这首《满庭芳》，之后投水而亡。

满庭芳

汉上繁华①，江南人物②，尚遗宣政风流③。绿窗朱户，十里烂银钩④。一旦刀兵齐举，旌旗拥、百万貔貅。长驱入，歌台舞榭，风卷落花愁⑤。

清平三百载⑥，典章人物，扫地俱休。幸此身未北，犹客南州⑦。破鉴徐郎何在⑧，空惆怅、相见无由。从今后，梦魂千里，夜夜岳阳楼⑨。

【注释】

①汉上：泛指汉水到长江这一区域。

②江南人物：指南宋的人才众多。

③宣政：宣和、政和都是北宋徽宗的年号。这句是指南宋的都市和人物，还保持着宋徽宗时期的风韵。

④烂银钩：闪闪发光的银制帘钩，用来代表华美的房屋。

⑤风卷落花：指元军占领临安，南宋灭亡。

⑥三百载：指北宋建国至南宋灭亡。这里指整数。

⑦南州：南方，指临安。

⑧破鉴：即破镜。徐郎：指作者丈夫徐君宝。

⑨岳阳楼：湖南岳阳县西，这里是作者故乡。

【评解】

本词的作者是一名坚贞不屈的女子。词中首先写出了南宋都城的繁华，亭台楼阁，歌舞升平，但是在元军南侵、长驱直入时，竟然就像是风卷落花，无力抵抗，让人唏嘘。之后写下了自己的遭遇，悲伤于丈夫下落不明，死前也无缘见上一面。表达了自己无法活着回到故乡，死后魂魄无处依归的悲痛。全词意境凄苦，将对国家的眷恋，以及对丈夫的爱恋表达得淋漓尽致，让人读之为之伤心惋惜。

吴淑姬

【作者简介】

吴淑姬（生卒年不详），其父为秀才，嫁士人杨子治，家贫，貌美，能诗善词。有《阳春白雪词》五卷。黄花庵云："淑姬，女流中黠慧者，有词五卷，佳处不减李易安。"

长相思

烟霏霏[①]，雨霏霏，雪向梅花枝上堆。春从何处回。

醉眼开，睡眼开，疏影横斜安在哉。从教塞管催[②]。

【注释】

①霏霏：纷飞的样子。

②管：乐器。

【评解】

这是一首迎春小词，借景抒情，寓意深远。春天到来，雨雪霏霏，雪堆梅枝。不禁让人想到"春从何处回"！唯愿东风送暖，"塞管"催春，早回大地。

全词将景物刻画得十分细腻，抒情委婉含蓄。

小重山

谢了荼蘼春事休[1]。无多花片子，缀枝头。庭槐影碎被风揉，莺虽老，声尚带娇羞。

独自倚妆楼。一川烟草浪，衬云浮。不如归去下帘钩。心儿小，难着许多愁。

【注释】

①荼蘼（tú mí）：蔷薇科植物的一种，常用来形容事情结局并没想象完美。

【评解】

在这首词中作者借景抒情，写出了女子青春将逝，故人归来无望的愁绪。上阕写了暮春之景，表达了春天将要消逝，暗指女子青春将要消逝，由此引发了无限伤感。下阕写“独自倚妆楼”时看到的景色，触景生情，愁绪万千。全词词风清丽，委婉缠绵。

吴文英

【作者简介】

吴文英（约1200～1260年），字君特，号梦窗，晚号觉翁。四明（浙江宁波市）人。一生未入官场。其词注重音律，长于炼字。雕琢工丽。后世之人对其作品颇有争议。有《梦窗词集》一部，存词340余首。

风入松

听风听雨过清明。愁草瘗花铭[1]。楼前绿暗分携路[2]，一丝柳，一寸柔情。料峭春寒中酒[3]，交加晓梦啼莺[4]。

西园日日扫林亭。依旧赏新晴。黄蜂频扑秋千索，有当时、纤手香凝。惆怅双鸳不到[5]，幽阶一夜苔生。

【注释】

①草：起草。瘗（yì）：埋葬。庾信有《瘗花铭》。铭：文体的一种。

②绿暗：形容绿柳成荫。分携：分手。

③料峭：形容春天的寒冷。中酒：醉酒。

④交加：形容杂乱。

⑤双鸳：指女子的绣鞋，这里兼指女子本人。幽阶苔生：苔生石阶，遮住了上面的足印。

【评解】

此词表述暮春怀人之情。上阕写伤春怀人的愁思。清明节又在风雨中度过，当年分手时的情景，仍时时出现在眼前。如今绿柳荫浓而伊人安在？回首往事，触目伤怀。词中以柳丝喻柔情。春寒醉酒，莺啼惊梦，已觉愁思难言。下阕写伤春怀人的痴想。故地重游，旧梦时温，见秋千而思纤手，因蜂扑而念香凝，更见痴绝。末句“一夜苔生”极言“惆怅”之深，又自含蓄不尽。这首词质朴淡雅，不事雕琢，不用典故。不论写景写情，写现实写回忆，都委婉细腻，情真意切，一反其堆砌辞藻，过分追求典雅的缺点，却又于温柔之中时见丽句，颇具特色。

点绛唇

试灯夜初晴[①]

卷尽愁云，素娥临夜新梳洗[②]。暗尘不起，酥润凌波地。

辇路重来[③]，仿佛灯前事。情如水，小楼熏被，春梦笙歌里。

【注释】

①试灯夜：农历正月十四夜。

②素娥：月。

③辇路：帝王车驾经行之路。

【评解】

这首词抒发了灯夜感旧之情。上阕描写了试灯之夜的景象，采用了拟人的手法，将景色描写得十分传神。下阕写了辇路笙歌，回首旧游，恍如梦境，无限感伤。全词意境清新，用字精练，风格独特。

唐多令

惜别

何处合成愁？离人心上秋[①]。纵芭蕉、不雨也飕飕[②]。都道晚凉天气好，有明月，怕登楼。

年事梦中休[③]，花空烟水流。燕辞归、客尚淹留[④]。垂柳不萦裙带住[⑤]，谩长是，系行舟。

【注释】

①心上秋：合起来就是一个“愁”字。这两句点明了“愁”字来自惜别伤离。

②飕飕：风雨声。这句是说雨快要停了，芭蕉依然发出飕飕的秋声。

③年事：往事。往事如梦，似花落水流。

④燕辞归：曹丕《燕歌行》“群燕辞归雁南翔”。客：作者自称。淹留：停留。

⑤萦：旋绕。裙带：指别去的女子。

【评解】

这首词借眼前的景象，抒发了作者的离别之情。上阕写了离愁别绪，担心在月明的晚上，登楼眺望更增愁绪。下阕抒发离别的伤感。燕已归来，人却依然客居他乡。全词构思新颖别致，将人的情感刻画得十分细腻。语浅言深，风格近似民歌小调。

夜游宫

人去西楼雁杳，叙别梦，扬州一觉。云淡星疏楚山晓，听啼乌，立河桥，话未了。

雨外蛩声早，细织就霜丝[①]多少？说与萧娘[②]未知道，向长安，对秋灯，几人老？

【注释】

①霜丝：指白发。

②萧娘：唐人泛称女子为萧娘。

【评解】

这首怀人词，上阕借梦境，忆往事。别梦依稀。人去雁杳，云淡星疏，楚山天晚。“听啼乌，立河桥，话未了。”往事回首，感慨无限。下阕从眼前景物，抒发今昔之感，表现怀人之情。寒蛩凄切，细织霜丝。“向长安，对秋灯，几人老”，既表相思之情，又发今昔之叹。全词柔情似水，往事如梦，委婉细腻，曲折含蓄。

祝英台近

除夜立春[①]

剪红情，裁绿意[②]，花信上钗股。残日东风，不放岁华去。有人添烛西窗，不眠侵晓，笑声转、新年莺语。

旧尊俎[③]，玉纤曾擘黄柑[④]，柔香系幽素[⑤]。归梦湖边，还迷镜中路。可怜千点吴霜，寒销不尽，又相对、落梅如雨。

【注释】

①除夜：除夕。立春：周密《武林旧事》说：“立春前一日，临安府进大春

牛，用五色丝彩杖鞭牛，掌管予造小春牛数十，饰彩幡雪柳……是月后苑办造春盘供进，及分赐……翠缕、红丝、金鸡、玉燕，备极精巧。”

②红情、绿意：剪彩为红花绿叶，即春幡，可以戴在头上。

③尊俎：砧板。

④玉纤：如玉般的纤手。擘：剖开。

⑤幽素：幽情素心

【评解】

这首词借写节日来表达对故人的思念之情。上阕写在除夕之日，全家守岁，迎接新年，处处都是欢声笑语，十分热闹。下阕写立春所用之春盘黄柑，曾经是伊人置办的，如今春已归来，但是伊人却不在了，相思成梦，眼前唯有落梅成阵。全词构思精巧，风格委婉，情意缠绵。

霜叶飞

重九

断烟离绪。关心事，斜阳红隐霜树。半壶秋水荐黄花，香噀西风雨①。纵玉勒②、轻飞迅羽③，凄凉谁吊荒台古④？记醉踏南屏⑤，扇咽寒蝉，倦梦不知蛮素⑥。

聊对旧节传杯⑦，尘笺蠹管⑧，断阕经岁慵赋⑨。小蟾斜影转东篱，夜冷残蛩语⑩。早白发、缘愁万缕。惊飙从卷乌纱去。谩细将、茱萸看，但约明年，翠微高处。

【注释】

①噀（xùn）：含在嘴里喷出。

②玉勒：马络头。这里借指马。

③迅羽：这里形容骏马快的就像是飞鸟一般。

④荒台：彭城（徐州）戏马台。项羽曾在此地阅兵，南朝宋武帝重阳日曾登此台。

⑤南屏：南屏山在杭州西南三里，峰峦耸秀，环立若屏。“南屏晚景”为西湖十景之一。

⑥蛮素：指歌舞伎。

⑦旧节：指农历九月初九重

阳节。

⑧尘笺蠹（dù）管：信笺积尘，笛管生虫。

⑨断阕：没写完的词。

⑩残蛩（qióng）语：指蟋蟀发出的悲鸣。

【评解】

这是一首借景抒怀之作。作者写出在重阳节的时候吊古伤今的愁绪。开头用“断烟离绪”，指离别之苦，“醉踏南屏”写出了浮现出过去的往事，佳人没能入梦与自己相会，更是增加了一层伤感。下阕的第一句“旧节传杯”，重新回忆了当年跟家人一起畅饮时的情景，从而想到如今只剩自己，不过依然抱有希望：希望明年重九节的时候能够再次与佳人相会。全词以游踪为主线，穿插有关重阳的典故，叙述了词人的一段艳遇，带着一丝丝凄迷之感。

澡兰香

林钟羽淮安重午[①]

盘丝系腕[②]，巧篆垂簪[③]，玉隐绀纱睡觉[④]。银瓶露井[⑤]，彩箑云窗[⑥]，往事少年依约。为当时曾写榴裙，伤心红绡褪萼[⑦]。黍梦光阴，渐老汀洲烟蒻[⑧]。

莫唱江南古调，怨抑难招，楚江沉魄[⑨]。薰风燕乳，暗雨梅黄，午镜澡兰帘幕[⑩]。念秦楼也拟人归，应剪菖蒲自酌。但怅望、一缕新蟾，随人天角。

【注释】

①淮安：指的是现在的江苏淮安县。重午：端午节。

②盘丝：在手腕上系上五色的丝线。

③巧篆：精雕细琢的剪纸，通常会装饰在头发的簪上。

④玉隐绀（gàn）纱睡觉：璧人藏在天青色纱帐里面睡觉。

⑤银瓶：汲水器。

⑥采箑（shà）：彩扇。

⑦红绡退萼：石榴花瓣落后留下花萼。

⑧烟蒻（ruò）：若软的蒲草。

⑨沉魄：指屈原。

⑩午镜：盆水如镜。澡兰：五月五日，煮兰水沐浴。

【评解】

这是一篇怀人之作。作者客居淮安的时候，正是端午佳节，难免开始挂念家中的亲人，于是写下这篇词。全词以端午的气象、习俗为线索贯穿全文。在叙写的时候，作者打乱了时间、空间的顺序，让人眼花缭乱。全词围绕着端午节的风物、景色、风俗来进行描写，看上去毫无关联，却又有着内在的一些联系。词中多意象而少动作，多处用典，显得意深而词奥。情意缠绵，颇有韵味。

莺啼序

春晚感怀

残寒正欺病酒[①]，掩沉香绣户[②]。燕来晚、飞入西城，似说春事迟暮。画船载、清明过却，晴烟冉冉吴宫树[③]。念羁情[④]、游荡随风，化为轻絮。

十载西湖，傍柳系马，趁娇尘软雾[⑤]。溯红渐招入仙溪[⑥]，锦儿偷寄幽素，倚银屏、春宽梦窄，断红湿、歌纨金缕。暝堤空，轻把斜阳，总还鸥鹭。

幽兰旋老，杜若还生，水乡尚寄旅。别后访、六桥无信，事往花委，瘗玉埋香，几番风雨。长波妒盼，遥山羞黛，渔灯分影春江宿。记当时、短楫桃根渡，青楼仿佛，临分败壁题诗，泪墨惨淡尘土。

危亭望极，草色天涯，叹鬓侵半苎。暗点检、离痕欢唾，尚染鲛绡，亸凤迷归，破鸾慵舞。殷勤待写，书中长恨，蓝霞辽海沉过雁。漫相思、弹入哀筝柱。伤心千里江南，怨曲重招，断魂在否？

【注释】

①病酒：饮酒过量而不适。

②沉香：沉香木。著名香料。

③吴宫：泛指南宋宫苑。临安旧属吴地，故云。

④羁情：指情思随风游荡。

⑤娇尘软雾：这里形容西湖热闹情景。

⑥溯：逆河而上。入仙溪：刘晨、阮肇入天台山遇仙女的故事。这里指女子所住的地方。

【评解】

这是一首词人悼念亡妾之作，尽管后世学者对创作背景与创作主旨颇有异议，可是仍然不难看出词中显露出来的悼念之意。本词是悼念亡妾诸作中篇幅最长、最完整、最能反映与亡妾爱情关系的一篇佳作。不仅形象生动地再现了与亡妾的邂逅相遇及生离死别，字里行间更是表明自己之所以会遭遇这样一场爱情悲剧是由于一些社会原因造成的。本词笔触细腻，寓意深远，感人至深。

黄 昇

【作者简介】

黄昇（生卒年不详），字叔旸，号玉林，建安（今福建建瓯）人，南宋词人，一生淡泊名利，是一位潇洒的名士。著有《散花庵词》，编有《绝妙词选》二十卷，分上下两部分，上部为《唐宋诸贤绝妙词选》，十卷；下部为《中兴以来绝妙词选》，十卷。附词大小传及评语，为宋人词选之善本。后人统称《花庵词选》。

清平乐

宫词

珠帘寂寂，愁背银釭泣。记得少年初选入，三十六宫第一[①]。

当时掌上承恩[②]，而今冷落长门[③]。又是羊车过也[④]，月明花落黄昏。

【注释】

①三十六宫：言宫殿之多。

②掌上承恩：传说汉元帝皇后赵飞燕能在掌上舞蹈。极言其体态轻盈。

③长门：汉宫名。陈皇后失宠于武帝，别居长门宫。其后泛指后妃失宠之意。

④羊车：古代皇宫内所乘小车。

【评解】

本词刻画了一名宫女的遭遇。上阕写了眼前凄凉的境况，对当年初选入宫的情景进行了回忆。下阕抚今追昔。写出了当年被恩宠而如今被冷落二者之间的差别。一语道出心酸。全词委婉含蓄，充斥着哀怨凄凉的气氛，写出了封建社会宫女的不幸遭遇。

酹江月

夜凉

西风解事，为人间、洗尽三庚烦暑[①]。一枕新凉宜客梦，飞入藕花深处。冰雪襟怀，琉璃世界，夜景清如许。划然长啸，起来秋满庭户。

应笑楚客才高[②]，兰成愁悴，遗恨传千古。作赋吟诗空自好，不直一杯秋露。淡月阑干，微云河汉，耿耿天催曙。此情谁会，梧桐叶上疏雨。

【注释】

①庚：与“更”通。三庚：夜半。

②楚客：这里指屈原。

【评解】

这首词是作者在秋夜所写，抒发了作者的无限感慨。上阕写了清秋夜景。良夜西风，将白日酷暑带来的烦躁洗尽，带来了一丝凉意。下阕借景抒情。楚客才高，遗恨千古，作赋吟诗，不直秋露。耿耿秋夜，谁会此情。“梧桐叶上疏雨”。秋风送愁，秋雨潇潇，而谁为知音！全词委婉含蓄，耐人寻味。

何梦桂

【作者简介】

何梦桂（生卒年不详），字岩叟，淳安（今浙江淳安）人，南宋度宗咸淳元年省试第一，廷试一甲三名。任监察御史。所著有《易衍》《中庸致用》诸书，其《潜斋文集》11 卷，收入《四库全书》《四库总目》并传于世。

摸鱼儿

记年时、人人何处，长亭曾共杯酒。酒阑归去行人远，折不尽长亭柳。渐白首。待把酒送君，恰又清明后。青条似旧，问江北江南，离愁如我，还更有人否。

留不住，强把蔬盘瀹韭[①]。行舟又报潮候[②]。风急岸花飞尽也，一曲啼红满袖。春波皱。青草外、人间此恨年年有。留连握手。数人世相逢，百年欢笑，能得几回又。

【注释】

①瀹（yuè）：浸渍，煮。韭：多年生植物，可供蔬食。

②潮候：潮信。

【评解】

这首词刻画了与人离别时的情景，以及别后的相思之情。上阕主要写离亭送别。下阕写留君不住，看着船越走越远。不知何时才能再次相逢，让人无限伤感。全篇意境凄婉，风格婉约，耐人寻味。

王月山

【作者简介】

王月山（生卒年不详），南宋人。身世不详。《全宋词》存其词一首。

台城路

初秋

夜来疏雨鸣金井，一叶舞风红浅。莲渚生香[①]，兰皋浮爽[②]，凉思顿欺班扇。秋光冉冉[③]。任老却芦花，西风不管。清兴难磨，几回有句到诗卷。

长安故人别后，料征鸿声里，画阑凭遍。横竹吹商[④]，疏砧点月[⑤]，好梦又随云远。闲情似线，共系损柔肠，不堪裁剪。听着寒蛩，一声声是怨。

【注释】

①渚：水中小洲，水边。莲渚：水边莲花。

②兰皋：有兰草之岸。

③冉冉：行貌，渐进之意。

④横竹：管乐器笛。商：五音之一。

⑤砧：捣衣石。

【评解】

全篇都围绕着“初秋”来写，情景交融。上阕主要写了初秋时的景色。下阕由景色来引发怀人的愁绪。全篇意境凄凉哀怨，用字精巧，风格委婉含蓄，情感刻画细腻，余韵幽深。

黄孝迈

【作者简介】

黄孝迈（生卒年不详），字德夫，号雪舟，南宋词人。著有《雪舟长短句》一卷。刘克庄暮年曾为之作序，对其十分赏识。

湘春夜月

近清明，翠禽枝上消魂。可惜一片清歌，都付与黄昏。欲共柳花低诉，怕柳花轻薄，不解伤春。念楚乡旅宿[1]，柔情别绪，谁与温存？

空尊夜泣，青山不语，残照当门。翠玉楼前[2]，惟是有、一陂湘水[3]，摇荡湘云。天长梦短，问甚时、重见桃根[4]？这次第[5]、算人间没个并刀[6]，剪断心上愁痕。

【注释】

①楚乡：指长江以南一带。

②翠玉楼：指用绿色玉石装饰的高楼。

③湘水：在湖南境内。

④桃根：桃叶，晋王献之妾，其妹名桃根。这里借指所恋之人。

⑤者次第：这许多情况。

⑥并刀：并州产快剪刀。杜甫诗："焉得并州快剪刀，剪取吴淞半江水。"

【评解】

这首词作者采用了拟人的手法，来表达了自己忧国忧民但是却不被人理解的心情。上阕写翠鸟苦于清歌却无人欣赏，柳花又不解自己的伤春之意，还有谁体贴自己的柔情。下阕借景抒情，明写离愁，暗指因为国事而忧心不已，伤心落泪的情感。全词委婉含蓄，清丽动人。

刘辰翁

【作者简介】

刘辰翁（约 1233 ~ 1297 年），字会孟，号须溪，庐陵（今江西吉安）人。南宋末年著名爱国词人。宋亡，隐居不仕。有《须溪集》。

宝鼎现

春月[1]

红妆春骑[2]，踏月影竿旗穿市[3]。望不尽、楼台歌舞，习习香尘莲步底。箫声断、约彩鸾归去[4]，未怕金吾呵醉[5]。甚辇路、喧阗且止[6]，听得念奴歌起[7]。

父老犹记宣和事[8]，抱铜仙、清泪如水[9]。还转盼、沙河多丽。滉漾明光连

邸第，帘影冻、散红光成绮。月浸葡萄十里[10]，看往来、神仙才子，肯把菱花扑碎。

肠断竹马儿童，空见说、三千乐指。等多时春不归来，到春时欲睡。又说向灯前拥髻，暗滴鲛珠坠。便当日亲见霓裳，天上人间梦里。

【注释】

①春月：元宵节。

②春骑：指游春的车马。

③竿旗：竿上所挂的旗。穿市：穿过市中街道。

④彩鸾：这里指游春女子。

⑤金吾：官名，掌管京城的守卫防务。

⑥甚：为什么。辇路：皇帝车马所要经过的道路。喧阗（tián）：人声喧闹。

⑦念奴：唐玄宗天宝年间名妓，善歌。这里借指歌女。

⑧宣和：宋徽宗年号。

⑨铜仙：即金铜仙人。这里借指亡国恨。

⑩葡萄：形容水的颜色深碧，像葡萄一般。

【评解】

这首词写于元大德元年（1297年），当时南宋已经灭亡20余年。虽然过了20年，作者依然对故国十分怀念，想到故国光复无望，作者伤心不已。全词共分三阕。上阕叙述了当年元宵节的盛况。中阕写父老记忆中之宣和旧事。下阕写了当今的凄凉。全篇情感动人。

周　密

【作者简介】

周密（1232～1298年），字公谨，号草窗，又号弁阳啸翁、萧斋、四水潜夫，济南（今属山东）人。曾经担任过义乌县令一职。宋亡后，不再出仕。精通诗词书画，生平著述甚多，有《蜡屐集》《齐东野语》《癸辛杂识》《浩然斋雅谈》《弁阳客谈》《武林旧事》《澄怀录》《云烟过眼录》等书。其词风格与吴文英（梦窗）相近，因此被并称为“二窗”。他编选的《绝妙好词》，选录南宋词385首，对后世有着深远的影响。

花犯

赋水仙

楚江湄[1]，湘娥乍见[2]，无言洒清泪，淡然春意。空独倚东风，芳思谁寄？凌波路冷秋无际。香云随步起，漫记得、汉宫仙掌[3]，亭亭明月底。

冰弦写怨更多情，骚人恨，枉赋芳兰幽芷。春思远，谁叹赏国香风味[4]？相将共、岁寒伴侣，小窗静，沉烟熏翠袂。幽梦觉、涓涓清露，一枝灯影里。

【注释】

①湄：岸边。

②湘娥：湘妃，喻水仙花。

③汉宫仙掌：汉武帝作柏梁、铜柱、承露仙人掌之属，见《汉书·郊祀志》。

④国香：兰为国香，此谓水仙为国香。

【评解】

这是一首借咏物来抒情的词。上阕写了花的姿态，道出了淡淡的春意，从而写出了东风吹落花瓣的伤感。下阕写了诗词的惜花之情。虽有天香国色，却无人欣赏，唯有跟严寒结伴。全篇明是写花也是暗在写人，风格委婉含蓄，余韵幽深。

玉京秋

长安独客。又见西风、素月、丹枫，凄然其为秋也。因调夹钟羽一解烟水阔，高林弄残照，晚蜩凄切[1]。碧砧度韵，银床飘叶[2]。衣湿桐阴露冷，采凉花时赋秋雪[3]。

叹轻别，一襟幽事，砌虫能说。客思吟商还怯，怨歌长、琼壶暗缺[4]。翠扇恩疏[5]，红衣香褪，翻成消歇。玉骨西风，恨最恨、闲却新凉时节。楚箫咽，谁寄西楼淡月。

【注释】

①蜩（tiáo）：蝉。

②银床：井栏如银，因称银床。

③秋雪：指芦花。

④琼壶暗缺：晋王敦酒后，咏魏武乐府："老骥伏枥，志在千里。烈士暮年，壮心不已。"以如意击唾壶为节，壶口尽缺（见《世说新语》）。

⑤翠扇恩疏：班婕妤《怨诗行》有"裁成合欢扇，团团似明月"。

【评解】

这首词作者借景抒情。上阕通过写实，描绘出一片萧条的秋景。下阕由秋景

来触发感情，让离愁别恨层层深入，感慨时光消逝，让人惆怅不已。全词凄婉含蓄，曲折有致。

四字令

拟《花间》

眉消睡黄，春凝泪妆。玉屏水暖微香①。听蜂儿打窗。筝②尘半床，绡痕半方。愁心欲诉垂杨，奈飞红正忙③。

【注释】

①玉屏：玉饰屏风。

②筝：古乐器。

③飞红：这里指落花。

【评解】

此词“拟《花间》”，极为神似。上阕写了愁人心绪。下阕主要写了愁绪。景色萧条，愁绪满怀却无从排解。全词风格委婉动人，情丝缠绵，耐人寻味。

张　炎

【作者简介】

张炎（1248 ~ 约 1320 年），字叔夏，号玉田，又号乐笑翁。祖居陕西凤翔，寓居临安。宋亡后，漂泊无定。著有《山中白云词》传于后世，存词 300 余首，还著有论词的专著《词源》，对后世影响深远。

解连环

孤雁

楚江空晚①。怅离群万里，恍然惊散②。自顾影、欲下寒塘③，正沙净草枯，水平天远。写不成书④，只寄得、相思一点。料因循误了⑤，残毡拥雪⑥，故人心眼。

谁怜旅愁荏苒⑦。谩长门夜悄，锦筝弹怨。想伴侣、犹宿芦花，也曾念春前，去程应转。暮雨相呼，怕蓦地、玉关重见⑧。未羞他、双燕归来，画帘半卷。

【注释】

①楚：泛指南方。

②恍（huǎng）然：怅然若失的样子。

③欲下寒塘：受惊离群成为孤雁，想要飞下寒塘又顾影而自伤孤单。唐崔涂《孤雁》诗："暮雨相呼疾，寒塘欲下迟。"

④写不成书：雁群在飞行时，往往会排队行进，队行如字。孤雁在天上只能成为一点，无法排成字，而只能带回来一丝相思之意。

⑤因循：拖延。

⑥残毡拥雪：指汉苏武被匈奴所拘的故事。

⑦荏苒：展转。指时光流逝。

⑧怕蓦（mò）地：倘忽然。玉关：玉门关。

【评解】

这首词借写离群的孤雁，来抒发作者客居他乡，漂泊无定的愁绪。字里行间，到处都表达着作者对国破家亡的感伤。上阕写了孤雁离群失侣的凄凉情景以及相思之情。下阕将人与雁联系起来，道出了作者漂泊无定的愁绪。虽然本篇词没有一个字涉及题目，但是又处处吻合。全词文笔婉曲，构思精巧，情意缠绵，感人至深。

高阳台

西湖春感

接叶巢莺[①]，平波卷絮[②]，断桥斜日归船[③]。能几番游，看风又是明年。东风且伴蔷薇住，到蔷薇、春已堪怜。更凄然、万绿西泠[④]，一抹荒烟。

当年燕子知何处，但苔深韦曲[⑤]，草暗斜川[⑥]。见说新愁[⑦]，如今也到鸥边[⑧]。无心再续笙歌梦，掩重门、浅醉闲眠。莫开帘。怕见飞花，怕听啼鹃。

【注释】

①接叶巢莺：莺儿会把巢筑在密集的叶丛里。

②平波卷絮：飞絮掉落在湖面上，被微波缓缓地卷入水中。

③断桥：坐落于孤山侧面白沙堤东，里湖和外湖之间。

④西泠（líng）：桥名，位于孤山下，将里湖和后湖分开。

⑤韦曲：在陕西长安城南皇子陂西，唐时韦氏世居此地，因此而得名。

⑥斜川：在江西星子、都昌两县之间。陶渊明有《游斜川》诗，写斜川的风景。

⑦见说：听说。

⑧鸥边：即白鸥。

【评解】

本词作者借写西湖之景，抒发了对故国的哀思。上阕写了暮春时的景色。春光易逝，眼前万绿西泠，一抹荒烟，更觉凄然。下阕抒情。不知道当年的那些燕子，飞向了哪里！回首往事，让人不胜唏嘘。全篇到处可见作者的愁绪，流露出一种凄凉悱恻之感，全词风格委婉含蓄，凄美动人。

清平乐

平原放马

辔摇衔铁[①]，蹴踏平原雪[②]。勇趁军声曾汗血[③]，闲过升平时节。

茸茸春草天涯，涓涓野水晴沙[④]。多少骅骝老去[⑤]，至今犹困盐车。

【注释】

①辔：缰绳。衔铁：俗称马嚼子。

②蹴（cù）：踢、踩。

③趁：追逐，奔驰的意思。汗血：古时良马的名称。传闻可以日行千里，流汗如血。

④涓涓：流水声。野水：野外小河的流水。晴沙：天气晴朗，河水清澈，在阳光的照射下，连水底的沙子都能看得特别清楚。

⑤骅骝（huá liú）：名马，千里马。

【评解】

这是一首咏物词。上阕写了这匹马曾经平原踏雪、勇趁军声。如今却只能闲置不用，荒废光阴。下阕写冬去春来，时光易逝，不少“骅骝”骏马，到现在都犹困盐车。全词含蓄蕴藉，寓意深刻，在写马的同时也抒发了作者怀才不遇的感慨。

渡江云

山阴久客，一再逢春，回忆西杭，渺然愁思

山空天入海，倚楼望极，风急暮潮初。一帘鸠外雨[①]，几处闲田，隔水动春锄。新烟禁柳，想如今、绿到西湖。犹记得、当年深隐，门掩两三株。

愁余。荒洲古溆[②]，断梗疏萍，更飘流何处。空自觉、围羞带减，影怯灯孤。长疑即见桃花面[③]，甚近来、翻致无书。书纵远，如何梦也都无。

【注释】

①鸠外雨：春雨。

②溆：水浦。

③桃花面：唐崔护诗："人面桃花相映红。"

【评解】

这是一首借景抒情之作。上阕写了山阴的风光，表达了对故国的相思之情。下阕写作者在思念故国、故乡的同时想起了好友，表达了作者对故人的思念之情。全词意境凄凉，婉转曲折，舒卷自如。

卢祖皋

【作者简介】

卢祖皋（约1174～1224年），字申之，又字次夔，蒲江永嘉（今浙江永嘉）人。南宋宁宗庆元五年进士，为军器少监，嘉定十四年，权直学士院。词集名《蒲江词》，有毛刻《宋六十家词》本，凡二十五首，多为佳作，颇有少游神韵。

谒金门

闲院静，独自行来行去。花片无声帘外雨，峭寒[①]生碧树。

做弄清明时序[②]，料理春醒情绪。忆得归时停棹处，画桥看落絮。

【注释】

①峭寒：十分寒冷。

②做弄：故意播弄。

【评解】

这是一首惜春伤别的小令。上阕主要写了庭院之中的春景。下阕抒情。清明时节，回忆往事，感慨春之将尽。全词风格清丽淡雅，展现了"蒲江词"的特色。

孙惟信

【作者简介】

孙惟信（1179～1243年），字季蕃，号花翁，宋代开封（今属河南）人。著有《花翁词》，刊于《校辑宋金元人词》中，凡十一首。刘后村曾为其写墓志。

南乡子

璧月小红楼[①]，听得吹箫忆旧游。霜冷阑干天似水，扬州，薄倖声名总是愁[②]。

尘暗鹔鹴裘，裁剪曾劳玉指柔。一梦觉来三十载，风流，空对梅花白了头。

【注释】

①璧月：月圆如璧。璧：平圆形，中心有孔的玉器。

②薄倖声名：唐杜牧诗："十年一觉扬州梦，赢得青楼薄倖名。"薄倖：薄情。

【评解】

这首词借景抒情，表达了作者吊古伤今之情。上阕由眼前所见之景写起，勾起了作者对往事的回忆。下阕抒发了作者对物是人非的感慨，一梦觉来，三十多年，过去的旧事还历历在目，但是却已经成了过去。如今白头，空对梅花。全词委婉雅致，哀怨缠绵，余韵悠长。

张　辑

【作者简介】

张辑（生卒年不详），字宗瑞，号东泽，南宋鄱阳（今属江西）人。原著有词集名《东泽绮语债》两卷，至今只存一卷，有《彊村丛书》本。故其词既风雅婉丽，又复"幽畅清疏。"有着自己独特的风格。

月上瓜洲

江头又见新秋，几多愁。塞草连天，何处是神州[①]？

英雄恨，古今泪，水东流。惟有渔竿，明月上瓜洲。

【注释】

①神州：指中国，此指京都。

【评解】

这首词全篇都在借景抒情，通篇渲染出一种凄凉之感。上阕写作者在江头看到新秋，从而触景生情，引发了对故国的无限思念之情。下阕由景入情，抒发了无限感慨。感慨物是人非，言有尽而意无穷。全词清新自然，委婉含蓄，感人至深。

桂枝香

梧桐雨细，渐滴做秋声，被风惊碎。润逼衣篝[①]，线袅蕙炉沉水[②]。悠悠岁月天涯醉，一分秋，一分憔悴。紫萧吹断，素笺恨切，夜寒鸿起。

又何苦凄凉客里，负草堂春绿，竹溪空翠。落叶西风，吹老几番尘世。从前谙尽江湖味[③]，听商歌[④]，归兴千里。露侵宿酒，疏帘淡月，照人无寐。

【注释】

①衣篝：薰衣用的竹笼。

②蕙炉：香炉。

③谙：熟悉，知道。

④商歌：悲凉低沉的歌。

【评解】

这首词借写秋景来表达自己客居他乡而对故乡的思念之情。上阕主要刻画了眼前所见之景，通过对景物的描写渲染出了一片凄凉的场景。下阕写自己客居他乡，辜负了这里的清幽之景。全词景物刻画细腻，语言委婉雅致，颇有一番韵味。

周　晋

【作者简介】

周晋（生卒年不详），字叔明，号啸斋。济南（今属山东）人。周密之父。宋理宗绍定四年官富阳令。工词。词作多已遗失。《绝妙好词》卷三载其词三首，分别为《点绛唇》《清平乐》《柳梢青》。

点绛唇

午梦初回，卷帘尽放春愁去。长昼无伴，自对黄鹂语。

絮影蘋香，春在无人处。移舟去，未成新句，一研梨花雨[①]。

【注释】

①研：通“砚”。

【评解】

这是一首抒发惜春情绪的小令。上阕直接抒情，营造出了一种极为优美的意

境。下阕开始写眼前所见的景物，表达出作者的惜春情绪。结句蕴含着无限情韵。全词写得清新雅致，词语工丽，柔和自然，将惜春的情绪写得不落俗套。

蒋　捷

【作者简介】

蒋捷（约1245～1305年），字胜欲，自号竹山，阳羡（今江苏宜兴）人，南宋著名词人。南宋度宗咸淳十年进士。入元后隐居不仕。有《竹山词》。

贺新郎

梦冷黄金屋①。叹秦筝②、斜鸿阵里③，素弦尘扑。化作娇莺飞归去，犹认纱窗旧绿。正过雨、荆桃如菽④。此恨难平君知否，似琼台、涌起弹棋局⑤。消瘦影，嫌明烛。

鸳楼碎泻东西玉⑥。问芳踪、何时再展，翠钗难卜⑦。待把宫眉横云样⑧，描上生绡⑨画幅。怕不是、新来妆束。彩扇红牙今都在，恨无人、解听开元曲。空掩袖，倚寒竹。

【注释】

①黄金屋：指南宋临安故宫。

②秦筝：古时的一种乐器。

③斜鸿阵里：指秦筝弦柱斜列像飞雁一般。

④荆桃如菽：野桃长得像豆一样。

⑤琼台：琼玉砌成的台，这里指的是宫殿，代表南宋王朝。弹棋：古代博戏。汉武帝时已有。

⑥鸳楼：酒楼。东西玉：指酒器。见《词统》："山谷诗：'佳人斗南北，美酒玉东西。'"

⑦翠钗难卜：翠玉钗难以占卜知晓伊人的踪迹。

⑧宫眉横云：双眉如纤云横陈额前。

⑨生绡：薄纱。

【评解】

这是一首怀旧词，作者采用了隐喻的手法，将自己内心隐藏的亡国之恨表达出来。上阕写梦回故国，由此抒发了作者对亡国的哀思以及思念。下阕用鸳楼碎玉，芳踪何在，来暗喻故国已经灭亡，并以无人解听两宋盛时的音乐为遗憾。如今物是人非，国破家亡，愁绪缠绵。全词曲折缠绵，给人一种凄凉之感，用语准确，耐人寻味。

一剪梅

再过吴江[①]

一片春愁待酒浇，江上舟摇，楼上帘招。秋娘渡与泰娘桥[②]，风又飘飘，雨又潇潇。

何日归家洗客袍？银字笙调[③]，心字香烧[④]。流光容易把人抛，红了樱桃，绿了芭蕉。

【注释】

①吴江：今江苏县名，位于太湖东面。

②秋娘渡与泰娘桥：吴江两津渡名。

③银字笙：一种管乐器。调：摆弄，调试。

④心字香：杨慎《词品》："所谓'心字香'者，以香末萦篆成心字也。"

【评解】

这是一首在春舟上抒发乡愁的词。上阕主要写了客居他乡的孤独与愁绪，因为漂泊不定，作者想要借酒浇愁，却没能如愿。下阕写离情与乡思。想起了家中无限的美景，以及不知何时才能归家团圆的愁绪。结句"红了樱桃，绿了芭蕉。"十分精巧，语言简练却不失韵味，是一直被人们传唱的名句。通篇用语凝练，构思缜密，自然流畅，给人以美感。

虞美人

听雨

少年听雨歌楼上，红烛昏罗帐。壮年听雨客舟中，江阔云低，断雁叫西风[①]。

而今听雨僧庐下[②]，鬓已星星也[③]。悲欢离合总无情，一任阶前，点滴到天明。

【注释】

①断雁：离群孤雁。

②僧庐：僧房。

③星星：形容头上白发。

【评解】

这首词通过写在不同的地方听雨，概括了作者少年、壮年、晚年三个时期的不同感受，真实地反映出由于年龄不同，对自然现象的感受也有所不同。上阕先道出了在少年时期，因为不谙世事，听雨时的愉悦心情；然后又写了在壮年时因为已经览尽世事，听雨时深沉的情怀。下阕写已经阅尽沧桑的老年时，听雨时已经不为所动。全篇用词精准，曲折含蓄，意境深远，让人回味。

女冠子

元夕

蕙花香也，雪晴池馆如画。春花飞到，宝钗楼上[①]，一片笙箫，琉璃光射[②]，而今灯漫挂。不是暗尘明月[③]，那时元夜。况年来、心懒意怯，羞与蛾儿争要[④]。

江城人悄初更打，问繁华谁解，再向天公借[⑤]。剔残红灺[⑥]，但梦里隐隐，钿车罗帕[⑦]。吴笺银粉砑[⑧]，待把旧家风景[⑨]，写成闲话。笑绿鬟邻女，倚窗犹唱，夕阳西下。

【注释】

①宝钗楼：本为咸阳酒楼。这里泛指酒楼。

②琉璃：指灯。周密《武林旧事》："又有幽坊静巷多设五色琉璃泡灯，更自雅洁。"

③暗尘明月：扬起的飞尘遮住了明月光辉。指车马众多。

④蛾儿：即闹蛾，妇人所戴彩花。

⑤"再向天公借"两句：是说谁能再向天公借来旧日的繁华呢？

⑥灺（xiè）：烧残烛灰。

⑦钿车：华丽的车子。罗帕：香罗手帕。

⑧吴笺：吴地出产的笺纸。砑（yà）：碾。银粉砑：碾上银粉，使之发光。

⑨旧家：故国。

【评解】

这首词借咏元夕（元宵佳节）来抒发作者心中的无限感慨。上阕先回忆了当年元夕的热闹场景。再写如今花灯凌乱，心懒意怯。引发了作者不胜今昔之感。下阕抒发了作者的感慨。感叹繁华已逝，旧梦如烟。听到邻女唱宋代的元夕词，引发了对故国的无限思念。全篇借景抒情，愁绪缠绵，余韵悠长。

张 榘

【作者简介】

张榘（jǔ）（约公元1208年前后在世），字方叔，南宋润州（今江苏镇江）人。有《芸窗词》一卷，见毛晋《宋六十家词》本。其词极清丽流转，被历代词人所称道。

青玉案

被檄出郊题陈氏山居①

西风乱叶溪桥树，秋在黄花羞涩处。满袖尘埃推不去。马蹄霜浓，鸡声淡月，寂寂荒村路。

身名都被儒冠误②，十载重来慢如许。且尽清樽公莫舞。六朝旧事，一江流水，万感天涯暮。

【注释】

①檄：古代官方文书，多作征召、晓喻等用。

②儒冠：儒生戴的帽子。唐代杜甫诗："绔袴不饿死，儒冠多误身。"后世泛指读书人。

【评解】

这首词通过描写秋天的景色，表达了作者对入仕十年的感慨。上阕主要描写景色，西风乱叶，黄花羞涩；尘埃满袖，马蹄霜重；鸡声淡月，村路寂寂。下阕主要用来抒发情感。六朝旧事，一江流水，让作者感慨万分。全词清丽婉转，耐人寻味。

洪咨夔

【作者简介】

洪咨夔（1176～1236年），字舜俞，号平斋，于潜（今浙江临安）人。南宋著名词人。其词多慷慨激昂，偶有婉约别致之作。曾作《大治赋》，被楼钥所赏识。著作有《春秋说》3卷、《西汉诏令揽钞》等。

眼儿媚

平沙芳草渡头村，绿遍去年痕。游丝上下，流莺往来，无限销魂[①]。

绮窗深静人归晚，金鸭水沉温[②]，海棠影下，子规声里[③]，立尽黄昏。

【注释】

①销魂：为情所惑，神不守舍的样子。

②金鸭：鸭形的金属香炉。唐戴叔伦《春怨》诗："金鸭香消欲断魂，梨花春雨掩重门。"

③子规：杜鹃鸟。

【评解】

这首词通过描写春景抒发了作者对故人的怀念之情。上阕道出了春光的无限美好，从而引发了物是人非的愁绪。下阕抒发怀念故人的情怀。每日盼着故人归来，思念之情，绵绵不尽。全词构思奇巧，语言瑰丽，风格委婉含蓄，富有情致。

王沂孙

【作者简介】

王沂孙（约1230～约1291年），字圣与，号碧山，又号中仙，再号玉笥山人。会稽（今浙江绍兴）人。宋亡之后，与周密、张炎等同结词社。词集名《碧山乐府》，又名《花外集》。其词多为咏物词，其中常常用隐晦的手法，表现亡国之恨。

眉妩

新月

渐新痕悬柳[①]，淡彩穿花[②]，依约破初暝[③]。便有团圆意[④]，深深拜[⑤]，相逢谁在香径。画眉未稳，料素娥、犹带离恨。最堪爱、一曲银钩小[⑥]，宝帘挂秋冷[⑦]。

千古盈亏休问。叹慢磨玉斧[⑧]，难补金镜[⑨]。太液池犹在，凄凉处、何人重赋清景。故山夜永，试待他窥户端正[⑩]。看云外山河，还老尽、桂花影。

【注释】

①新痕：新月。

②淡彩：淡雅的月色。

③依约：仿佛。初暝：指天刚暗下来。

④团圆意：开始有团圆的迹象。

⑤深深拜：指拜月祝祷。李端《新月》诗："开帘见新月，即便下阶拜；细语人不闻，北风吹裙带。"

⑥一曲银钩：银色帘钩，指一弯新月。

⑦宝帘：这里借指夜幕。

⑧慢：同"谩"，徒然之意。玉斧：相传汉代吴刚学仙时有过失，罚他砍月中桂树，树随砍随合。（见《酉阳杂俎》）

⑨金镜：指月亮。李贺《七夕》诗："天上分金镜，人间望玉斧。"

⑩端正：形容月已正圆。韩愈《和崔舍人咏月二十韵》："三秋端正月，今夜出东溟。"

【评解】

这是一首咏物词，通篇曲折地流露出作者的弦外之音。上阕对新月进行了描写，看似是在写新月，实则在写人。新痕悬柳，淡彩穿花。由一弯预示团圆；用拜月暗示心愿；以"画眉"体现离恨；言"最爱"衬其美艳。下阕写了作者对月抒怀。宝帘秋冷，新月难圆。千古盈亏，金镜难补，寄寓金瓯难整之意。月照山河，遗恨绵绵。全篇在写风月的同时抒发了亡国之恨。工丽淡雅，难觅生涩之痕。

齐天乐

蝉

一襟余恨宫魂断①。年年翠阴庭树。乍咽凉柯②，还移暗叶，重把离愁深诉。西窗过雨。怪瑶佩流空，玉筝调柱③。镜暗妆残④，为谁娇鬓尚如许⑤。

铜仙铅泪似洗⑥，叹移盘去远，难贮零露。病翼惊秋，枯形阅世⑦，消得斜阳几度。余音更苦。甚独抱清商⑧，顿成凄楚。漫想薰风⑨，柳丝千万缕。

【注释】

①宫魂断：传说齐王后怨王而死，尸变为蝉，见崔豹《古今注》。蝉为宫中王后魂魄所化，故称为宫魂。

②凉柯：初秋的树枝。

③调柱：调试乐器弦柱。

④镜暗妆残：这里暗喻秋蝉。镜暗：一作"镜掩"。

⑤娇鬓：指女子发鬓像蝉翼一般薄。

⑥铜仙铅泪：指魏明帝拆迁托承露盘的铜人，铜人眼中流泪。铅泪：泪流得像铅水一样，形容泪水很多。

⑦枯形阅世：枯败的形骸还经历着人世的沧桑。

⑧甚：正。

⑨漫：徒然。薰风：南风。

【评解】

这首词似咏秋蝉实则是抒发故国沧桑之感。上阕采用了拟人的手法，写蝉鸣庭树，诉说离愁别绪。镜暗妆残，娇鬟为谁！委婉曲折，写蝉也是在写人。下阕从蝉饮露水联想到了铜仙铅泪，暗示了亡国之痛。如今病翼惊秋，枯形阅世，独抱清商，余音更苦。结尾回忆薰风吹拂，蝉鸣于万缕柳丝，产生了不胜今昔的感慨。全词意境凄凉婉转，曲折含蓄，工丽淡雅。

高阳台

和周草窗寄越中诸友韵[①]

残雪庭阴，轻寒帘影，霏霏玉管春葭[②]。小帖金泥[③]，不知春在谁家。相思一夜窗前梦，奈个人[④]、水隔天遮。但凄然，满树幽香，满地横斜。

江南自是离愁苦，况游骢古道[⑤]，归雁平沙。怎得银笺[⑥]，殷勤与说年华。如今处处生芳草，纵凭高，不见天涯[⑦]。更消他[⑧]，几度东风，几度飞花。

【注释】

①周草窗：即周密。

②玉管：玉制的管状乐器。春葭：春天初生的芦苇。古时常用苇芦来预测天气，将芦苇翳烧成灰，放在律管内，到了某一节气，相应律管内的灰就会自行飞出。(见《后汉书·律历志》)

③小帖金泥：唐代进士及第，以泥金书帖向家中报登科之喜。(见《卢氏杂记》)

④个人：那个人。

⑤游骢：指旅途上的马。骢：泛指马。

⑥银笺：指代的是装帧精美的信笺。年华：时光。

⑦不见天涯：苏轼《蝶恋花》词："枝上柳绵吹又少，天涯何处无芳草。"以上两句，反用苏轼词意，是说处处生满芳草，即使登高也望不见天边。指春将残而人不见。

⑧更消他：禁不起。这两句是说春意阑珊，哪里还经得住东风频吹，落花乱舞。

【评解】

本词通过对春天景色的描述，引发了作者对友人的怀念之情。上阕写了初春时的景色，从而触发了作者对友人的思念之情。下阕借写游骢归雁来表达作者的离情别绪。全词清新淡雅，婉转缠绵，包含了无限情谊。

管　鉴

【作者简介】

管鉴（生卒年不详），字明仲，宋龙泉（属浙江）人，有《养拙堂词》一卷，见《四印斋宋元三十一家词》。

醉落魄

春阴漠漠[①]，海棠花底东风恶。人情不似春情薄，守定花枝，不放花零落。

绿尊细细共春酌[②]，酒醒无奈愁如昨。殷勤待与东风约；莫苦吹花，何似吹愁却！

【注释】

①漠漠：弥漫的样子。唐韩愈诗："漠漠轻阴晚自开。"

②绿尊：酒樽。

【评解】

这首词抒发了作者的惜春情绪。上阕刻画了眼前所见之景。春阴漠漠，海棠花底，东风狂恶。诗人守定花枝，不放花凋落，充分展现了作者对花的怜惜之情。下阕抒写伤春情绪。绿樽共饮，酒醒还愁。说与东风，且莫吹花，不如吹将愁去。结语耐人寻味，言有尽而意无穷。全词构思精巧，语言凝练，表达含蓄委婉，富有美感。

杨冠卿

【作者简介】

杨冠卿（1138～？），字梦锡，南宋词人，江陵（属湖北）人。有《客亭类稿》十五卷；词集一卷，名《客亭乐府》，有《疆村丛书》本。

如梦令

满院落花春寂，风紧一帘斜日，翠钿晓寒轻，独倚秋千无力。无力，无力，蹙破远山愁碧[1]。

【注释】

①蹙：同“蹴”，踢，踏也。

【评解】

这是一首由刻画春景来抒发春愁的小令。暮春时节，风卷斜阳，落红满院，翠钿轻寒，独倚秋千。结句“蹙破远山愁碧”，展现了词人无限的愁绪。通篇将情感融于景物之中，清新淡雅，意境优美，耐人寻味。

汪　莘

【作者简介】

汪莘（1155～1227年），字叔耕，号方壶居士，休宁（今属安徽）人。著有《方壶存稿》及《方壶诗余》二卷，有《疆村丛书》本。其词极为潇洒明净。与朱熹友善。

谒金门

帘漏滴，却是春归消息。带雨牡丹无气力，黄鹂愁雨湿。

争着洛阳春色，忘却连天草碧，南浦绿波双桨急[1]，沙头人伫立。

【注释】

①南浦：泛指面南的水边。

【评解】

这是一首借写暮春的景色来怀念故人的小令。上阕着重描绘了暮春时的景色。牡丹带雨，黄鹂含愁，春将归去。下阕抒写由眼前之景触发了作者对故人的怀念之情。全篇借景抒情，情景交融。风格委婉含蓄，清新淡雅，精巧工丽。用词凝练，富有美感。

行香子

腊八日与洪仲简溪行，其夜雪作。

野店残冬。绿酒春浓[1]。念如今、此意谁同？溪光不尽，山翠无穷。有几枝梅，几竿竹，几株松。

蓝舆乘兴[2]，薄暮疏钟。望孤村、斜日匆匆。夜窗雪阵，晓枕云峰。便拥渔蓑，顶渔笠，作渔翁。

【注释】

①绿酒：美酒。因酒上浮绿色泡沫，故称。

②篮舆：竹轿。

【评解】

这首词是作者冬日与友人一起去山中游玩所作。全词描绘出了山中的景色，营造出一种清新的氛围，刻画了作者在山中游玩时的高昂情绪。

刘 过

【作者简介】

刘过（1154～1206年），字改之，号龙洲道人，南宋文学家，吉州太和（江西泰和县）人。曾为辛弃疾之座上宾。其词，有些专学稼轩，而有些小令则多韵协语俊，宛转多姿。著有《龙洲集》《龙洲词》。

唐多令

安远楼小集[1]，侑觞歌板之姬黄其姓者[2]，乞词于龙洲道人，为赋《唐多令》。同柳阜之、刘去非、石民瞻、周嘉仲、陈孟参、孟容，时八月十五日也。

芦叶满汀洲，寒沙带浅流。二十年、重过南楼。柳下系舟犹未稳，能几日、又中秋。

黄鹤断矶头[3]，故人今在否？旧江山、浑是新愁[4]。欲买桂花同载酒，终不似、少年游。

【注释】

①安远楼：也被称为南楼，位于武昌。小集：小宴。

②侑觞：劝酒。歌板：执板奏歌。

③“黄鹤”句：武昌西有黄鹤矶，上有黄鹤楼。

④浑是：都是。

【评解】

这首词是作者在宴会上为一名歌女所作。描述了重过南楼时的心情，且委婉含蓄地表达了对国家败亡的忧虑。上阕主要写了再次过南楼时的所见所感。由登

楼远眺所看到的凄凉之景，引发了作者对时移世易的无限感慨。下阕主要是抒发感慨。表达了对故地重游，却不知亲友是否安在的凄凉愁苦之情。全词凄凉哀怨，让人读之为之伤心落泪。

醉太平

情深意真，眉长鬓青。小楼明月调筝。写春风数声。

思君忆君，魂牵梦萦[1]。翠绡香煖云屏[2]。更那堪酒醒。

【注释】

①梦萦：梦魂萦绕。

②翠绡：绿色轻纱。绡：生丝织成的绢。

【评解】

这是一首春日怀人的小令。上阕主要刻画了人物的情态。下阕主要抒发了作者的相思相忆之情。全词用词凝练，风格清新淡雅，委婉柔媚，曲折有致。

章良能

【作者简介】

章良能（？~1214年），字达之，宋代丽水（今属浙江）人，居吴兴。淳熙五年进士，除著作佐郎，宁宗朝官至参知政事。间作小词，极有情致。

小重山

柳暗花明春事深。小阑红芍药，已抽簪。雨余风软碎鸣禽[1]，迟迟日，犹带一分阴。

往事莫沉吟，身闲时序好，且登临。旧游无处不堪寻，无寻处，惟有少年心。

【注释】

①碎鸣禽：唐杜荀鹤诗："风暖鸟声碎，日高花影重。"

【评解】

这是一首咏春小词，语浅言深。上阕主要刻画了春天的无限风光。下阕由眼前所见之景触发了作者的愁绪，觉得年华易逝，青春难觅。因此想要趁着大好春光，登临游赏。旧游易寻而"少年心"已无处可寻矣。结句含蕴无限，感慨万千。全词委婉清新，精巧工丽，富有美感。

李好古

【作者简介】

李好古（生卒年不详），字仲敏，南宋末年人，自署乡贡免解进士。自称"江南客"。有《碎锦词》。

谒金门

花过雨，又是一番红素[①]。燕子归来愁不语，旧巢无觅处。

谁在玉关劳苦？谁在玉楼歌舞？若使胡尘吹得去[②]，东风侯万户。

【注释】

①红素：花的颜色红白相间。

②胡尘：胡人溅起的尘土。这里指的是金兵发动的战争。

【评解】

这首词主要是通过对中原故土的怀念，引出了作者对国事的担忧，同时抒发了对软弱无能，已经腐败的南宋统治集团的愤恨之情。上阕着重写了春天来到，燕子难以寻觅旧巢的情景，含蓄婉转地道出了由于中原沦陷，自己无法返回故里的愁苦心情。下阕对腐败的南宋统治者进行了控诉，表达了自己希望能够尽快收复中原的愿望。全词感情真挚，叙述婉转，设喻巧妙，富有感染力。

清平乐

瓜洲渡口[①]，恰恰城如斗[②]。乱絮飞钱迎马首，也学玉关榆柳[③]。

面前直控金山[④]，极知形胜东南。更愿诸公着意，休教忘了中原。

【注释】

①瓜洲：在今江苏邗江县南。

②城如斗：指城形如北斗。

③玉关：泛指边塞。

④控金山：是说瓜洲直接控制镇江金山，是东南的要冲。

【评解】

作者途经瓜洲的时候，看到平沙浅草，征途茫茫，有所感而作此词。南宋的时候，瓜洲渡是金兵南侵的要塞之地。因此，这个小镇成为重要的关口。词中说瓜洲南控金山，对于形势而言十分重要，作者在这首词中提醒朝廷的官员们要注意经营瓜洲，不要忘了中原地区。全词将写景、抒情、议论融为一体。语言精练，委婉而工丽。

许 棐

【作者简介】

许棐（fěi）（生卒年不详），字忱父（一字忱夫），海盐（今属浙江）人。宋理宗嘉熙中，居于秦溪，自号梅屋。因常与江湖派诗人来往，诗风亦相近。词共18首，均为小令。著作有《梅屋诗稿》《梅屋诗余》。

喜迁莺

鸠雨细，燕风斜[①]，春悄谢娘[②]家。一重帘外即天涯，何必暮云遮[③]。

钏金寒，钗玉冷[④]，薄醉欲成还醒。一春梳洗不簪花，孤负几韶华[⑤]。

【注释】

①“鸠雨”两句：形容燕子和鸠鸟在斜风细雨中来回飞翔。

②谢娘：指思妇。

③暮云：黄昏时天上的云霞。以上两句是说咫尺天涯。两人相隔虽只一重帘子，就无法相见，不必有断肠人在天涯之叹。

④“钏金”两句：即金钏寒，玉钗冷，形容春寒。

⑤孤负：即辜负。韶华：美好的春光。

【评解】

这是一首闺怨词。上阕先刻画了眼前所见的景物，道明春天已经在不知不觉中到来。然后写深居在闺中的人，虽然与心上人只有一帘之隔，但是却咫尺天涯，不得相会。下阕写“金钏寒，玉钗冷”，独居闺中，辜负了大好春光。心中的愁绪，就算是酒也无法消除。全篇清新淡雅，幽怨缠绵。

后庭花

一春不识西湖面，翠羞红倦[①]。雨窗和泪摇湘管[②]，意长笺短。

知心惟有雕梁燕，自来相伴。东风不管琵琶怨[③]，落花吹遍。

【注释】

①“一春”两句：是说一春未曾出游，想来湖上已是叶密花谢，春意阑珊。

②湘管：用湘竹做管的毛笔。

③琵琶怨：琵琶奏出幽怨的歌曲。

【评解】

这首词表达了闺中少妇独居的凄凉，以及伤春怀远之情。上阕写了独居深闺，辜负了一片大好的春光，西子湖上，料想这应该已经“翠羞红倦，春意阑珊”。西窗握管，不禁潸然泪下。下阕写闺中缺少知音，只能与梁燕为伴。东风不管琵琶传出的伤春相思之曲，依然吹落了枝头上的花朵。全篇表达出一种独居深闺，无法欣赏外面大好风光的惋惜之感，意境淡雅凄凉，缠绵哀怨，让人读之为之动容。

完颜璟

【作者简介】

完颜璟（1168～1208年），即金章宗，小字麻达葛，世宗嫡孙，金朝第六任皇帝。《词林纪事》根据《归潜志》载：金章宗天资聪悟，诗词多有可称者。其宫中绝句云：“五云金碧拱朝霞，阁楼峥嵘帝子家。三十六宫帘尽卷，东风无处不杨花。”留下了《软金杯》等多个名篇。

生查子

软金杯

风流紫府郎[①]，痛饮乌纱岸。柔软九回肠，冷怯玻璃盏。

纤纤白玉葱[②]，分破黄金弹。借得洞庭春[③]，飞上桃花面。

【注释】

①紫府：道家称仙人所居。这里泛指宫廷。

②玉葱：形容美女之手。

③洞庭春：名酒。亦名“洞庭春色”。

【评解】

这是一首咏物小词，写得极具特点。上阕描写了仙郎风流痛饮，金杯柔软可爱。下阕写纤手斟酒，一杯“洞庭春”，飞上桃花面。全词用词精练细腻，曲折有致，委婉含蓄。

吴　激

【作者简介】

吴激（1090～1142年），字彦高，自号东山散人。宋、金时期的作家、书画家。金建州（今福建建瓯）人。宋宰相栻之子，米芾之婿。著有《东山集》。

人月圆

南朝千古伤心事[1]，犹唱后庭花[2]。旧时王谢[3]、堂前燕子，飞向谁家。

恍然一梦，仙肌胜雪[4]，宫髻堆鸦[5]。江州司马，青衫泪湿，同是天涯[6]。

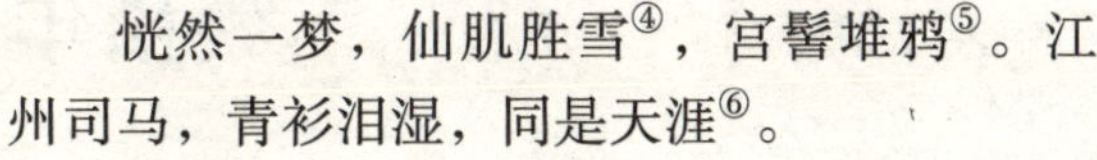

【注释】

①南朝：一称六朝，即相继建都于建康（今南京市）的吴、东晋、宋、齐、梁、陈六个朝代。伤心事，亦作“伤心地”。

②后庭花：词曲名。

③“旧时”三句：化用了刘禹锡的诗句“旧时王谢堂前燕，飞入寻常百姓家”而成。

④仙肌胜雪：形容美人的肌肤比雪还白。

⑤宫鬓堆鸦：形容宫中美人的鬓发颜色像鸦羽。因此称为“堆鸦”。

⑥“江州”三句：化用了白居易的诗句“座中泣下谁最多，江州司马青衫湿”“同是天涯沦落人，相逢何必曾相识”而来。

【评解】

这首词是怀古感时之作。作者在看到北宋灭亡，南宋偏安江左，中原恢复无望之后，发出的无限感慨。上阕流露出对国家沦陷的无限伤感，下阕表达了对人

民流离失所的无限同情与感伤。本首词化用了唐人的诗句，借用前人的话来表达了自己的意思，自然顺口，由彼及此，留人思索，感情真挚。

诉衷情

夜寒茅店不成眠。残月照吟鞭。黄花细雨时候，催上渡头船。

鸥似雪，水如天。忆当年。到家应是，童稚牵衣，笑我华颠[1]。

【注释】

①华颠：头上白发。

【评解】

这首词写的是在旅途之中对家乡的思念之情。在路上的时候，归心如箭，因此一夜无眠。早早地就启了程，临渡时已细雨霏霏。旅途景物，多不关心，只是因为一心挂念着家中，期盼早早归家。“童稚”两句，更给人带有一种“近乡情更怯”之感。全词叙事细腻，风格自然清新。

蔡松年

【作者简介】

蔡松年（1107～1159年），字伯坚，号萧闲老人，金代文学家、政治家，父蔡靖，官真定判官，遂为真定（今河北正定）人。累官吏部尚书，参知政事。进拜右丞相。《中州乐府》云：蔡丞相镇阳别业，有萧闲堂，自号萧闲老人，百年以来乐府，推伯坚与吴彦高，号吴蔡体。著有《萧闲公集》。

鹧鸪天

赏荷

秀樾横塘十里香[1]，水光晚色静年芳。燕支肤瘦薰沉水[2]，翡翠盘高走夜光。

山黛远，月波长，幕云秋影照潇湘。醉魂应逐凌波梦，分付西风此夜凉。

【注释】

①樾：树荫，道旁林荫树。

②燕支：即胭脂。

【评解】

本首词采取了拟人的手法，借咏荷花来抒发自己的情怀。上阕写“水光晚

色”，十里荷香，花如胭脂，叶似翡翠。下阕写暮云秋影，月照潇湘。魂逐凌波，西风夜凉。全词营造了一种清幽的意境，精巧工丽。将感情表达的十分细腻动人，风格委婉多姿。

刘 迎

【作者简介】

刘迎（？～1180年），字无党，号无净居士，金代诗人、词人，东莱（今山东掖县）人。金世宗大定十三年，因荐书封策，为当时第一。明年登进士第。官豳王府记室，改太子司经。金显宗特亲重之，因病过世。有诗文乐府，号《山林长语》。

乌夜啼

离恨远萦杨柳，梦魂长绕梨花。青衫记得章台月[①]，归路玉鞭斜。

翠镜啼痕印袖，红墙醉墨笼纱。相逢不尽平生事，春思入琵琶。

【注释】

①章台：秦、汉官名。此处当指青楼女子所居。

【评解】

这首词委婉地道出了作者春夜怀人的幽思。上阕借景抒情。满腔的离愁别绪，魂牵梦绕，看到眼前撩人的春色，让人思绪更是无法消解。下阕着意抒怀。啼痕印袖，醉墨笼纱，偶然相逢，不尽欲言。结句“春思入琵琶”，尽显道不尽的情韵。

王庭筠

【作者简介】

王庭筠（1151～1202年），字子端，自号南华山主，或称黄华老人。金代文学家、书画家，河东（属山西）人。金大定十六年举进士，官至翰林修撰。著有文集四十卷，今佚。《中州乐府》收其词12首。

谒金门

双喜鹊，几报归期浑错[1]。尽做旧愁都忘却[2]，新愁何处著。

瘦雪一痕墙角。青子已妆残萼[3]。不道枝头无可落[4]，东风犹作恶。

【注释】

①浑：都。

②尽做：尽管。

③“瘦雪”二句：形容花被风吹落，如雪残存，而青子已装点余萼。

④不道：不料。

【评解】

这首词首句以双鹊报喜，几番出错起兴。旧愁无法忘却，新愁又不知道要如何安放。这里所说的新愁，指的是下片所说的春残花尽，而风犹不止。“不道枝头无可落，东风犹作恶”，给全词增添无限韵味。

元好问

【作者简介】

元好问（1190～1257年），字裕之，号遗山，太原秀容（今山西忻县）人。金末元初著名作家和历史学家、文坛盟主，是宋金对峙时期北方文学的代表人物，又是金元之际在文学上承前启后的桥梁，因此被誉为“北方文雄”“一代文宗”，其诗、文、词、曲，均有所成就。有《元遗山诗集》《遗山乐府》。

清平乐

离肠宛转[1]，瘦觉妆痕浅[2]。飞去飞来双语燕。消息知郎近远[3]。

楼前小雨珊珊[4]，海棠帘幕轻寒。杜宇一声春去[5]，树头无数青山。

【注释】

①离肠：离别的心情。

②瘦觉妆痕浅：因愁苦而消瘦，又不想梳妆打扮。浅，指的是胭脂已经褪色。

③消息知郎近远：此为倒装句，是“知郎远近消息”的倒装。

④珊珊：这里是用来形容雨声。

⑤杜宇：杜鹃鸟。

【评解】

这首词是一首闺怨词。女主角由于与心上人离别而伤心不已，懒于梳妆。看到天上飞来飞去的燕子，不禁想向燕子打听心上人的下落。小雨霏霏，交织成女子迷茫的愁绪。风雨过后，海棠花寂寞地开着，水珠晶莹剔透，像是女子滑落的泪珠。远处传来几声杜鹃鸟的啼叫，女子望去，却只见无数青山。本词意境优美，描写生动，情景交融。

玉漏迟

咏杯

淅江归路杳[①]，西南却羡、投林高鸟[②]。升斗微官，世累苦相萦绕。不似麒麟殿里[③]，又不与、巢由同调[④]。时自笑，虚名负我，半生吟啸[⑤]。

扰扰马足车尘[⑥]，被岁月无情，暗消年少。钟鼎山林[⑦]，一事几时曾了。四壁秋虫夜雨，更一点、残灯斜照。清镜晓，白发又添多少。

【注释】

①淅江：即今河南淅川。

②高鸟：暗指高人隐士。

③麒麟殿：即麒麟阁。汉宣帝曾画功臣霍光、张安世、赵充国、苏武等十一人在上面。

④巢由：巢父，许由，全都是古代德高望重之人。

⑤吟啸：悲慨之声。

⑥扰扰：纷扰。

⑦钟鼎山林：钟鼎，指富贵。山林，指隐逸。

【评解】

这是一首借景抒情的词。上阕首先表达了作者对复国无望的感叹，之后表达了对功名利禄的厌烦之情，写出了啼笑皆非的矛盾心情。下阕感叹时光易逝，物是人非，徒增伤感。全词除了“四壁”这两句正面写景之外，全是叙事、抒情。文笔委婉含蓄，自然流畅。

虞美人

槐阴别院宜清昼，入座春风秀。美人图子阿谁留。都是宣和名笔[①]，内家收[2]。

莺莺燕燕分飞后，粉淡梨花瘦。只除苏小不风流[3]。斜插一枝萱草，凤钗头。

【注释】

①宣和名笔：北宋宣和年间的名画。宣和：宋徽宗年号。名笔：名画家的手笔。

②内家：皇家。

③苏小：钱塘名妓。

【评解】

这是一首咏美人图的词。上阕写了槐阴清昼，入座春风。美人图子，宣和名笔。下阕对画中的人进行了咏叹。莺燕纷飞，粉淡花瘦。而凤钗斜插，苏小风流。全词清新别致，含蓄委婉。

段克己

【作者简介】

段克己（1196～1254年），字复之，号遁斋，别号菊庄。金代文学家，稷山（今山西稷山县）人。金朝进士。入元不仕。著有《遁斋乐府》一卷。

渔家傲

诗句一春浑漫与[1]，纷纷红紫但尘土[2]。楼外垂杨千万缕。风落絮，栏干倚遍空无语。

毕竟春归何处所，树头树底无寻处。唯有闲愁将不去，依旧住，伴人直到黄昏雨。

【注释】

①浑：简直。全。

②红紫：指落花。也可能另有寄喻。

【评解】

这首词从眼前的景物写起，抒发了作者惜春的情绪，以及对故国的无限思念之情。上阕刻画了暮春的景象，引发了作者的无限惆怅。下阕写春归无处寻觅，唯有闲愁将不去，依旧伴人住。春雨绵绵，直到黄昏。全词含蓄委婉，精巧工丽。含蓄蕴藉，言浅意深，韵味悠长。

完颜璹

【作者简介】

完颜璹（shú）（1172～1232年）：本名寿孙，字仲实，一字子瑜，号樗轩老人。金世宗孙，越王完颜永功长子。所居有樗轩，又有如庵。其诗号《如庵小藁》。

朝中措

襄阳古道灞陵桥[1]。诗兴与秋高。千古风流人物，一时多少雄豪。

霜清玉塞[2]，云飞陇首[3]，风落江皋[4]。梦到凤凰台上[5]，山围故国周遭。

【注释】

①襄阳：今湖北襄樊市。灞陵桥：位于陕西西安东。

②玉塞：玉门关。

③陇首：也被称为陇坻、陇坂，处于陕西宝鸡与甘肃交界处险塞。

④江皋：江边。

⑤凤凰台：坐落于今江苏南京。

【评解】

这首词是一首怀古之作。词中所举襄阳古道、灞桥、玉塞、陇首、凤凰台，全部都是前人送别、登临、歌咏的地方，因此渲染上了极强的怀古气氛。上阕末二句借用了苏轼词语。下阕末句用刘禹锡词语，均无拼凑之痕迹，反而提升了整首词的格调。

无名氏

浣溪沙

五两竿头风欲平，张帆举棹觉船轻。柔橹不施停却棹[1]，是船行。

满眼风波多闪烁[2]，看山恰似走来迎。子细看山山不动，是船行。

【注释】

①橹、棹：均是划船工具。

②陕灼：即闪烁不定的样子。

【评解】

这首词全篇都以"是船行"作断语，描写了舟行时心理上的错觉。上阕写了顺风的时候扬帆，风力虽然微弱，但是可以借着水势让船自行。下阕写了如山逆舟行方向而进的幻觉，是乘舟的时候经常遇到的，因此读起来十分熟悉，备觉亲切。

张弘范

【作者简介】

张弘范（1238～1280年），字仲畴，定兴（今河北定兴县）人。元朝初期重要将领。能文善武，兼擅诗词，为元朝武将中不可多得者。

临江仙

忆旧

千古武陵溪上路[1]。桃源流水潺潺[2]。可怜仙侣剩浓欢。黄鹂惊梦破，青鸟唤春还[3]。

回首旧游浑不见，苍烟一片荒山。玉人何处倚栏干。紫箫明月底[4]，翠袖暮云寒。

【注释】

①武陵溪：常用来指代环境优美，避世隐居的地方。

②桃源：陶渊明《桃花源记》称晋太元中武陵渔人进入桃花源。

③青鸟：《山海经》中西王母所差遣的青鸟。后来借指使者。

④紫箫：紫色箫。戴叔伦《相思曲》："紫萧横笛寂无声。"

【评解】

这首词有着极为浓烈的抒情之感。在描写静物的时候，抒发了对情人的无限思念，情意缠绵，让人回味。全篇情感真挚，柔和含蓄，意境幽美。

顾德辉

【作者简介】

顾德辉（1310～1369年），一名阿瑛，字仲瑛，元朝文学家，昆山（江苏昆山）人。自称金粟道人。《语林》云："顾仲瑛风流文雅著称东南，才情妙丽。"著有《玉山草堂集》。

蝶恋花

陈浩然招游观音山，宴张氏楼。徐姬楚兰佐酒，以琵琶度曲。郑云台为之心醉。口占戏之。

春江暖涨桃花水。画舫珠帘，载酒东风里。四面青山青似洗，白云不断山中起。

过眼韶华浑有几[①]。玉手佳人，笑把琶琶理。枉杀云台标内史，断肠只合江州死[②]。

【注释】

①韶华：美好时光。

②"断肠"句：用白居易《琵琶行》诗意。

【评解】

这是一首作者在宴饮游玩之时的即兴之作。借景抒情，情景交融。上阕主要刻画了大好的春光，写出了一派美景，助人游兴。下阕着意写人。美女抚琴，让人心醉。本词虽然是即兴之作，但是却也彰显了作者出色的文学才能。全文刻画细腻，引人入胜。

曾允元

【作者简介】

曾允元（生卒年不详），字舜卿，号鸥江，江西太和人。

点绛唇

一夜东风，枕边吹散愁多少。数声啼鸟，梦转纱窗晓[1]。

来是春初，去是春将老。长亭道[2]，一般芳草，只有归时好。

【注释】

①梦转：从梦中醒来。

②长亭：古时十里一长亭，五里一短亭，都是饯别、暂歇的地方。

【评解】

这首词抒发的是闺中愁绪，不过手法较为新颖，不落俗套。一夜东风，原应罗愁织恨，而词中却说“枕边吹散愁多少”；“来是春初，去是春将老”常常会触发人叹春惜花，无限感伤的情感，而词中偏说“只有归时好”。在将要结束羁旅生活、踏上归程的征人眼中，长亭道上的芳草也在分享他的喜悦之情。全词清新欢快，情景交融。

刘 铉

【作者简介】

刘铉（生卒年不详），字鼎玉。生平事迹无从考证。见《元草堂诗余》。

蝶恋花

送春

人自怜春春未去，萱草石榴，也解留春住。只道送春无送处，山花落得红成路。

高处莺啼低蝶舞。何况日长，燕子能言语。付与光阴相客主[1]，晴云又卷西边雨[2]。

【注释】

①相客主：即互为客主。此句意谓对于光阴来说，春去夏来，犹如送往迎来，客主易位。

②“晴云”句：刘禹锡《竹枝词》：“东边日出西边雨，道是无晴却有晴。”此句即暗用其意，谓春去亦非无情。

【评解】

这是一首惜春词，但是却没有伤感之情。开篇说人们都怜惜春天消逝，其实春天没有消逝，只是留在了萱草丛中、石榴花间；继又说送春无处，而山花落红即其归处，从而巧妙地解答了过去伤春的诗词之中人们常常会说的“春归何处”的疑问。下片更以莺啼蝶舞、日长燕语，谓夏之代春看上去无情，实却有情。处处巧妙，给人以新鲜感，读之心情也会随之愉悦。

乌夜啼

石榴

垂杨影里残红。甚匆匆。只有榴花全不怨东风[①]。

暮雨急，晓霞湿，绿玲珑。比似茜裙初染一般同[②]。

【注释】

①不怨东风：是说春天百花被东风吹落，而石榴入夏才开放，因此不怨东风。

②比似：好像，犹如。茜裙：用茜草根染成的红裙。

【评解】

这是一首写景之作。春去夏来，落红无数。而石榴花却在这时候绽放，暮雨晓露，绿叶愈加玲珑剔透，让新花犹如茜草染成的红裙一般，充满了无限生机。末句“初染”与首句“残红”相对应，展现了一个生机勃勃的场景。

虞　集

【作者简介】

虞集（1272～1348年），字伯生，号道园，世称邵庵先生。元代著名学者、诗人。领修《经世大典》，著有《道园学古录》《道园遗稿》。颇有文名，与揭傒斯、柳贯、黄溍一起被称为“元儒四家”；诗与揭傒斯、范梈、杨载齐名，被称为“元诗四家”。

南乡一剪梅

招熊少府

南阜小亭台[①]，薄有山花取次开[②]。寄语多情熊少府[③]；晴也须来，雨也须来。

随意且衔杯[④]，莫惜春衣坐绿苔。若待明朝风雨过，人在天涯，春在天涯。

【注释】

①南阜：南边土山。

②薄：少。取次：任意，随便。

③熊少府：虞集好友，生平不详。

④衔环：此处指饮酒。

【评解】

这首词是作者晚年归乡之后所作。上阕先写了家乡南阜有小亭台，山花烂漫，因此邀请好友前来观赏，不负大好春光。“多情”一词，写出了彼此之间的深厚情谊。“晴也须来，雨也须来”，表达了作者邀请朋友前来的急切真挚的心情。下阕告诉好友来到之后，应当尽情畅饮，不要等到天晴之后再过来，那样的话，将“人在天涯，春在天涯”，错过了大好时光。全篇通俗易懂，自然流畅。感情表露真挚直白，风格清新淡雅。

风入松

寄柯敬仲

画堂红袖倚清酣。华发不胜簪。几回晚直金銮殿，东风软、花里停骖[①]。书诏许传宫烛，轻罗初试朝衫。

御沟冰泮水挼蓝[②]，飞燕语呢喃。重重帘幕寒犹在，凭谁寄、银字泥缄。报道先生归也，杏花春雨江南。

【注释】

①骖（cān）：同驾一车的三匹马。这里泛指马。

②泮：溶解。《诗·邶风》：“士如归妻，迨冰未泮。”挼：揉搓。

【评解】

全词表达了对柯敬仲的敬爱之情。“杏花春雨江南”是本首词之中的佳句，一直被历代词家所称道。通篇风格清丽委婉，用词准确华丽。

吴 澄

【作者简介】

吴澄（1249～1333 年），字幼清，抚州崇仁（今江西崇仁县）人。元代著名理学家，经学家、教育家。人称草庐先生。与吴澄与许衡齐名，一起被称为“北许南吴”，以其毕生精力为元朝儒学的传播和发展做出了重要贡献。有《吴文正公全集》传世。曾著有《列子解》，今已佚。

渡江云

揭浩斋送春和韵

名园花正好，娇红殢白①，百态竞春妆。笑痕添酒晕。丰脸凝脂，谁为试铅霜。诗朋酒伴，趁此日流转风光。尽夜游不妨秉烛，未觉是疏狂②。

茫茫。一年一度，烂漫离披③，似长江去浪。但要教啼莺语燕，不怨卢郎。问春春道何曾去，任蜂蝶飞过东墙。君看取，年年潘令河阳④。

【注释】

①娇红殢（tì）白：形容百花繁茂。

②疏狂：狂放不羁的样子。

③离披：散乱的样子。

④潘令河阳：晋潘岳，为河阳令。后世泛指妇女爱慕的男子。

【评解】

这是一首送春词，但是却跟其他送春词不同，虽然也表达了对春天的无限留恋，但是却没有流露出愁绪。上阕对春天的景物进行了描写，邀请朋友一起畅饮，秉烛夜游，以不负春光。下阕写了春去茫茫，一年一度。但是莺燕皆不怨，任蜂蝶飞过东墙。构思奇巧新颖，余韵悠长，全篇用词精练工丽，含蓄委婉，不失为一篇佳作。

张　埜

【作者简介】

张埜（yě）（生卒年不详），字野夫，号古山，元朝词人，邯郸（今属河北）人。著有《古山乐府》。

夺锦标

七夕

凉月横舟，银河浸练，万里秋容如拭[①]。冉冉鸾骖鹤驭[②]，桥倚高寒，鹊飞空碧。问欢情几许？早收拾、新愁重织。恨人间、会少离多，万古千秋今夕。

谁念文园病客[③]？夜色沉沉，独抱一天岑寂。忍记穿针亭榭[④]，金鸭香寒，玉徽尘积[⑤]。凭新凉半枕，又依稀、行云消息。听窗前、泪雨浪浪[⑥]，梦里檐前犹滴。

【注释】

①拭：抹，擦。

②冉冉：缓慢行进的样子。

③文园：指司马相如，他曾为孝文园令。这里作者借来指代自己。

④穿针：《荆楚记》："七夕妇女穿上孔针以乞巧。"

⑤玉徽：琴名。

⑥浪浪：流动的样子。

【评解】

这首词是在咏七夕。上阕写了遥想仙侣欢会。先写了初秋夜景。然后写了牛郎星与织女星相会的情景，以及其中的离恨欢聚之情。下阕抒发了作者对此的感怀。写了夜色的深沉，回忆昔日，用景色渲染出了一种伤心的气氛。引发人无限感慨。全词构思巧妙，将感情刻画得细致到位，情景交融，富有感染力。

萨都剌

【作者简介】

萨都剌（là）（约1272～1355年），字天锡，号直斋，回族。元代诗人、画家、书法家。其文学创作，以诗歌见长。著有《雁门集》。

小栏干

去年人在凤凰池[1]，银烛夜弹丝。沉水香消[2]，梨云梦暖，深院绣帘垂。

今年冷落江南夜，心事有谁知。杨柳风柔，海棠月澹，独自倚栏时。

【注释】

①凤凰池：也被称为风池，禁苑中的池沼。魏晋南北朝时，在禁苑设有中书省，掌管机要，因此将中书省称为凤凰池。唐、宋诗文中，又多用凤凰池来代指宰相。

②沉水：沉香的别名。

【评解】

这是一首抒情之作。通过将过去与如今的情景进行对照，抒发了情怀。上阕对过去的生活情景进行了回顾，表现出了无限留恋。下阕着重描写了眼前的情景，在寒冷的江南之夜，孤身一人，心事无人诉说。杨柳依依，海棠月澹，独自倚栏。渲染出一种清幽的意境，余韵悠长。

张　翥

【作者简介】

张翥（zhù）（1287～1368年），字仲举，晋宁（今江苏武进）人，元代文学家。曾参修宋、辽、金三史。其词婉约风流，在浅深浓淡之间，号称绝唱。有《蜕岩词》二卷。

陌上花

有怀

关山梦里，归来还又、岁华催晚。马影鸡声，谙尽倦邮荒馆①。绿笺密记多情事②，一看一回肠断。待殷勤寄与，旧游莺燕③，水流云散。

满罗衫是酒，香痕凝处，唾碧啼红相半。只恐梅花，瘦倚夜寒谁暖？不成便没相逢日④，重整钗鸾筝雁⑤。但何郎⑥，纵有春风词笔，病怀浑懒。

【注释】

①谙：熟悉。

②绿笺：即绿头笺，是一种笺首饰绿色的纸。

③莺燕：借指歌伎。

④“不成”句：不信没有重逢的日子。

⑤钗鸾筝雁：指梳妆与弹筝。钗鸾：即鸾钗，钗中贵重的。筝雁：乐器。

⑥何郎：指何逊。

【评解】

这是一首怀旧词。上阕先写了岁暮归来之所思所感，然后又对旅程进行了回顾，并写成笔记，“一看一回断肠”，不忍重看。最后写了自那次离别之后，再无联系。下阕先写了当年歌舞升平的情景，然后写独怜梅花寒瘦，次写盼望再次相见，末言恨未寄诗。词中用词较为香艳，色彩鲜明。词语工丽，抒情委婉。

摸鱼儿

送春

涨西湖、半篙新雨，麯尘波外风软①。兰舟同上鸳鸯浦②，天气嫩寒轻暖。帘半卷，度一缕、歌云不碍桃花扇。莺娇燕婉。任狂客无肠③，王孙有恨，莫放酒杯浅。

垂杨岸、何处红亭翠馆？如今游兴全懒。山容水态依然好，惟有绮罗云散④。君不见，歌舞地，青芜满目成秋苑。斜阳又晚，正落絮飞花，将春欲去，目断水天远。

【注释】

①麯（qū）尘：指淡黄色。

②鸳鸯浦：地名。昔人诗：“桃花浪暖鸳鸯浦，柳絮风轻燕子岩。”

③狂客无肠：即断肠的意思。

④绮罗云散：指歌伎舞女们已散去。

【评解】

这是一首送春词，上阕写在西湖泛舟的情景。下阕主要是送春抒怀。全篇自然流畅，颇有南宋词人的风格。

刘燕哥

【作者简介】

刘燕哥（生卒年不详），元朝著名歌伎。

太常引

饯齐参议归山东

故人送我出阳关[①]，无计锁雕鞍[②]。今古别离难。兀谁画娥眉远山。

一尊别酒，一声杜宇，寂寞又春残。明月小楼间，第一夜相思泪弹。

【注释】

①阳关：泛指送别的地方。

②锁雕鞍：指的是留住。

【评解】

这是一首送别之作，抒发了作者对离别的无奈与伤感。上阕写了分别之难。想要留住却无从留，眷恋之情，跃然纸上。下阕对离别之后的相思之情进行了设想，进一步阐述了自己不愿离别的心情。全词含蓄委婉，情意无限，意境优美，表达感情真挚，富有感染力。

陈凤仪

【作者简介】

陈凤仪（生卒年不详），元朝成都乐伎。生平事迹不详。

一络索

蜀江春色浓如雾，拥双旌归去①。海棠也似别君难，一点点啼红雨。

此去马蹄何处，向沙堤新路。禁林赐宴赏花时②，还忆着西楼否。

【注释】

①旌：旗的通称。

②禁林：翰林院的别称。

【评解】

这是一首送别词。上阕对送别时的场景进行了刻画。作者并没有明说自己的难舍难分，而是说“海棠也似别君难，一点点啼红雨。”用这种艺术表现手法，衬托出作者的无限深情。下阕叮嘱故人离别之后不要相忘。“禁林赐宴赏花时，还忆着西楼否”，感情真挚，一切尽在不言中。

无名女子

玉蝴蝶

为甚夜来添病，强临宝镜，憔悴娇慵。一任钗横鬓乱，永日熏风①。恼脂消榴红径里，羞玉减蝶粉丛中。思悠悠，垂帘独坐，传遍熏笼②。

朦胧。玉人不见，罗裁囊寄，锦写笺封。约在春归，夏来依旧各西东。粉墙花影来疑是，罗帐雨梦断成空。最难忘，屏边瞥见，野外相逢。

【注释】

①熏风：南风。

②熏笼：用来熏香或者烘干的东西。唐白居易《后宫词》：“红颜未老恩先断，斜倚熏笼坐到明。”

【评解】

这首词是闺中怀人之作。上阕写了闺中寂寞，让人憔悴，情态慵懒。下阕写了对故人的怀念，因为不见玉人，锦书频寄，约在春归，但是如今已经入夏，却还是没有归来的影子，让人惆怅不已。“最难忘”三句道出了作者的一片深情以及相思之苦。全词抒情婉转柔媚，构思精巧细腻，情感真挚动人。

刘 基

【作者简介】

刘基（1311～1375年），字伯温，浙江青田人。元末明初的军事家、政治家、文学家，明朝开国元勋。博通经史，诗文闳深顿挫，自成一家。有《诚意伯刘文成公集》。

浣溪沙

语燕鸣鸠白昼长。黄蜂紫蝶草花香。沧江依旧绕斜阳[①]。

泛水浮萍随处满，舞风轻絮霎时狂。清和院宇麦秋凉[②]。

【注释】

①沧江：泛指江。因江水是青苍色而称。

②麦秋：指农历四月，是麦收的季节。汉蔡邕《月令章句》："百谷各以其初生为春，熟为秋，故麦以孟春为秋"。

【评解】

这首词描绘的是一派初夏的自然风光，燕语鸠鸣，蜂蝶带着草花香，江映夕阳，水满浮萍，轻絮舞风，一切都显得生机勃勃，美不胜收。末句点明麦熟，让人由此联想到了收获的喜悦。本词短小精悍，意境清新优美，读之让人欢愉。

如梦令

一抹斜阳沙觜[①]，几点闲鸥草际，乌榜小渔舟[②]，摇过半江秋水。风起，风起，棹入白蘋花里[③]。

【注释】

①沙觜（zuǐ）：沙洲口。

②乌榜：游船。

③棹：船桨，此指船。

【评解】

这首词对傍晚时分，江中夕阳西下时的景色进行了描绘。残阳一抹，闲鸥几只，秋水荡舟，风起白蘋，景色犹如一抹恬淡的山水画卷，让人流连忘返，颇有一番风味。此词短小精致，意境优美，词句凝练。堪称明词中的佳作。

杨慎

【作者简介】

杨慎（1488～1559年），字用修，号升庵，明四川新都人。明朝文学家，自幼聪颖过人，正德六年举进士第一。著有《升庵集》八十一卷。《外集》一百卷，《遗集》二十六卷。其《丹铅杂录》最为著称。其词风颇富丽婉曲。

鹧鸪天

元宵后独酌

千点寒梅晓角中。一番春信画楼东。收灯庭院迟迟月，落索秋千翦翦风①。

鱼雁杳②，水云重，异乡节序恨匆匆。当歌幸有金陵子③，翠斝清尊莫放空④。

【注释】

①翦翦（jiǎn）：形容风轻微而带寒意。风索：冷落萧索。

②鱼雁：指书信。

③金陵子：歌女。

④斝（jiǎ）：古代酒器。

【评解】

这首词抒发的是元宵佳节过后独自饮酒思念家乡之情。“迟迟月”与“翦翦风”，更彰显了早春夜晚的清寒，也烘托出怀乡的愁绪。最后两句之意是想要以歌酒缓解心中的愁绪，但是愁绪却更深了。

俞彦

【作者简介】

俞彦（生卒年不详），字仲茅，明代江苏上元（今江宁县）人。以词见长，尤工小令，以淡雅见称。词集已失传，仅见于各种选本中。

长相思

折花枝，恨花枝，准拟花开人共卮[1]，开时人去时。

怕相思，已相思，轮到相思没处辞，眉间露一丝。

【注释】

①准拟：打算，约定。卮：酒杯。

【评解】

这首小令从花枝写到人间的相思。上阕写折花枝、恨花枝，因为花开的时候，正是人离别的时候，已见婉折；下阕称怕相思但是却已相思，且其情难言，唯露眉间，愈见缠绵。全词风格清新淡雅，淡淡愁绪却不会让人觉得压抑，自然婉转，颇有民歌的风味。

夏　言

【作者简介】

夏言（1482～1548 年），字公瑾，江西贵溪人。明朝政治家、文学家，为严嵩所嫉，诬陷而死。以词曲擅名。著有《桂州集》《近体乐府》六卷。

浣溪沙

庭院沉沉白日斜，绿阴满地又飞花。瞢腾春梦绕天涯[1]。

帘幕受风低乳燕[2]，池塘过雨急鸣蛙。酒醒明月照窗纱。

【注释】

①瞢（méng）腾：睡梦迷糊蒙眬。

②受风：被风吹动。

【评解】

这首词借对景物的描写，表达了作者想要摆脱俗务羁绊的急切心情。全篇写得委婉动人，耐人寻味。

方以智

【作者简介】

方以智（1611～1671年），字密之，号曼公，又号鹿起、龙眠愚者等，法名弘智。安徽桐城人。明崇祯十三年进士，官检讨。明末清初，著名的哲学家、科学家，为江南四公子之一。入清为报恩寺僧。有《浮山词》。

忆秦娥

花似雪，东风夜扫苏堤月[1]。苏堤月，香销南国，几回圆缺？

钱塘江山潮声歇[2]，江边杨柳谁攀折？谁攀折，西陵渡口[3]，古今离别。

【注释】

①苏堤：苏轼为太守时，筑杭州西湖苏堤。

②钱塘江：浙江西流至萧山以下称钱塘江，经海宁住入杭州湾。

③西陵渡：在今浙江杭州对江萧山县境。

【评解】

这首词写的是东风在晚上吹过苏堤，让花香遍地，月有圆缺。之后又描写了钱塘潮歇，江柳无人攀折，使人产生了群芳俱歇的感觉。由此可以看出作者的用意。“西陵渡口，古今离别”，抒发了无限感慨，更是为全词增添了无限的韵味。

陈子龙

【作者简介】

陈子龙（1608～1647年），字人中，号大樽，松江华亭（上海松江）人。明末官员、文学家。清兵入关，他坚持抗清，被俘后，不屈而死。他的词大多表达出其深深的爱国之情。著有《湘真阁》诸稿，词风婉丽。

点绛唇

春日风雨有感

满眼韶华①，东风惯是吹红去②。几番烟雾③，只有花难护。

梦里相思，故国王孙路④。春无主，杜鹃啼处，泪染胭脂雨⑤。

【注释】

①韶华：指春光。

②惯：照例。

③烟雾：这里形容烟雨朦胧。

④王孙路：指归路。王孙：泛指宦属子弟。

⑤“杜鹃啼”二句：鹃啼凄厉，能动旅人归思。又传其啼至哀，能至血出。

【评解】

这首词借惜花来怀人，对国破家亡以及复国不易发出感叹。据推测应当是作于南京陷落，转战于江浙期间。上阕描绘了虽是大好春光，但是却被风雨摧残的情景。下阕表达了作者对国破家亡的哀痛以及希望可以复国的强烈愿望。本词借由东风吹红，几番烟雨，难以护花，来暗指大明朝的大势已经终结，江山已经处于风雨飘摇之中。然后又用梦中相似，故国难复，来表达作者的悲痛心情。全词风格委婉含蓄，意境凄凉，感情真挚。

画堂春

雨中杏花

轻阴池馆水平桥，一番弄雨花梢。微寒著处不胜娇，此际魂销。

忆昔青门堤外①，粉香零乱朝朝。玉颜寂寞淡红飘②，无那今宵③。

【注释】

①青门：汉长安东南门，本名霸城门，因其色青，因此被称为青门。

②玉颜：指杏花。

③无那：无奈。

【评解】

这首词描绘的是雨中的杏花。处处都在描绘杏花的特征以及歌颂它的精神，但是全篇却没有出现一个“杏”字。上阕写的是杏花的精神，下阕主要描绘了杏花的特征。全词用语精练，含蓄文雅，写出了杏花的神韵。

谒金门

五月雨

莺啼处，摇荡一天疏雨。极目平芜人尽去[1]，断红明碧树。

费得炉烟无数，只有轻寒难度。忽见西楼花影露，弄晴催薄暮。

【注释】

①平芜：平原。

【评解】

这首词题为“五月雨”，但是很少从正面对其进行描写，而是用景物的变化与人的感受从旁映衬，写得洒脱自如。结尾点明了薄暮之时，恍见花影微露，正是春夏间雨霁转晴的特征。整首词构思精巧，自然雅丽，耐人寻味。

杨　基

【作者简介】

杨基（1326～1378年），字孟载，号眉庵，明长州（今江苏苏州）人。元末明初诗人，“吴中四杰”之一。以诗著称，兼工书画。著有《眉庵集》。

菩萨蛮

水晶帘外娟娟月[1]，梨花枝上层层雪。花月两模糊，隔窗看欲无。

月华今夜黑，全见梨花白。花也笑姮娥[2]，让他春色多。

【注释】

①娟娟：形容月色美好。

②姮娥：即嫦娥。

【评解】

这首小词是借景抒情之作。上阕写月色与花色交相辉映，隔窗忘却，模糊不清，塑造了一种朦胧之美。下阕写夜黑梨白，花色独明，让美又变得十分清晰分明。末二句，设想花笑嫦娥不如己多占春色，更见逸思天外之妙。全词构思新颖，风格清新自然，富有美感。

浣溪沙

上巳

软翠冠儿簇海棠①，研罗衫子绣丁香②。闲来水上踏青阳③。

风暖有人能作伴，日长无事可思量。水流花落任匆忙。

【注释】

①软翠冠儿：指用花草编织的头饰。

②研罗：光滑的丝绸。

③青阳：春天。《尔雅·释天》“春为青阳。”

【评解】

农历三月三日为古时上巳节，也被称为女儿节。这一天，古人习俗人要在郊外水边洗濯，以祛除不祥。本词所写，正是这个节日的情形。全词描绘自然流畅，情景交融。

夏完淳

【作者简介】

夏完淳（1631～1647年），原名复，字存古，号小隐，又号灵首。明朝末年诗人，松江华亭（上海松江）人。清兵南侵，完淳坚持抗清。被俘就义。遗作颇多，有《代乳集》《玉樊堂集》《夏内史集》《南冠草》等。其诗、词、文均有较高成就。

婆罗门引

春尽夜

晚鸦飞去，一枝花影送黄昏。春归不阻重门①。辞却江南三月，何处梦堪温？更阶前新绿，空锁芳尘。

随风摇曳云。不须兰棹朱轮[2]。只有梧桐枝上，留得三分。多情皓魄[3]，怕明宵、还照旧钗痕。登楼望、柳外销魂。

【注释】

①不阻重门：也就是不被重门所阻。

②兰棹朱轮：指游船游车。

③皓魄：指月亮。

【评解】

作为一名抗清名士，夏完淳在词坛上也有着不俗的成就。这首词，表面上是在写景，实际上却与明朝即将灭亡的局势有关，细细品味不难发现，句子之中多有寄托。全词意境优美，描绘细腻隐晦，语言极为含蓄委婉。

卜算子

断肠

秋色到空闺，夜扫梧桐叶。谁料同心结不成，翻就相思结[1]。

十二玉阑干，风有灯明灭。立尽黄昏泪几行，一片鸦啼月。

【注释】

①同心结：古人用彩丝缠绕作同心之结，以喻两情相悦之意。

【评解】

这首小词看上去全篇都在写闺怨，但是却有着深深的寄托。“立尽黄昏泪几行”，道出了国破家亡之后的悲凉之感。全词意境凄美，风格委婉含蓄，曲折有致。

叶小鸾

【作者简介】

叶小鸾（1616～1632年），字琼章，明代吴江（今江苏吴江）人。工诗词，多佳句，明末才女。十七岁许昆山张立平为妻，未嫁而卒。著作有《疏香阁词》。

浣溪沙

初夏

香到酴醿送晚凉[①]，荇风轻约薄罗裳[②]。曲阑凭遍思偏长。

自是幽情慵卷幌[③]，不关春色恼人肠。误他双燕未归梁。

【注释】

①酴醿（tú mí）：一种初夏开花的观赏植物。

②荇：荇菜。《诗经·关雎》："参差荇菜，左右流之。"

③慵：懒散。幌：布幔。此指窗帘。

【评解】

这首词是借景抒情之作。夏夜的风光，词人曲阑凭遍，情思悠长，以至忘了卷帘，耽搁了双燕归梁。全词笔触轻柔细腻，抒情委婉，彰显了女词人对事物细腻的感知能力以及咏物的精巧功力。

王夫之

【作者简介】

王夫之（1619～1692年），字而农，号姜斋，又号夕堂，湖南衡阳人。明亡，应南明桂王之召，授行人。后隐居衡山石船山，杜门不出，人称船山先生。生平著作甚多。有《船山遗书》324卷。

清平乐

咏雨

归禽响暝[①]，隔断南枝径。不管垂杨珠泪迸，滴碎荷声千顷。

随波赚杀鱼儿[2]。浮萍乍满清池。谁信碧云深处，夕阳仍在天涯。

【注释】

①暝：指灰蒙蒙的天色。

②赚杀：赚煞。意谓逗煞。言雨滴水面，鱼儿疑为投食，遂被赚接喋。

【评解】

这首词是一首咏雨之作。全篇处处都在说雨，但是却没有写雨水两字，足见其高明之处。归禽响暝，暗示着山雨即将到来；垂杨泪迸，荷声千顷，足见风狂雨骤；鱼儿逐波，浮萍满池，写尽池水渐长之势。最后两句设问，颇有情趣。全词自然流畅，意境极为优美，富有感染力。

更漏子

本意

斜月横，疏星炯[1]，不道秋宵真永[2]。声缓缓，滴泠泠[3]，双眸未易扃[4]。

霜叶坠，幽虫絮，薄酒何曾得醉！天下事，少年心，分明点点深。

【注释】

①炯：明亮。

②永：漫长。

③滴泠泠：指漏壶滴水之声。

④扃（jiōng）：门上钮环，喻闭门，引申为闭眼。

【评解】

这首词作者借写“更漏”来抒情。词中写道长夜漫漫无法入睡，因被更漏声所恼。眼看着“斜月横，疏星炯”，感到“秋宵真永”。辗转难眠的情态，跃然纸上。末三句抒发了对国家身世的无限感怀。情感真挚细腻，寓意深远。

陈继儒

【作者简介】

陈继儒（1558～1639年），字仲醇，号眉公、麋公。明代华亭（今上海松江县）人。绝意仕途，隐居昆山，专心著述。能诗善文，极有风致。又善书画。著作有《眉公全集》《晚香堂小品》等。

浣溪沙

初夏夜饮归

桐树花香月半明，棹歌归去蟪蛄鸣[①]。曲曲柳湾茅屋矮，挂鱼罾[②]。

笑指吾庐何处是？一池荷叶小桥横。灯火纸窗修竹里，读书声。

【注释】

①棹：船桨，此指船。蟪蛄（huì gū）：蝉科昆虫，初夏鸣。

②鱼罾：渔网。

【评解】

本词为一首记游小词。趁着初夏之夜，词人驾一叶扁舟，驶过曲折的柳湾和挂着渔网的茅屋，听棹歌声远，蟪蛄幽鸣，彰显了夜色的静谧以及清幽之美。下阕以设问句点出有一池荷叶的桥边，从竹林中透出灯火以及读书声的地方，表明那里正是词人结庐之处。全篇文章构成了一幅浓淡相宜的风景画，十分优美，动静结合，更是平添一丝情趣。全词清新柔和，流丽自然。

汤允勣

【作者简介】

汤允勣（？ ~1467 年）：字公让，濠洲（今安徽凤阳）人。工诗词，为景泰（明代宗朱祁钰年号）十才子之一。官至指挥佥事。后带兵坚守孤山堡战死。著有《东谷集》十卷。

浣溪沙

燕垒雏空日正长[①]，一川残雨映斜阳。鸬鹚晒翅满鱼梁[②]。

榴叶拥花当北户，竹根抽笋出东墙。小庭孤坐懒衣裳[③]。

【注释】

①燕垒：燕窠。雏空：指的是乳燕已经长成，飞离燕窠。

②鸬鹚：一种能捕鱼的水鸟。鱼梁：捕鱼水堰，又称鱼床。

③懒衣裳：谓当时天气已经转暖，不需要再添加衣裳。

【评解】

这首词是借景抒怀之作。全篇用词极为凝练，独具特色。本词的“榴叶拥花”的“拥”字的使用，一直被后人所称道，认为其表现出了榴花的真实面貌。其与杜甫《返照》诗：“归云拥树失山村”，方岳《梦弄梅》诗：“黄叶拥篱埋药草”，虽同用“拥”字，但是却各有其妙。

文徵明

【作者简介】

文徵明（1470～1559年），原名壁，字征明。四十二岁起以字行，更字征仲。因祖籍衡山，故号衡山居士，世称“文衡山”，明代画家、书法家、文学家。汉族，长州（今江苏苏州）人。诗文书画皆有所长。在诗文上，与祝允明、唐寅、徐真卿一起被称为“吴中四才子”。在画史上与沈周、唐寅、仇英合称“吴门四家”。

青玉案

庭下石榴花乱吐，满地绿阴亭午[①]。午睡觉来时自语，悠扬魂梦，黯然情绪，蝴蝶过墙去。

骎骎娇眼开仍殢[②]，悄无人至还凝伫。团扇不摇风自举，盈盈翠竹，纤纤白苎[③]。不受些儿暑[④]。

【注释】

①亭午：中午。

②骎骎（qīn）：形容眼光焦躁不安。殢（tì）：滞涩。

③苎：苎麻，一种多年生草本。

④些儿：一点儿。

【评解】

这首词描绘的是夏日的景色，以及闺中人的生活状态。全篇都为读者描绘了一幅生机盎然的夏日之景，以及一个午后慵懒的闺中之人，构成了一幅夏日美人图，让人读之惬意。作者从画家的角度，在这首词中做到了词中有画，给人以美感。

王世贞

【作者简介】

王世贞（1526 ~ 1590 年），字元美，号凤洲，自称弇州山人，明代太仓（属江苏）人。嘉靖十六年进士及第。官至刑部尚书。诗文与李攀龙齐名，同为明代文坛"后七子"领袖。晚年诗词以平淡自然为多。著有《弇州山人四部稿》《续稿》。

忆江南

歌起处，斜日半江红。柔绿篙添梅子雨①，淡黄衫耐藕丝风②。家在五湖东③。

【注释】

①梅子雨：初夏江淮一带连续阴雨，当时正值梅子黄熟的时候，因此称为梅雨或黄梅雨。

②藕丝风：用来形容风力小如藕丝，太湖多莲藕，所以由此比喻。

③五湖：太湖。

【评解】

这首词主要描绘了梅雨时节太阳落山前的景色，用一种淡雅的笔调，勾勒出一幅美丽的山水画，将水乡刻画出来。其中"柔绿篙添梅子雨，淡黄衫耐藕丝风"一联，对仗工整，造语清新，耐人寻味。

徐有贞

【作者简介】

徐有贞（1407 ~ 1472 年），初名珵（chéng），字元玉，江苏吴县人。明朝中期的宰官。平生深究经济之学，博览群书，涉及天文、地理、兵法、水利、阴阳、方术等多个方面。著有《武功集》。

中秋月

中秋月。月到中秋偏皎洁。偏皎洁①，知他多少，阴晴圆缺。

阴晴圆缺都休说。且喜人间好时节。好时节。愿得年年，常见中秋月。

【注释】

①皎洁：形容月光明亮。

【评解】

这首词的声律颇有特点，上阕与《忆秦娥》相同，下阕只末句多了一字。作者让下阕的首句与上阕的末句顶针，之后再以下阕末句与上阕首句衔接，往复回环，如同回文。构思奇巧，独具匠心。

陈　霆

【作者简介】

陈霆（约 1477 ~ 1550 年），字声伯，浙江德清人。明朝官员学者，博闻强识，诗、词、古文皆有所长。著有《水南稿》《渚山堂词话》等。

踏莎行

晚景

流水孤村，荒城古道。槎牙老木乌鸢噪①。夕阳倒影射疏林，江边一带芙蓉老②。

风暝寒烟，天低衰草，登楼望极群峰小。欲将归信问行人，青山尽处行人少。

【注释】

①槎牙：错杂不齐貌。鸢：俗称鹞鹰。

②芙蓉老：荷花凋残。

【评解】

这首词名为《晚景》，写出的也是夜晚的风景。全词采用了多个前人的成句，拼接转换自然，唯一不足的就是创意欠缺。这首词作者的用意并不是在于描绘景色，而是想要问行人归信。全篇含蓄清雅，余韵不尽。

屈大均

【作者简介】

屈大均（1630 ~ 1696 年），初名邵龙，又名邵隆，号非池，字骚余，又字翁山、介子，号菜圃，汉族，广东番禺人。明末清初的学者、诗人，与陈恭尹、梁佩兰并称“岭南三大家”。有着极强的民族意识，著作有《道授堂集》《九歌草堂集》。

潇湘神

零陵作

潇水流。湘水流[①]。三闾愁接二妃愁[②]。潇碧湘蓝虽两色，鸳鸯总作一天秋。

【注释】

①潇湘：潇水出自湖南宁远九嶷山，流至零陵，与由广西兴安流来的湘水会合，称潇湘。

②“三闾”句：三闾指三闾大夫屈原。二妃指传说中舜帝的二妃娥皇、女英。舜南巡死于苍梧，二妃哭死于江湘之间。屈原流放江湘，其《九歌》咏及湘夫人，故云愁接愁。

【评解】

这首词借咏潇湘来抒发作者的情怀。零陵是潇湘汇流的地方，两水乍合，颜色分明。词中用鸳鸯不辨水色，自亦不能发思古之幽情，写出了三闾、二妃史事，来表达了自己的无限感慨。

梦江南

红茉莉，穿作一花梳[①]。金缕抽残蝴蝶茧[②]，钗头立冬凤凰雏[③]。肯忆故人姝[④]。

【注释】

①“穿作”句：穿茉莉花成串作头饰。

②蝴蝶茧：古代妇女的一种发式。

③“钗头”句：喻茉莉花串饰在钗头，状如小凤凰展翅。

④姝：美好。

【评解】

词中描绘了女子对镜装扮的情景，烘托出了女子的美丽。细细品评，不难发现与唐人诗中“妆罢低声问夫婿，画眉深浅入时无”的意思。全词短小精悍，浅显易懂。

宋徵舆

【作者简介】

宋徵舆（1618～1667年），字直方，一字辕文。松江华亭（上海松江）人。清顺治四年进士及第，官至都察院副都御史。著有《海闾香词》《林屋诗文稿》。

忆秦娥

杨花黄金陌[1]，茫茫十里春云白[2]。春云白，迷离满眼，江南江北。

来时无奈珠帘隔，去时着尽东风力。东风力。留他如梦，送他如客[3]。

【注释】

①黄金陌：指江南开满金黄色菜花的田间小路。

②春云白：形容杨花飘散，如春云回荡。

③他：指杨花。

【评解】

这首词是在咏杨花，作者在哀杨花的同时也是在自哀。白絮随风飘落，漫无依托，让人想起了漂泊不定的人生。作者从杨花而联想到了自己，全词都流露着一种发自内心的感慨。语句短小精悍，含蓄委婉，韵味悠长。

玉楼春

雕梁画栋原无数，不问主人随意住。红襟惹尽百花香[1]，翠尾扫开三月雨[2]。

半年别我归何处？相见如将离恨诉。海棠枝上立多时，飞向小桥西畔去。

【注释】

①红襟：指燕子前胸的红羽毛。

②翠尾：史达祖《双双燕》："翠尾分开红影。"

【评解】

这首词作者借咏物来抒情，由燕子秋去春来，寻找旧的巢穴，来让人产生春燕依然怀念旧主的感想。进而猜想，在三月的春风细雨之中，燕子带着花香归来，立在海棠枝上，仿佛是在向旧主人诉说半年来的离愁别恨。作者用一种特殊的手法来写燕子，让燕子也带上了人类一般的感情，构思精巧，细致入微。

吴 绮

【作者简介】

吴绮（1619 ~ 1694 年），字半兰，号听翁，一号菰叟，别号红豆词人。江苏江都人。著有《艺香词钞》四卷。

春光好

迎春

春来也，是何时？没人知。先到玉儿头上[①]，袅花枝。十二画楼帘卷，红妆笑语参差[②]。争向彩幡成队去[③]，看朱衣[④]。

【注释】

①玉儿：南齐东昏侯潘妃小字玉儿。古时因此称女子小字玉奴。

②红妆：指女子。

③彩幡：古时春节剪彩成幡，当作是庭户的装饰或妇女头饰。

④朱衣：相传宋代欧阳修知贡举，阅卷的时候，觉得座后有一穿着红衣的人，只要这个人点头文章便及入格。此借指春闱中试者。

【评解】

这是一首迎春词。春天已经悄无声息地来到了人间。没人知道它是何时到来的。但是却能从年轻女子的头上已花枝袅袅，一边打扮，一边说笑去迎接那些新考中的青年才士的描写，从而写出了春天的到来。全词渲染出了一种热闹、欢快的意境，章法别致，构思新颖。

惜分飞

寒夜

昨晚西窗风料峭[1]，又把黄梅瘦了。人被花香恼。起看天共青山老。

鹤叫空庭霜月小，夜来冻云如晓。谁信多情道[2]。相思渐觉诗狂少。

【注释】

①料峭：寒冷的样子。

②“谁信”句：犹口语“谁讲（我）多情?”实为反语。

【评解】

这首词咏叹了寒夜的痛苦。首句率先指出了“昨晚”寒风阵阵，然后写鹤唳空庭，霜月冻云，只觉满目凄凉。心中愁结，导致诗兴全无。“天共青山老”一句，反用“天若有情天亦老”句意，有此恨绵绵之痛。含蓄地道出了作者的愁思，表现出了作者的才能。全词委婉含蓄。

毛奇龄

【作者简介】

毛奇龄（1623～1716年），原名甡（shēn），字大可，又字初晴、齐于。别号河右。人称西河先生。浙江萧山人。曾预修《明史》。精通音律，能诗善词。著作有《桂枝词》六卷。《毛检讨词》收入《西河全集》。

荷叶杯

五月南塘水满，吹断，鲤鱼风[1]。小娘停棹濯纤指[2]，水底，见花红。

【注释】

①鲤鱼风：九月之风。

②棹：船桨。濯：洗涤。

【评解】

这首词描写的是南塘泛舟时的情景。池塘水漫，风暖鱼跃，泛舟的少妇在停棹戏水之际，无意中透过清澈的池水看到了一朵飘落水底的红花。作者将这一个场景选入词中，让整首词都带上了一丝俏皮的情趣，让人仿佛看到了这样一幅优美的画卷。构思奇巧，短小精悍，委婉清丽而动人，极具新鲜感。

相见欢

花前顾影粼粼[①]。水中人。水面残花片片绕人身。

私自整，红斜领，茜儿巾[②]。却讶领间巾里刺花新[③]。

【注释】

①粼粼：水清澈而微湍。

②茜：茜草根红，可以作为染料。此指绛红色。

③讶：惊奇。这里是指让人心动。

【评解】

在这首词中作者通过写景，来衬托人，情景交融。构思新巧，让词染上了一丝生活的趣味。不仅写出了女子美丽的体貌，更给人呈现出了一幅美景。全词清新含蓄，曲折有致，极富感染力。

董以宁

【作者简介】

董以宁（生卒年不详，约1666年前后在世），字文友，号宛斋。江苏武进人。康熙初，与邹祗谟齐名。他精通音律，尤工填词，善极物态。著有《蓉渡词》。

卜算子

雪江晴月

明月淡飞琼，阴云薄中酒。收尽盈盈舞絮飘，点点轻鸥咒。

晴浦晚风寒，青山玉骨瘦。回看亭亭雪映窗，淡淡烟垂岫。

【评解】

这是一首回文词，倒着读就成了另外一首词。虽然本词原为文字游戏，但是却不露生拼硬凑的痕迹，足见词人的文字驾驭能力之高。

陈维崧

【作者简介】

陈维崧（1625～1682年），字其年，号迦陵，江苏宜兴人。清代文学家。年少便颇有才名，但屡试不第，曾南北漫游。康熙十八年，举博学鸿词科，授官翰林院检讨。博学多闻，能诗善文。其词成就较大，填词1600余阕，词量甚多。被前人称为阳羡派的领袖（宜兴县，汉时称阳羡县）。著有《陈迦陵诗文词集》《湖海楼词集》。

临江仙

寒柳

自别西风憔悴甚，冻云流水平桥。并无黄叶伴飘飘。乱鸦三四点，愁坐话无憀①。

云压西村茅舍重，怕他榾柮同烧②。好留蛮样到春宵③。三眠明岁事④，重斗小楼腰。

【注释】

①无憀（liáo）：无聊。

②榾柮（gǔ duò）：木头上的那种疙瘩，柴疙瘩。

③蛮样：白居易称其家伎小蛮腰细善舞，有“杨柳小蛮腰”句。因此称柳条为“蛮样”。末句“腰”字，也是承此意。

④三眠：喻柳条在春风中起伏的情形。典出《三辅旧事》。

【评解】

这首词题为“寒柳”。处处都在咏寒柳，但是却处处都不见一个“柳”字，足见作者的文字驾驭能力之高。下阕“榾柮”与“蛮样”并列，化俗为雅，更是难能可贵。

沁园春

咏菜花

极目离离[1]，遍地濛濛，官桥野塘。正杏腮低亚，添他旖旎[2]；柳丝浅拂，益尔轻飏。绣袜才挑，罗裙可择，小摘情亲也不妨。风流甚，映粉红墙低，一片鹅黄[3]。

曾经舞榭歌场，却付与空园锁夕阳。纵非花非草，也来蝶闹；和烟和雨，惯引蜂忙。每到年时，此花娇处，观里夭桃已断肠。沉吟久，怕落红如海，流入春江。

【注释】

①离离：茂盛的样子。

②旖旎：繁盛。轻盈柔顺。

③“鹅黄”句：指菜花的娇嫩。

【评解】

这是一首咏菜花之作，虽然名为“咏菜花”，但是全篇却没有明讲“菜花”，而能够将菜花描绘得十分形象生动，贴切又传神。上阕写了大好春光。先写了杏腮低亚，柳丝浅拂，作为衬托，之后又写出了菜花“映粉红墙低，一片鹅黄”。下阕写出了其娇艳。“纵非花非草，也来蝶闹，和烟和雨，惯引蜂忙。”这里写到的花娇处，能使观里夭桃断肠。结句更是将春天写得十分生动。全词婉转含蓄，韵味无情。构思奇巧，曲折有致。

虞美人

无聊

无聊笑捻花枝说，处处鹃啼血。好花须映好楼台，休傍秦关蜀栈战场开[1]。

倚楼极目添愁绪，更对东风语。好风休簸战旗红[2]，早送鲥鱼如雪过江东[3]。

【注释】

①秦关蜀栈：指川陕战场。陕西，古为秦地，多关隘，所以说秦关。蜀栈：是我国古代在峭岩陡壁上凿孔、架木、铺板而成的空中通道。

②簸：这里指摇晃。

③鲥（shí）鱼：海产鱼类的一种，春季会到珠江、长江、钱塘江等河流产卵。

【评解】

这首词笔触幽默，但是却表明了作者对战争的厌恶，以及担忧国事的心情，委婉含蓄地道出了对上层统治集团的不满。上阕写了作者无聊捻花，自言自语地表达了心中的苦闷。下片通过与东风的对话，透露出对上层统治集团的不满。全词将花与东风拟人化，十分生动形象，富有浪漫主义色彩。构思新颖，将作者的愁苦之情一一道破。

王士祯

【作者简介】

王士祯（1634～1711年），原名王士禛，字子真，一字贻上，号阮亭，又号渔洋山人，世称王渔洋，谥文简。山东新城（今山东桓台）人。顺治十五年中进士，选为扬州推官，迁至刑部尚书。他是清初诗坛的领袖，以抒情写景的短篇见长。以余力填词，善写小令。著有《衍波词》。

浣溪沙

红桥[①]

北郭清溪一带流[②]，红桥风物眼中秋，绿杨城郭是扬州。

西望雷塘何处是[③]？香魂零落使人愁，淡烟芳草旧迷楼[④]。

【注释】

①红桥：位于江苏扬州，明末建成。桥上有红色的栏杆，周围荷香柳色，是扬州一景。

②一带：形容水像丝带一般。

③雷塘：位于扬州城外，隋炀帝葬处。

④迷楼：隋炀帝在扬州所筑宫室，千门万户，曲折幽邃，人入之迷不能出，因名之曰迷宫。

【评解】

这是作者在担任任扬州推官时，携友人一起畅饮赏景时所作。这首词除了欣赏红桥美景外，还表达了作者怀古伤今之情。作者将怀古之情寓于景物之中，情景交融，自然含蓄。

蝶恋花

和漱玉词

凉月沉沉花漏冻[①]，攲枕无眠，渐觉荒鸡动。此际闲愁郎不共，月移窗罅春寒重[②]。

忆共锦衾无半缝，郎似桐花，妾似桐花凤。往事迢迢徒入梦，银筝断续连珠弄[③]。

【注释】

①漏：古代计时器。

②罅：缝隙。

③连珠弄：曲调名。河间杂弄有《连珠弄》。

【评解】

这首词是一首闺中怀人之作。上阕写了离别之后的相思之情，月夜深沉，却无心睡眠。下阕开始回忆往事，写出了眼前的感伤。回忆起过去亲密无间的欢乐，而往事入梦，梦醒之后，更是衬托出了现实的悲凉。全词将感情刻画得细腻动人，一个思念心爱之人的女子形象跃然纸上。

浣溪沙

红桥

白鸟朱荷引画桡[①]，垂杨影里见红桥，欲寻往事已魂消。

遥指平山山外路[②]，断鸿无数水迢迢[③]，新愁分付广陵潮[④]。

【注释】

①桡：船桨，此指船。

②平山：指平山堂，是扬州的游览胜地。

③断鸿：失群的孤雁。

④广陵：即扬州。

【评解】

这首词描写了作者在舟中观看红桥景色，抒发怀古之幽思的情景。上阕写美景诱人。白鸟朱荷，碧波荡漾，画舫悠游，光艳照人。面对绿柳红桥，不禁思绪万千。回顾往事，怎不令人黯然销魂！下阕借眼前景物，抒发感怀。放眼远望，平山山外路漫漫，江潮汹涌水迢迢。无数失群孤雁，空中徘徊。这凄凉景色，勾起了无数新愁。无法排遣，只好付于广陵潮水。通篇含蓄、有神韵。

朱彝尊

【作者简介】

朱彝尊（1629～1709年），字锡鬯（chàng），号竹垞，又号驱芳，晚号小长芦钓鱼师，又号金风亭长。清代词人、学者、藏书家。浙江秀水（浙江嘉兴县）人。他博学多才，诗、词、文均有所长。其词尤为优秀，是浙西词派领袖。曾与陈维崧合刻一稿，名为《朱陈村词》，并称“朱陈”。他还纂辑唐宋金元词五百余家为《词综》，为词学研究和创作提供了重要资料。著有《曝书亭集》。

桂殿秋

思往事，渡江干。青蛾[①]低映越山看。共眠一舸听秋雨，小簟[②]轻衾各自寒。

【注释】

①青娥：双关词，可状女子之眉，亦可喻远山。

②簟：竹席。

【评解】

这是一首回忆往事的作品。开篇就点明了要“思往事”。用“青蛾”与“越山”相映，做到了人中有物，物中有人，十分巧妙。共眠一舸而各据衾簟，事后追思，仿佛带有无限惋惜之情。这首小词短小精悍，颇有韵味。

高阳台

吴江叶元礼，少日过流虹桥，有女子在楼上，见而慕之，竟至病死。气方绝，适元礼复过其门，女之母以女临终之言告叶，叶入哭，女目始瞑。友人为作传，余记以词。

桥影流虹[①]，湖光映雪，翠帘不卷春深。一寸横波[②]，断肠人在楼阴。游丝不系羊车住[③]，倩何人、传语青禽[④]？最难禁，倚遍雕阑，梦遍罗衾[⑤]。

重来已是朝云散，怅明珠佩冷，紫玉烟沉。前度桃花，依然开满江浔[⑥]。钟情怕到相思路，盼长堤、草尽红心。动愁吟，碧落黄泉，两处难寻。

【注释】

①桥影流虹：指的是流虹桥。

②横波：形容眼神流动。

③羊车：古时制作精良的一种车，又称画轮车。

④传语青禽：指传递爱情的仙鸟。青禽：即青鸟。

⑤罗衾：绫罗被子。

⑥江浔：江边。

【评解】

这首词描绘了序中所阐述的凄美故事，流露出作者的同情之意。上阕写了少女在初见叶生之后对其产生的爱恋以及思念之情。下阕写了少女由于相思成疾过世之后，叶生的悲悼、怅恨以及作者对二者的无限同情。全词描写的故事谴绻动人，让人读之落泪，极富感染力。

卖花声

雨花台[①]

衰柳白门湾[②]，潮打城还[③]。小长干接大长干[④]。歌板酒旗零落尽，剩有渔竿。

秋草六朝寒，花雨空坛。更无人处一凭阑。燕子斜阳来又去，如此江山。

【注释】

①雨花台：坐落于南京聚宝门外聚宝山上。传闻梁云光法师曾在这里讲经，感天雨花，因此称为雨花台。雨：降落。

②白门：原指的是建康（南京）台城的外门，后来用来代指建康。

③城：这里指古石头城，在今南京清凉山一带。

④小长干、大长干：古代里巷名，故址在今南京城南。

【评解】

这首词描绘了南京的凄凉情形，侧面反映清兵南侵之后给这座名城带来的灾难。江山依旧，却是时移世易，追忆往事，不胜唏嘘。上阕写了南京的衰败零落。下阕吊古伤今，抒发感怀。字里行间表明了对改朝换代的无限感慨。全词意境凄凉，哀怨抑郁。

一叶落

泪眼注[①]，临当去，此时欲住已难住。下楼复上楼，楼头风吹雨。风吹雨，草草离人语[②]。

【注释】

①注：倾泻。

②草草：杂乱纷纭。

【评解】

这是一首写送别的小令。父子二人执手相看泪眼，就此别离，道不尽“草草离人语”，生动地表达出离别时难舍难分的心情。全词意境清雅，情意缠绵，颇富韵味。

长亭怨慢

雁

结多少、悲秋俦侣[①]，特地年年，北风吹度。紫塞门孤[②]，金河月冷[③]，恨谁诉？回汀枉渚[④]，也只恋，江南住，随意落平沙，巧排作参差筝柱[⑤]。

别浦[⑥]，惯惊移莫定，应怯败荷疏雨。一绳云抄[⑦]，看字字、悬鍼垂露[⑧]。渐攲斜无力低飘[⑨]，正目送、碧罗天暮。写不了相思，又蘸凉波飞去。

【注释】

①俦（chóu）侣：伴侣。

②紫塞：指长城。这里用来泛指北方塞外。

③金河：指秋空。古代用阴阳五行来解释季节演变，秋属金，所以称秋空为金河。

④汀：水边平地。渚：水中小洲。回，枉：弯曲的形状。

⑤筝柱：指筝上的弦柱。这里用来形容大雁飞行的队形。

⑥浦：水滨。

⑦一绳云杪（miǎo）：形容大雁排成一字形飞向天边。杪：梢。

⑧鍼（zhēn）：同“针”。

⑨攲斜：倾斜不平。

【评解】

这首咏物词，借写大雁南飞，表达了作者对国破家亡的无限唏嘘。上阕写大雁被迫从塞北飞往江南的情景。寒风料峭，金河月冷，云中结伴，巧排筝柱，飞往江南。下阕表达了作者的无限感慨。作者通过细致入微的观察，委婉道出了对故国的相思之情。

顾贞观

【作者简介】

顾贞观（1637～1714年），原名华文，字远平、华峰，亦作华封，号梁汾，清代文学家，江苏无锡人。康熙五年中举人，为国史院典籍。善填词，为清代词坛大家，是纳兰性德的好友，词风相近。重白描，不喜雕琢、用典，以情取胜，真挚动人。著有《弹指词》。

菩萨蛮

山城夜半催金柝[①]，酒醒孤馆灯花落。窗白一声鸡，枕函闻马嘶[②]。

门前乌桕树[③]，霜月迷行处。遥忆独眠人，早寒惊梦频。

【注释】

①金柝：古代军中巡夜所击之器，即刁斗。此指夜间更声。

②枕函：即枕头。

③乌桕（jiù）树：一种落叶乔木。

【评解】

这首词抒发了作者在他乡漂泊之时的感慨。上片写了作者客居山城，思念亲人，辗转不寐的情景。下片渲染了独居的孤单与凄凉。小令虽短，但是神韵甚佳，颇有情致。

步蟾宫

闰六月七夕

玉纤暗数佳期近[①]。已到也、忽生幽恨。恨无端、添叶与青梧[②]，倒减却[③]、黄杨一寸。

天公定亦怜娇俊。念儿女[④]、经年愁损。早收回、溽暑换清商[⑤]。翻借作，兰秋重闰[⑥]。

【注释】

①玉纤：指女子的手。

②"添叶"句：梧桐秋日落叶，有"一叶知秋"之说。今遇闰六月，导致梧桐落叶延迟，故云添叶。

③"倒减却"句：据《本草纲目》载："黄杨性难长，岁仅长一寸，遇闰则反退。"

④娇俊：指青年男女面容姣好。

⑤清商：天高气爽的秋季。

⑥"翻借作"句：谓闰六月已行秋令，可借作七月，使七月有重闰。

【评解】

该词是咏七夕之作，当年正值闰年，因此有两个七夕，词人由此设想，这是上天对长期分别的一对恋人的爱怜。构思精巧，缱绻文雅，颇有韵味。

金缕曲

寄吴汉槎宁古塔[1]，以词代书。丙辰冬[2]，寓京师千佛寺，冰雪中作。

季子平安否[3]？便归来、平生万事，那堪回首！行路悠悠谁慰藉[4]，母老家贫子幼。记不起、从前杯酒。魑魅搏人应见惯[5]，总输他、覆雨翻云手[6]。冰与雪，周旋久。

泪痕莫滴牛衣透[7]。数天涯、依然骨肉，几家能彀[8]？比似红颜多命薄，更不如今还有。只绝塞、苦寒难受。廿载包胥承一诺[9]，盼乌头、马角终相救。置此札，君怀袖。

【注释】

①吴汉槎（chá）：是吴兆骞的字。清顺治十四年，他因江南科考案件而受到牵连，谪戍宁古塔（今黑龙江宁安）。顾贞观与吴是好友，当时顾在纳兰性德家教书，写此词表示对朋友的同情与慰藉。纳兰性德见词泣下，遂求情于其父纳兰明珠（宰相），吴兆骞遂被收回。《金缕曲》共二首，选一首。

②丙辰：这里指康熙十五年。

③季子：春秋时，吴王寿梦的儿子季札，颇具贤名，受封于延陵，因此被称为“延陵季子”，后来常用“季子”称呼姓吴的人。

④行路：这里指毫无相关的路人。

⑤魑魅：鬼怪。

⑥覆雨翻云手：形容反复无常。

⑦牛衣：这里指劣质的衣服。

⑧彀：同“够”。

⑨廿载：自吴兆骞坐江南科场案至此，整整二十年。包胥承一诺：春秋时，伍子胥避害自楚逃吴，对申包胥说：“我必覆楚。”申包胥答：“我必存之。”后伍子胥引吴兵陷楚都郢，申包胥入秦求兵，终复楚国（参看《史记》）。

【评解】

这首词表现了作者对朋友远谪的深切关怀、同情和慰藉。上阕对友人进行了问候，并表达了作者的同情关切之情。“季子平安否”，是对远方好友的关切。“冰与雪”，暗喻自己与吴兆骞，指的是在清朝严酷的统治下的艰难处境。下阕劝慰好友并写出了自己打算全力相救的打算。“置此札，君怀袖”，劝说好友将这封信作为一种安慰，读过之后可以帮助他化解忧愁。全篇语言简单易懂，如话家常，曲折有致，字里行间，感情真挚动人。

纳兰性德

【作者简介】

纳兰性德（1654～1685年），原名成德，字容若，号饮水、楞伽山人，满洲正黄旗人，是大学士纳兰明珠之子，清代最为著名的词人之一，与朱彝尊、陈维崧并称“清词三大家”，自幼聪颖过人，21岁中进士，有着清代李后主的美称。其词风清新婉丽，不事雕琢，多感伤抒情之作。英年早逝，让人惋惜。著有《通志堂集》，词有《饮水词》。

长相思

山一程，水一程，身向榆关那畔行①，夜深千帐灯。

风一更，雪一更，聒碎乡心梦不成②，故园无此声。

【注释】

①榆关：山海关。那畔：那边，这里指的是关外。

②聒（guō）：喧扰，嘈杂。

【评解】

这首词是作者从京城赶往盛京（沈阳）途中所作。经过了长途的跋涉，翻过了无数高山大河，作者开始思念家乡；词人由于有使命在身，行色匆匆，当到达山海关。整夜风雪交加，勾起了词人对美好故乡的思念。语言平易近人，简单易懂。

河传

春浅，红怨，掩双环①。微雨花间，昼闲。无言暗将红泪弹。阑珊②，香销轻梦还。

斜倚画屏思往事，旨不是，空作相思字。记当时垂柳丝，花枝，满庭蝴蝶儿。

【注释】

①双环：门上双环，此代指门。

②阑珊：稀疏零落。

【评解】

这首词写的是微雨湿花时节，闺中女子一段难以诉说的柔情。微雨花间，门掩双环，香消梦醒，弹泪无言。下阕前三句是对物是人非的感叹，以及对过去的相思。后四句回忆起与相爱之人的相会场景。全词将一个闺中女子的情态写得生动形象，呼之欲出。

蝶恋花

辛苦最怜天上月，一昔如环[1]，昔昔都成玦。若似月轮终皎洁，不辞冰雪为卿热。

无那尘缘容易绝[2]，燕子依然、软踏帘钩说。唱罢秋坟愁未歇[3]，春丛认取双栖蝶[4]。

【注释】

①昔：同“夕”。

②无那：无奈。

③唱罢秋坟：用李贺《秋来》“秋坟鬼唱鲍家诗，恨血千年土中碧”句意。

④“春丛”句：化用了梁山伯与祝英台死后化蝶的故事。

【评解】

这是一首悼亡词。表达了作者对已故妻子的爱意。在词人心中，妻子并不是沉睡于九泉之下，而是化为了碧霄之月，变成了嫦娥仙子。但是即便如此，心情想必也是苦的。下阕用燕子的欢悦呢喃，来反衬了妻子过世之后，自己的悲凉现状，化用了“双栖蝶”的典故，表达了他对亡妻矢志不渝的爱恋之情。作者直白地抒发了自己对亡妻的爱恋，没有矫揉造作之感，感人至深。

如梦令

正是辘轳金井，满砌落花红冷[1]，蓦地[2]一相逢，心事眼波难定。谁省？谁省？从此簟纹灯影[3]。

【注释】

①砌：台阶。

②蓦地：突然，忽然。

③簟：竹席。

【评解】

这首词描写了年轻男女一见钟情的情景。双方初次见面的地点是在金井旁边，当时正值落花的暮春时节。他们偶然相见后，心中就泛起爱的波澜，从此之后情之所往，念念不忘。全词情感表露真挚动人，取意新颖，生动地刻画了少年初恋时那种小心翼翼的心情，颇有作者独特的风格。

临江仙

寒柳

飞絮飞花何处是？层冰积雪摧残。疏疏一树五更寒。爱他明月好，憔悴也相关[1]。

最是繁丝摇落后[2]，转教人忆春山。湔裙梦断续应难[3]。西风多少恨，吹不散眉弯。

【注释】

①关：这里是关切、关怀的意思。

②最是：特别是。繁丝：指柳丝的茂盛。这两句里柳丝和春山，用来指女子的眉毛。

③湔（jiān）裙梦断：意思是涉水相会的梦断了。湔裙：被溅湿的衣裙。李商隐在《柳枝词序》中说：一个男子偶遇了柳枝姑娘，柳枝表示三天后将涉水溅裙来会。此词咏柳，所以采用了这个典故。

【评解】

这首词虽然是在吟咏饱经风雪摧残的寒柳，实际上是以抑喻人。字里行间都在写柳，又处处都在写人，将寒柳与人融为一体，足见词人的文字驾驭能力。全篇委婉含蓄，寓意深远，是一篇值得称道的佳作。

相见欢

落花如梦凄迷，麝烟微[1]，又是夕归潜下小楼西。

愁无限，消瘦尽，有谁知？闲教玉笼鹦鹉念郎诗。

【注释】

①麝烟：麝香。

【评解】

这首词通过对闺中人教鹦鹉读诗这一细节的描绘，透露出了闺中之妇的思念之情。她整日惦念着心上人，却又无法离开深闺，因此寂寞无聊，只能逗弄鹦鹉，教其念诗；而所念的，正是他的诗。全篇构思精巧，立意奇特，颇富情韵。

沁园春

丁巳重阳前三日[1]，梦亡妇淡妆素服，执手哽咽，语多不复能记。但临别有云：衔恨愿为天上月，年年犹得向郎圆。妇素未工诗，不知何以得此也。觉后感赋长调。

瞬息浮生，薄命如斯，低徊怎忘？记绣榻闲时，并吹红雨[②]，雕阑曲处，同倚斜阳。梦好难留，诗残莫续，赢得更深哭一场。遗容在，灵飙一转[③]，未许端详。

重寻碧落茫茫[④]，料短发，朝来定有霜。便人间天上，尘缘未断，春花秋月，触绪还伤。欲结绸缪[⑤]，翻惊摇落[⑥]，两处鸳鸯各自凉！真无奈，把声声檐雨，谱出回肠[⑦]。

【注释】

①丁巳：即康熙十六年，公元1677年，时纳兰性德23岁。

②红雨：这里指落花。

③灵飙：神风。

④碧落：天界。《度人经》注，“东方第一天，有碧霞遍满，是云碧落。”

⑤绸缪：缠绵的情缘。

⑥摇落：原指木叶凋落，这里是亡逝之意。

⑦“把声声檐雨”两句：意思是让檐前滴滴淅淅的雨声，谱写出我内心的痛苦。回肠：弯曲的肠子。过去多以肠子的屈曲迂回比喻愁怀萦绕。

【评解】

这是一首著名的悼亡词，写于作者的妻子卢氏故去三月之后。妻子新亡，而又逢家人相聚的佳节，让词人倍觉心痛。妻子故去的时候，年仅二十一岁，词人心中的伤痛无以复加。作者对妻子在世的时候夫妻二人的恩爱生活进行了回忆，阐述了妻子故去之后自己所受到的打击。“瞬息浮生，薄命如斯”“绣榻闲时，并吹红雨，雕阑曲处，同倚斜阳”“梦好难留，诗残莫续”等，都在为倾诉心中的伤痛做铺垫。之后作者又通过“低徊怎忘”“赢得更深哭一场”等句平白直叙地说出了自己的伤痛。

浣溪沙

谁念西风独自凉，萧萧黄叶闭疏窗[①]，沉思往事立残阳。

被酒莫惊春睡重[②]，赌书消得泼茶香[③]，当时只道是寻常。

【注释】

①疏窗：装饰有花纹的窗户。

②被酒：醉酒。

③赌书消得泼茶香：这句话引用李清照与赵明诚的典故。用来比喻美满惬意的夫妻生活。

【评解】

本词是一种悼亡词。上阕写了此时此刻的相思之情，表明了词人的孤独寂寞之感。下阕写了与妻子相处三年之中的幸福与欢乐。全词情景交融，由西风、黄叶，生出自己孤单寂寞和思念亡妻之情；从而又引发作者回忆亡妻在世时的情景；最后则由两个生活片断表现出无比的遗憾和悲凉。情景交融，互相映衬，一层紧扣一层，虽是寻常之景寻常之事，却十分典型，真挚动人。

金缕曲

亡妇忌日有感

此恨何时已。滴空阶、寒更雨歇，葬花天气[①]。三载悠悠魂梦杳，是梦久应醒矣。料也觉、人间无味。不及夜台尘土隔[②]，冷清清、一片埋愁地。钗钿约[③]，竟抛弃。

重泉若有双鱼寄[④]。好知他、年来苦乐，与谁相倚。我自中宵成转侧，忍听湘弦重理[⑤]。待结个、他生知己。还怕两人俱薄命，再缘悭、剩月零风里。清泪尽，纸灰起。

【注释】

①葬花天气：指春末落花时节，大致是农历五月，这里既表时令，又暗喻妻子之亡如花之凋谢。

②夜台：指坟墓。

③钗钿约：钗钿即“金钗”“钿合”，女子饰物。暗指爱人间的盟誓。

④“重泉”句：重泉即“黄泉”“九泉”，指生死两隔；双鱼：书信，典出古乐府。

⑤“忍听”句：湘弦，即湘灵鼓瑟之弦。传说舜之妃子溺湘水而亡，后为水神，古代诗词中常用琴瑟代指夫妻，这里指纳兰性德不忍再弹奏那哀怨凄婉的

琴弦，否则会勾起悼亡的哀思。

【评解】

这首词是作者悼念亡妻的代表作之一。词以空阶滴雨，仲夏葬花起兴，由此引发了词人的伤春之感与悼亡之思；接着又以夜台幽远，消息不通，以至来生难期，感情层层递进，最后展现了词人万念俱灰的悲痛心情。全词虚实结合，将实景与虚拟结合起来，让读者感知词人对亡妻的惦念之心，以及那种丧妻之后的绝望之情。

宋琬

【作者简介】

宋琬（1614～1673年），字玉叔，号荔裳，一号无今，清初著名诗人，清八大诗家之一，山东莱阳人。著有《安雅堂文集》《二乡亭词》。

蝶恋花

旅月怀人

月去疏帘才几尺。乌鹊惊飞[①]，一片伤心白。万里故人关塞隔，南楼谁弄梅花笛[②]？

蟋蟀灯前欺病客。清影徘徊，欲睡何由得？墙角芭蕉风瑟瑟，生憎遮掩窗儿黑。

【注释】

①乌鹊惊飞：曹操诗："月明星稀，乌鹊南飞，绕树三匝，无枝可依。"

②梅花笛：笛曲中梅花引。李白诗："一为迁客去长沙，西望长安不见家。黄鹤楼中吹玉笛，江城五月落梅花。"《落梅花》即《梅花落》，笛曲名。一名《梅花引》。

【评解】

这首词描绘的是月夜怀人的羁旅生活，表露出了作者心烦意乱的愁绪。上阕主要写由眼前之景触发了词人对故人的怀念。下阕写羁旅中的情景。灯下蟋蟀凄鸣，辗转难眠！墙角风吹芭蕉，遮掩窗户令人生憎。全词借景抒情，情景交融，笔触细腻，曲折有致。

佟世南

【作者简介】

佟世南（生卒年不详），字梅岭，满州（辽东）人。清朝著名词人，善填词，长于小令，修辞婉丽，意境幽美，曲折含蓄，词风与纳兰性德相近。著有《东白堂词》。

阮郎归

杏花疏雨洒香堤，高楼帘幕垂。远山映水夕阳低，春愁压翠眉①。

芳草句，碧云辞，低徊闲自思。流莺枝上不曾啼，知君肠断时。

【注释】

①翠眉：即翠黛。古代女子用螺黛（一种青黑色矿物颜料）画眉，故称眉为“翠黛”。

【评解】

这首词描绘的是暮春时节的景色，透露出了深闺思远的心情。上阕用景物来抒发感情。杏花飘落，就像是疏雨洒在湖边的长堤上，散发着幽香。“高楼帘幕垂”，看上去是在写景，实际上却可以从中看出人物的思想、神态和感情。下阕以联想古诗词的意境，写出了思妇的春愁。全词含蓄委婉，意境清幽，独具匠心。

龚翔麟

【作者简介】

龚翔麟（1658～1733 年），字天石，号蘅圃，又号稼村，晚号田居。清代藏书家、文学家。浙江杭州市人。工词，与朱彝尊等一起被称为“浙西六家”，著有《田居诗稿》《红藕庄词》。

南乡子

集调名

拨棹蓦山溪。月上瓜州杨柳枝。金盏玉人歌解佩。一片子。绿盖舞风轻簇水。

【评解】

这首词是由《拨棹》《蓦山溪》《月上瓜州》《杨柳枝》《金盏》《玉人歌》《解佩》《一片子》《绿盖舞风轻》《簇水》等十个词牌名集合而成。妙在词人没有另加辞语，而文理顺遂，且颇具情趣。此体在词作中别具一格，与回文、药名、嵌字、离合等体一样，也是一种需要花心思的文字游戏，且具有一定的艺术性。

菩萨蛮

题画

赤泥亭子沙头小，青青丝柳轻阴罩。亭下响流澌[1]，衣波双鹭鹚[2]。

田田初出水，菡萏念娇蕊[3]。添个浣衣人。红潮较浅深。

【注释】

①澌（sī）：通嘶。解冻时流动的水。流澌：流水声。

②鹭鹚：水鸟。

③菡萏（hàndàn）：荷花。

【评解】

这首题词画生动地再现了画中的场景。上阙主要先写了画中的美景。柳丝青青，赤泥小亭，亭下流水，鹭鹚对浴。下阙写荷花，并增添了人，将人与物融为一体，让整幅画卷充满生气。全词意境幽美，工丽新巧。

厉 鹗

【作者简介】

厉鹗（1692～1752年），字太鸿，又字雄飞，号樊榭、南湖花隐。清代著名诗人，浙西词派中坚人物。浙江钱塘（今杭州市）人。爱山水，尤工诗词，擅南宋诸家之胜。著有《秋林琴雅》四卷，《樊榭山房词》二卷，续词一卷，集外词一卷。

眼儿媚

一寸横波惹春留[①]。何止最宜秋。妆残粉薄，矜严消尽，只有温柔。

当时底事匆匆去[②]？悔不载扁舟[③]。分明记得，吹花小径[④]，听雨高楼。

【注释】

①横波：目光流转如水波横流。

②底事：何故。

③载扁舟：犹言同行。

④吹花：犹言迎风，语出《诗·郑风·箨兮》："风其吹女。"与下句"听雨"对仗。

【评解】

这首词通过对往事的回忆，抒发了对佳人的相思之情。小径迎风，高楼听雨，这番场景记忆深刻，但是无奈佳人已去，追想当日温柔，只是徒增愁绪。"矜严消尽"一句，刻画出这位"佳人"并非一味温柔，传神地写出了这位女子的性格。全词含蓄委婉，工丽和婉，意境优美。

齐天乐

秋声馆赋秋声

簟凄灯暗眠还起，清商几处催发[①]？碎竹虚廊，枯莲浅渚，不辨声来何叶？桐飙又接[②]。尽吹入潘郎[③]，一簪愁发。已是难听，中宵无用怨离别。

阴虫还更切切。玉窗挑锦倦，惊响檐铁[④]。漏断高城，钟疏野寺，遥送凉潮呜咽。微吟渐怯。讶篱豆花开，雨筛时节。独自开门，满庭都是月。

【注释】

①清商：原为古五音之一。此处指秋风。

②飙：泛指风。

③潘郎：指晋潘岳。

④檐铁：檐马。亦谓之风铃，风马儿。悬于檐下，风起则铮铮有声。

【评解】

这首词如题目所讲主要是描写“秋声”。上阕写了夜晚时候的风声，“几处催发”，让人难以入眠。下阕写檐铁惊响，野寺钟疏，虫声切切，凉潮呜咽。独自开门，唯见满庭月光。结句颇富诗情画意。全词从所闻到所见和所思，生动逼真且描写细腻，让人仿佛身临其境。

周稚廉

【作者简介】

周稚廉（1657～1692年），字冰持，江苏娄县（今上海松江县）人。清朝昆曲作家。有《容居堂词》一卷。

相见欢

小鬟衫着轻罗，发如螺[①]，睡起钗偏髻倒唤娘梳。

心上事，春前景，闷中过，打叠闲情别绪教鹦哥[②]。

【注释】

①螺：螺髻，古代女子的发式。

②打叠：收拾，安排。

【评解】

这首词主要对人物的情态进行了细腻的刻画。小鬟睡起，钗偏髻倒，将人物的憨态刻画地栩栩如生。之后又写了心头愁绪，无心欣赏眼前春光，因此只能借着教鹦鹉说话来排解愁绪。神情逼真，如在眼前。全篇描写细腻而委婉，新巧而自然。

吴翌凤

【作者简介】

吴翌凤（1742～1819 年），字伊仲，号枚庵、一作眉庵，别号古欢堂主人，初名凤鸣，祖籍安徽休宁人。清朝著名藏书家。所撰《吴梅村诗集笺注》，能正旧注之失，盛行于世。著有《与稽楼丛稿》《曼香词》等书。

玉楼春

空园数日无芳信，恻恻残寒犹未定。柳边丝雨燕归迟，花外小楼帘影静。

凭栏渐觉春光暝[①]，怅望碧天帆去尽。满堤芳草不成归，斜日画桥烟水冷。

【注释】

①暝：幽晦，昏暗。

【评解】

这首词上阕写景，下阕写人。情景交融。全词工丽奇巧，语言清新文雅，意境优美，颇富诗情画意。

临江仙

客睡厌听深夜雨，潇潇彻夜偏闻。晨红太早鸟喧群。霁痕才着树，山意未离云。

梅粉堆阶慵不扫[①]，等闲过却初春。谢桥新涨碧粼粼。茜衫毡笠子[②]，已有听泉人。

【注释】

①慵：懒。

②茜衫：红衫。

【评解】

这首词上阕写了半夜听到雨声，雨过初晴之后，又听到了鸟的鸣叫声。霁痕着树，山未离云。下阕写雨后听泉。已过初春，落梅满阶。谢桥新涨，碧波粼粼。茜衫毡笠，听泉有人。全词意境清幽，语言自然流畅，委婉而动人。

吴锡麒

【作者简介】

吴锡麒（1746～1818年），字圣徵，号縠人，钱塘（今浙江杭州市）人。清代文学家。著有《有正味斋词》。

长相思

以书寄西泠诸友[①]，即题其后

说相思，问相思，枫落吴江雁去迟[②]。天寒二九时。

怨谁知？梦谁知？可有梅花寄一枝？雪来翠羽飞[③]。

【注释】

①西泠：西泠桥，在杭州西湖。

②吴江：县名，在江苏南部。亦为吴淞江的别称。

③翠羽：翡翠鸟。

【评解】

这是一首题赠词。上阕直接点明了思念之情，睹物思人。下阕写明了思念的深情，以及盼望友人讯息的感情。末句对友人所在的地方的寒冷场景进行了想象，与“枫落吴江”对照，让相思之情更深一步。全词感情真挚，曲折有致，耐人寻味。

临江仙

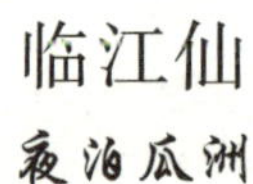
夜泊瓜洲

月黑星移灯屡闪，依稀打过初更[①]。清游如此太多情。豆花凉帖地，知雨咽虫声。

渐逼疏蓬风淅淅[②]，几家茅屋都扃[③]。茨菇荷叶认零星。不知潮欲落，渔梦悄然生。

【注释】

①依稀：仿佛。

②淅淅：微风声。

③扃：关闭。

【评解】

这首词开头点明时刻，然后开始写夜晚的景象。“渔梦”语双关，可以理解为周围都静悄悄的让人想要入眠，也可以解释为想要隐遁的打算。从“凉帖地”之“凉”字，“咽虫声”之“咽”字，都可以看到作者的细腻之处，以及高超的文字驾驭能力。

少年游

江南三月听莺天，买酒莫论钱。晚笋余花，绿阴青子，春老夕阳前。

欲寻旧梦前溪去，过了柳三眠。桑径人稀，吴蚕才动[1]，寒倚一梯烟。

【注释】

①吴蚕：吴地盛养蚕，因称良蚕为吴蚕。

【评解】

三月的江南，红瘦绿肥，莺啼蝶飞，春光老去。欲寻旧梦，再到前溪，柳过三眠，桑径人稀。结句“寒倚一梯烟”，极富有情致，让人回味无穷。全词隽永自然，委婉含蓄。

菩萨蛮

春波软荡红楼水，多时不放莺儿起。一样夕阳天，留寒待禁烟[1]。

已是人消瘦，只此情依旧。可奈别离何，明朝杨柳多。

【注释】

①禁烟：寒食节。古代逢此节日，禁止烟爨。亦称禁火。

【评解】

这首词描写的是春怨。上阕主要是写景。春波软荡，碧水红楼。下阕写人由于离别的思念而消瘦。让人感受到了无限深情。全词委婉含蓄，轻柔俊雅，别样风流。

左　辅

【作者简介】

左辅（1751～1833年），字仲甫，一字蘅友，号杏庄，江苏阳湖（今江苏武进）人。诗、词、文皆有所长。著作有《念宛斋词》一卷及《念宛斋诗、古文、书、牍》等五类。

浪淘沙

曹溪驿折桃花一枝[①]，数日零落，裹花片投之涪江，歌此送之。

水软橹声柔，草绿芳洲。碧桃几树隐红楼。者是春山魂一片[②]，招入孤舟。

乡梦不曾休，惹甚闲愁？忠州过了又涪州[③]。掷与巴江流到海[④]，切莫回头。

【注释】

①曹溪驿：与下文忠州、涪州均在四川。

②者是：这是。春山魂：指桃花。

③忠州：今四川忠县。涪州：今四川涪陵。

④巴江：指长江川东一段。

【评解】

这首词抒发了作者羁旅在外的思乡之情。词人在巴山蜀水之间飘荡，因此以桃花一枝掷入巴江，希望它能够带着自己的思乡之情流向大海。全词语言委婉细腻，感情真挚动人，或当另有寓意。

汪懋麟

【作者简介】

汪懋（mào）麟（1640～1688年），字季角，号蛟门，江苏江都人。懋麟与汪楫同里同有诗名，时称“二汪”。著有百尺梧桐阁集二十六卷，《清史列传》行于世。

误佳期

闺怨

寒气暗侵帘幕，孤负芳春小约①。庭梅开遍不归来，直恁心情恶②。

独抱影儿眠，背看灯花落③。待他重与画眉时④，细数郎轻薄⑤。

【注释】

①孤负：一作“辜负”，对不住良辰美景或他人的好意。

②恁：那么。

③背看灯花：不看灯花。相传油灯芯将烬，结成花朵形，是有喜事来临的吉兆。但闺中人屡见灯花，并不见心上人回来，因而不再看它。

④画眉：汉代京兆尹张敞为妇画眉故事。

⑤细数：列举诸事责怪他。

【评解】

这首词上阕写了久别之伤。寒气暗侵，徒负芳春。庭梅开遍，恨久别不归，因此心情很糟糕。下阕对独居的抱怨。抱影独眠，灯花空结，实感无聊。而画眉有待，来日必将细数其轻薄无情。将一片深情刻画得十分细腻动人，凄婉感伤，让人动容。

郑　燮

【作者简介】

郑燮（1693～1765年），字克柔，号板桥，江苏兴化人。清朝著名画家，扬州八怪之一。诗、词、书法均有所长。词作有《板桥词钞》一卷。

满江红

思家[①]

我梦扬州，便想到扬州梦我。第一是隋堤绿柳，不堪烟锁。潮打三更瓜步月[②]，雨荒十里红桥火[③]。更红鲜冷淡不成圆，樱桃颗。

何日向，江村躲。何日上，江楼卧。有诗人某某，酒人个个。花径不无新点缀，沙鸥颇有闲功课。将白头供作折腰人，将毋左[④]。

【注释】

①思家：这里指扬州。

②瓜步：瓜步山。在六合东南，南临大江。

③红桥：坐落于扬州城西北二里。是扬州游览胜地。

④“将白”二句：是说以白发苍苍的自己，做一个没有出息的人，这将不是不合适的计划吧。折腰人：此处是作者自谦，也是愤激之反语。左：左计，不适当的策划。

【评解】

这首词抒发了作者对扬州的怀念之情，以及对官场生活的厌倦之情。上阕对扬州的著名景观进行了描绘，让人如身临其境。下阕表达了作者希望能够早日回到扬州生活的殷切愿望。全词浅显易懂，内容丰富，感情真挚动人。

顾　彩

【作者简介】

顾彩（生卒年不详，约1692年前后在世），字天石，一字湘槎，号补斋，别号梦鹤。江苏无锡人。清朝戏曲作家。著有《鹤边词》一卷。

相见欢

秋风吹到江村，正黄昏，寂寞梧桐夜雨不开门。

一叶落，数声角，断羁魂，明日试看衣袂有啼痕[①]。

【注释】

①袂：衣袖。

【评解】

这首小词写的是秋夜的相思之情。秋风吹到了江村，当时正值黄昏时分，梧桐夜雨，秋风落叶，听闻远处传来的角声，客居他乡的漂泊不定之情涌上心头。结句“明日试看衣袂有啼痕”，委婉地道出了相思之情。全词缠绵婉曲，清雅自然，意境优美。

侯文曜

【作者简介】

侯文曜（生卒年不详），字夏若。康熙年间江苏无锡人。著有《鹤闲词》《巫山十二峰词》各一卷。

虞美人

影松峦峰[①]

有时云与高峰匹，不放松峦历历[②]。望里依岩附壁，一样黏天碧。

有时峰与晴云敌，不许露珠轻滴。别是娇酣颜色，浓淡随伊力。

【注释】

①影松峦峰：山名，浙江遂昌、河北平泉、辽宁锦州等地均有之，此处可能指浙江。

②历历：清晰的样子。

【评解】

这首词对山岚云雾变幻奇观进行了描绘。上阕主要描写了云，下阕主要描写了山。各以“有时”两字作领，秩序井然，生动传神。全词采用了拟人的手法，构思奇巧，清新别致，绚丽多姿。

凌廷堪

【作者简介】

凌廷堪（1755～1809年），字次仲，安徽歙县人。著有《梅边吹笛谱》二卷。

点绛唇

春眺

青粉墙西，紫骢嘶过垂杨道[①]。画楼春早，一树桃花笑。

前梦迷离[②]，人远波声小。年时到，越溪云杳，风雨连天草。

【注释】

①紫骢：良马的名字。

②迷离：模糊。

【评解】

这是一首春日感怀之作。上阕写了眼前所见的景色。垂杨道上紫骝嘶过。画楼春早，一树桃花。下阕抒发了作者的怀人之情。前梦迷离，征帆远去。波声渐小。芳草连天，越溪云杳。全词含蓄委婉，语浅言深，清新工丽。

张惠言

【作者简介】

张惠言（1761～1802），原名一鸣，字皋文。清朝词人、散文家。为常州词派之开山之人。江苏武进人。嘉庆四年进士。官翰林院编修。著有《茗柯文集》及《茗柯词》。

相见欢

年年负却花期[①]。过春时，只合安排愁绪送春归[②]。

梅花雪，梨花月，总相思。自是春来不觉去偏知。

【注释】

①负却：犹辜负。

②只合：只得，只当。

【评解】

这首词是一首惜春之作。作者用一种惋惜的心情埋怨自己每年都会错过花期。语言浅显易懂，仿佛是信手拈来，但是却余韵悠长。“春来不觉去偏知”一句，更是透露出了人之常情，也就是各种事物只有失去之后，才懂得珍惜。春天是这样，人生也是这样。全词语浅意深，新颖自然。

风流子

出关见桃花

海风吹瘦骨，单衣冷、四月出榆关。看地尽塞垣[①]，惊沙北走；山侵溟渤[②]，叠障东还[③]。人何在？柳柔摇不定，草短绿应难。一树桃花，向人独笑；颓垣短短，曲水湾湾。

东风知多少？帝城三月暮，芳思都删[④]。不为寻春较远，辜负春阑[⑤]。念玉容寂寞[⑥]，更无人处，经他风雨，能几多番？欲附西来驿使[⑦]，寄与春看。

【注释】

①塞垣：指塞外，古时将长城以北称为塞外。垣：墙。

②溟渤：指渤海。侵：近。

③叠障：此处指长城。叠：重叠。障：建在边塞险要处用来防御用的城堡。还：环。

④删：削除。

⑤春阑：春残。

⑥玉容：指桃花。

⑦欲附：准备托附。

【评解】

这首词描写的是塞外天寒春晚的情景。京城已经一片春光，而关外却依然“柳柔”“草短”，只有“一树桃花，向人独笑”。词中用“一树桃花”来反衬出了关外天寒花稀的残败荒凉之景。上阕写了在关外看到桃花的喜悦心情。下阕由关外的桃花联想到了京城的春天应当已经快要过去了，更增添了惜春之意。全词取材新颖，构思精巧。曲折有致，笔触传神。

钱 枚

【作者简介】

钱枚（1761～1803年），字枚叔，号谢庵，浙江杭州人。诗词兼善。著有《微波词》一卷。

忆王孙

短长亭子短长桥，桥外垂杨一万条。那回临别两魂销，恨迢迢，双桨春风打暮潮。

【评解】

这首词短小精悍，构思新颖独特，语句流畅自然，层层深入，韵味悠长。

董士锡

【作者简介】

董士锡（生卒年不详），字晋卿，一字坍甫，江苏武进人。嘉庆副贡生。从其舅张惠言学，古文、诗、赋皆有所长，兼善填词。著有《齐物论斋集》，其中《齐物论斋词》一卷。

虞美人

韶华争肯偎人住①？已是滔滔去。西风无赖过江来②，历尽千山万水几时回？
秋声带叶萧萧落，莫响城头角！浮云遮月不分明，谁挽长江一洗放天青？

【注释】

①韶华：光阴。

②无赖：调皮，狡狯。将西风拟人化了。

【评解】

这是一首伤秋之作。时光飞逝，无法留住，因此埋怨西风“无赖”，道尽心酸。然后惧角鸣，恨浮云遮月，表明了作者心中难以名状的惆怅之情。这首词是文人感时兴悲之作，抒发的也是人之常情。自然流畅，立意新颖。

木兰花慢

武林归舟中作

看斜阳一缕，刚送得，片帆归。正岸绕孤城，波回野渡，月暗闲堤。依稀是谁相忆？但轻魂如梦逐烟飞。赢得双双泪眼，从教涴尽罗衣①。

江南几日又天涯，谁与寄相思？怅夜夜霜花，空林开遍，也只侬知。安排十分秋色，便芳菲总是别离时。惟有醉将醽醁②，任他柔橹轻移③。

【注释】

①涴（wò）：弄脏。

②醽醁（líng lù）：名酒。

③柔橹：船桨，也指船桨轻划声。

【评解】

这首词是舟中感怀之作。上阕写了作者在舟中的所见所感，主要对景物进行了描写。下阕主要抒发作者的所感所思，主要对人物的心情进行了刻画。结句“惟有醉将醽醁，任他柔橹轻移”，将人物的心情刻画得惟妙惟肖，让人仿佛感觉此人就在眼前。全词含蓄委婉，情意缠绵，用语精巧，意境优美。

周　济

【作者简介】

周济（1781～1839年），字保绪，号未斋，一号止庵，别号介存。江苏荆溪（今江苏宜兴）人。嘉庆十年进士。官淮安府学教授。著有《介存斋词》。

蝶恋花

柳絮年年三月暮，断送莺花，十里湖边路。万转千回无落处，随侬只恁低低去①。

满眼颓垣欹病树②，纵有余英，不值风姨妒③。烟里黄沙遮不住，河流日夜东南注。

【注释】

①恁：如此。

②欹：斜，倾倒。

③风姨：风神，泛指风。

【评解】

这首词写的是暮春的景色，表达了作者的惜春之情。暮春三月，柳絮纷飞，万转千回，没有地方可落？眼前春老花残，颓垣病树，时光如流水，“日夜东南注”。全词语言凝练，意境优美，含蕴颇深。

曹雪芹

【作者简介】

曹雪芹（约1715～约1763年），名霑（zhān），字梦阮，号雪芹、芹圃、芹溪，是我国著名的现实主义作家，《红楼梦》的作者。诗、词、戏曲皆有所长。其所著的《红楼梦》，艺术水平颇高，后人难于企及。

唐多令

柳絮

粉堕百花洲①，香残燕子楼②。一团团、逐队成逑。飘泊亦如人命薄，空缱绻③，说风流④。

草木也知愁，韶华竟白头。叹今生、谁拾谁收！嫁与东风春不管⑤：凭尔去，忍淹留！

【注释】

①粉堕：形容柳絮飘落。百花洲：指百花盛开处。

②燕子楼：相传是唐代女子关盼盼居住的地方。这里泛指女子所居的“绣楼”。

③缱绻：情意深挚，难舍难分。

④说风流：意即空有风流之名。

⑤“嫁与东风”句：柳絮被东风吹落。自喻无家可归、青春消逝无人同情。

【评解】

这首词是曹雪芹《红楼梦》中人物林黛玉所作。如果将《葬花词》看成是林黛玉的人生悲歌的主体部分，那么，《唐多令》就应当预示着她悲剧的收尾了。这首词抒发了林黛玉寄人篱下、无人理解的孤独与悲苦以及自感薄命的结局，把一腔哀惋缠绵的思绪写到词中去。也通过描写柳絮表达了黛玉在命运面前无能为力之感。全词采用了拟人的手法，抒发了内心的悲苦，感情真挚动人。

高 鹗

【作者简介】

高鹗（约1738～约1815年），字兰墅，别号红楼外史，祖籍辽宁铁岭（一说是沈阳三台子），清朝文学家。喜填词，词风颇近五代“花间”。著有《高兰墅集》《砚香词》。曾与程伟元补订《红楼梦》后四十回。

南乡子

戊申秋隽，喜晤故人

甘露洒瑶池[①]，洗出新妆换旧姿。今日方教花并蒂，迟迟[②]，终是莲台大士慈[③]。

明月照相思，也得姮娥念我痴。同到花前携手拜，孜孜[④]，谢了杨枝谢桂枝[⑤]。

【注释】

①甘露：古人认为国君德高望重，和气盛，则甘露降。瑶池：古代传说中西王母所居宫阙中的地方。这里似指宫廷。

②迟迟：久远。

③莲台：佛语，莲华的台座。大士：菩萨的通称。

④孜孜：殷勤恭谨的样子。

⑤杨枝：佛徒净齿之具。桂枝：唐以来传说月中有桂，登科为月中折桂枝。本词语意双关：因佛门助他与故人畹君相会，故谢杨枝；又庆幸中举，故谢桂枝。

【评解】

这首词作于乾隆五十三年秋，描写的是高鹗中顺天乡举时与恋人畹君久别重逢的情景。当时作者科举得中，又恰逢跟恋人久别重逢，喜悦之情自然溢于言表。全词感情真挚动人，让读者读之也为之感到高兴。

苏幕遮

送春

日烘晴，风弄晓，芍药荼醾[①]，是处撄怀抱[②]。倦枕深杯消不了，人惜残春，我道春归好。

絮从抛，莺任老，拼作无情[③]，不为多情恼。日影渐斜人悄悄，凭暖栏杆，目断游丝袅。

【注释】

①荼醾：一种花名。

②撄：触动。

③"拼作无情"句：当是反用苏轼《蝶恋花》的"笑渐不闻声渐悄，多情却被无情恼"。

【评解】

这首词表达了作者对春归的看法。眼前一片春光大好，美景撩人，但是"人惜残春，我道春归好"。一任絮飞莺老，"拼作无情，不为多情恼"。全词构思新颖别致，明艳多姿而曲折有致。

青玉案

丝丝香篆浓于雾[①]，织就绿阴红雨。乳燕飞来傍莲幕[②]，杨花欲雪，梨云如梦，又是清明暮。

屏山遮断相思路，子规啼到无声处。鳞瞑羽迷谁与诉[③]。好段东风，好轮明月，尽教封侯误。

【注释】

①香篆：香上刻有记时间的篆文。这里说的是点燃后的香篆，散出比雾还浓的烟。

②莲幕：亦作"莲花幕"。唐韩偓《寄湖南从事》诗："莲花幕下风流客，试与温存遣逐情。"

③鳞瞑羽迷：这句的意思是鱼雁瞑迷，不能为我传书，思念之情向谁诉说呢？

【评解】

这首词是闺中怀人之作。上阕对景物进行了描写，道明清明即将过去。下阕写春闺怀人。不知道要向谁告知自己的感受，辜负了春风明月，大好时光。于是自然而然地流露出了“悔教夫婿觅封侯”的思想感情。全词委婉含蓄，绮丽多姿，笔触自然通畅。

项鸿祚

【作者简介】

项鸿祚（1798～1835 年）：字莲生，原名继章，改名廷纪。清代词人，浙江钱塘（今浙江杭州市）人。文人祚薄，哀动词坛。鸿祚一生，颇似纳兰性德。他与龚自珍同时被誉为“西湖双杰”。著有《忆云词甲乙丙丁稿》四卷。

减字木兰花

春夜闻隔墙歌吹声

阑珊心绪[①]，醉倚绿琴相伴住。一枕新愁，残夜花香月满楼[②]。
繁笙脆管，吹得锦屏春梦远。只有垂杨，不放秋千影过墙。

【注释】

①阑珊：哀残。这里用来形容人物情绪。

②残夜：夜将尽。

【评解】

这是一首借景抒情词。先写了春夜闻歌的寂寞愁绪，然后又写了听到繁笙脆管，隔墙传来，使人难于入梦。结句“只有垂杨，不放秋千影过墙”，含蓄地透露了作者“一枕新愁”辗转反侧的忧郁情怀。这首小令细腻地刻画了作者当时的心境。意境优美，通过词将一幅画卷展现在我们面前。

清平乐

池上纳凉

水天清话[①]，院静人消夏。蜡炬风摇帘不下，竹影半墙如画。
醉来扶上桃笙[②]，熟罗扇子凉轻。一霎荷塘过雨，明朝便是秋声。

【注释】

①清话：清新美好。

②桃笙：指竹席。据说四川闽中万山中，有桃笙竹，节高而皮软，杀其青可作簟，暑月寝之无汗，故人呼簟为桃笙。

【评解】

这首词描绘了夏天夜晚在庭院荷塘边乘凉的情景。上阕描绘了夜晚的静谧，下阕表达了作者乘凉时的心情。感叹夏天即将过去，秋天就要到来。抒发了作者当时的心情，闲适中亦微含愁意。作者精准地抓住了刹那间的愁情，营造了一种清幽的意境。

太常引

客中闻歌

杏花开了燕飞忙，正是好春光。偏是好春光，者几日①、风凄雨凉。

杨枝飘泊②，桃根娇小③，独自个思量。刚待不思量，吹一片、箫声过墙。

【注释】

①者：犹“这”。

②杨枝：唐诗人白居易侍妾樊素，因善歌《杨柳枝》得名。

③桃根：晋代王献之妾桃叶之妹。

【评解】

这首词曲折有致，一波三折。先在上阕写了杏花开，燕子飞的大好春光，然后突然转为了“风凄雨凉”；下阕写柳飘桃小，独自思量，继以“刚待”折入“箫声过墙”。最后三句的意思与李清照的《一剪梅》“此情无计可消除，才下眉头，却上心头”正同。

龚自珍

【作者简介】

龚自珍（1792 ~ 1841 年），字瑟（sè）人，号定盦（ān）。曾字尔玉，曾更名易简，字伯定，再更名为巩祚。浙江仁和（今杭州）人。清朝中后期著名思想家、文学家、哲学家。生平著作甚丰，已刊者有《定盦诗文集》《定盦词》等。

如梦令

紫黯红愁无绪，日暮春归甚处？春更不回头，撇下一天浓絮①。春住！春住！黦了人家庭宇②。

【注释】

①浓絮：指柳絮。

②黦（yuè）：色败坏。污迹。五代韦庄《应天长》词："想得此时情切，泪沾红袖黦。"

【评解】

这是一首惜春之作。姹紫嫣红全都黯然失色，大好的春光就这样不顾人们的挽留，撇下了满天的白絮，毅然决然地离开了。以至于作者一直呼唤"春住"，却依然无法挽留。本词短小精悍，构思奇特，惜春之情，跃然纸上。

鹊踏枝

过人家废园作

漠漠春芜春不住①，藤刺牵衣，碍却行人路②。偏是无情偏解舞，蒙蒙扑面皆尺絮。

绣院深沈谁是主？一朵孤花，墙角明如许！莫怨无人来折枝，花开不合阳春暮③。

【注释】

①春芜：春天草木杂乱丛生。

②碍却：妨碍。

③不合：不应该。

【评解】

作者屡试不第，因此醒悟到现实与人才之间存在着不可调和的矛盾与冲突。

这首词描绘的便是作者此时的心境。荒草丛生，漫天飞雪，春天不会停下前进的脚步。“藤刺牵衣，碍却行人路”与“一朵孤花，墙角明如许”突出了一个“废”字。文中“偏是无情偏解舞”显示了词人不屑一顾的情绪。结句则彰显了作者的无奈。本词融情于景，立意新颖，耐人寻味。

浪淘沙

写梦

好梦最难留，吹过仙洲，寻思依样到心头[①]。去也无踪寻也惯，一桁红楼[②]。中有话绸缪[③]，灯火帘钩，是仙是幻是温柔。独自凄凉还自遣，自制离愁。

【注释】

①依样：照原样。句意即欲重温旧梦。

②一桁：一排。桁犹“行”。

③绸缪：犹缠绵，形容情深意挚。

【评解】

在古代诗词中，常常会将梦境写得十分生动逼真，瑰丽多姿。诗人将现实生活中无法表露的深情通过“写梦”的艺术手法，真实地展现出来。这首词写的是作者过去的一段艳遇。下阕首三句，是对旧梦的重温。歇拍为“梦醒”时语，不管其是否有其他的寄托，都不失为一篇佳作。全词构思新颖，用词凝练。

减字木兰花

偶检丛纸中，得花瓣一包，纸背细书辛幼安“更能消几番风雨”一阕，乃是京师悯忠寺海棠花，戊辰暮春所戏为也，泫然得句。

人天无据，被侬留得香魂住[①]。如梦如烟，枝上花开又十年！十年千里，风痕雨点斓斑里。莫怪怜他，身世依然是落花。

【注释】

①香魂：指落花。

【评解】

这是一首借咏落花来抒怀之作。作者写了自己偶然见到一包花瓣，由此展开的一系列感慨。虽然是一首简短的小词，但是感情真挚动人，韵味悠长，容易引起读者共鸣。

蒋春霖

【作者简介】

蒋春霖（1818～1868 年），字鹿潭，江苏江阴人，后居扬州。清朝著名词人、早年工诗，中年毁诗而一意于词，与纳兰性德、项鸿祚有“清代三大词人”之称，著有《水云楼词》。

卜算子

燕子不曾来，小院阴阴雨。一角阑干聚落花，此是春归处。

弹泪别东风，把酒浇飞絮。化了浮萍也是愁①，莫向天涯去。

【注释】

①化了浮萍：《本草》谓浮萍季春始生，或云为杨花所化。

【评解】

在这首词中作者借写一片残败的春景来表达自己的愁绪。上阕主要刻画了残败的春景，燕子不来，小院阴雨，落花委地，春归冥然，场景十分凄凉。下阕侧重写愁绪，流泪别东风，借酒浇飞絮，把酒弹泪，身世飘零更觉孤独。本篇语言简单易懂，却极富感染力。

浪淘沙

云气压虚栏，青失遥山，雨丝风絮一番番。上巳清明都过了①，只是春寒。

华发已无端②，何况花残？飞来蝴蝶又成团。明日朱楼人睡起，莫卷帘看。

【注释】

①上巳：阴历三月上旬的巳日。古代郑国风俗，三月上巳，至臻、洧二水执兰招魂，祓除不祥。

②无端：无故。

【评解】

这首词上阕写了春雨夹杂着风絮俱来，春寒不断；下阕转写雨后花残，飞蝶成团，写出了一片残败的景象，颇有伤春之意，同时可能也表达了作者“感时伤事”之叹。

鹧鸪天

杨柳东塘细水流，红窗睡起唤晴鸠。屏间山压眉心翠，镜里波生鬓角秋。

临玉管[①]，试琼瓯[②]，醒时题恨醉时休。明朝花落归鸿尽，细雨春寒闭小楼。

【注释】

①玉管：毛笔的美称。

②琼瓯（ōu）：美酒。

【评解】

这首词作者借景抒情。上阕写了一片优美的景象。下阕抒情。时临玉管，或试琼瓯，醒时题恨，醉时便休。结句“明朝落花归鸿尽，细雨春寒闭小楼。”不仅为全词添姿生色，也在无意之间流露出了惜春之意。全篇文章委婉含蓄，语言优美，极富韵味。

薛时雨

【作者简介】

薛时雨（1818～1885 年），字慰农，一字澍（shù）生，晚号桑根老农。晚清词人。安徽全椒人。著有《藤香馆集》，附词二种：《西湖橹唱》《江舟欸乃》。

浣溪沙

舟泊东流

一幅云蓝一叶舟，隔江山色镜中收[①]。夕阳芳草满汀洲[②]。

客里莺花繁似锦，春来情思腻于油。兰桡[③]扶梦驻东流[④]。

【注释】

①镜：谓水明如镜。

②汀洲：水边或水中平地。

③兰桡：装饰华美的舟船。

④东流：安徽东流县，现与至德合并为东至县。

【评解】

这首词给人们展现了一幅美景。碧海蓝天之间，有一叶扁舟，远远地悠然而来，周围的远山倒映在水里，夕阳洒满岸边芳草。舟中人不禁为繁花似锦的春色

所陶醉，于是驻桡于东流。末句“扶梦”两字，使用十分新颖且让人拍手称绝。全词意境优美，让人不禁沉醉其中，无法自拔。

临江仙

大风雨，过马当山

雨骤风驰帆似舞①，一舟轻度溪湾。人家临水有无间。江豚吹浪立②，沙鸟得鱼闲。

绝代才人天亦喜，借他只手回澜③。而今无复旧词坛。马当山下路，空见野云还。

【注释】

①马当山：位于安徽东至县西南，北临长江。

②江豚：亦称江猪，哺乳纲，属海豚科，体形似鱼。常见于长江口，亦溯江而上，见于宜昌、洞庭湖等处。

③只手回澜：唐韩愈《进学解》：“回狂澜于既倒。”

【评解】

这首词写了过马当山时的情景。一舟轻度，雨骤风驰，片帆似舞。江豚吹浪，沙鸟得鱼，景色如画。下阕借景来感叹词坛无人。“马当山下路，空见野云还”，情景交融，寓情于景，且流露出了作者的自负。全词构思新颖，抒情恰当。

俞 樾

【作者简介】

俞樾（1821～1907年），字荫甫，自号曲园居士，浙江德清人。清末著名学者、文学家、经学家、古文字学家、书法家。著有《春在堂全集》五百余卷，附《春在堂词录》。

金缕曲

次女绣孙，倚此咏落花，词意凄惋。有云："叹年华，我亦愁中老"，余谓少年人不宜作此，因广其意，亦成一阕。

花信匆匆度。算春来、瞢腾一醉①，绿阴如许！万紫千红飘零尽，凭仗东风送去。更不问、埋香何处？却笑痴儿真痴绝，感年华、写出伤心句："春去也，那能驻？"

浮生大抵无非寓。慢流连、鸣鸠乳燕，落花飞絮。毕竟韶华何尝老，休道春归太遽②。看岁岁朱颜犹故。我亦浮生蹉跎甚③，坐花阴、未觉斜阳暮。凭彩笔，绾春住④。

【注释】

①瞢腾：蒙眬迷糊。

②遽：疾，速。

③蹉跎：失时，虚度光阴。

④绾：旋绕打结。

【评解】

这首词是惜春抒怀之作。上阕写了絮飞花落，春归匆匆。痴儿有感年华，写出伤心句。下阕作者广其意。休道春归太遽，凭彩笔玉管，绾留春住。全篇立意新颖，别具特色。

张景祁

【作者简介】

张景祁（1827～？），原名祖钺（yuè），字孝威，号蘩（fán）甫，一号韵梅，别号新蘅主人。清末文学家，浙江钱塘（今杭州市）人。著有《新蘅词》九卷，外集一卷。

小重山

几点疏雅誉柳条。江南烟草绿，梦迢迢。十年旧约断琼箫[①]。西楼下，何处玉骢骄[②]？

酒醒又今宵。画屏残月上，篆香销[③]。凭将心事记回潮。青溪水，流得到红桥[④]。

【注释】

①琼箫：乐器。

②玉骢：马的美称。

③篆香：指盘香或香的烟缕。

④红桥：与上句“青溪”相对映。

【评解】

这首词是借景抒情之作。上阕由眼前之景，想起了十年旧约，不知故人何处？下阕写酒醒今宵，月上画屏，心头之事一直挥之不去。结句“青溪水，流得到红桥。”含蓄蕴藉，情味隽永。全词抒情细腻，意境优美，唯美而含蓄。

谭　献

【作者简介】

谭献（1832～1901 年），原名廷献，字涤生，更字复堂，号仲修。近代学者、词人。浙江仁和（杭州市）人。曾选清人词为《箧中词》六卷，续三卷。著有《复堂调》三卷。

临江仙

和子珍

芭蕉不展丁香结，匆匆过了春三[①]。罗衣花下倚娇憨。玉人吹笛，眼底是江南。

最是酒阑人散后，疏风拂面微酣。树犹如此我何堪[②]？离亭杨柳，凉月照毵毵[③]。

【注释】

①春三：春季的第三个月。

②“树犹”句：《世说新语》载桓温北征，见旧日所栽柳已十围，慨叹：“树犹如此，人何以堪！”

③毵毵（sān sān）：枝条细长貌。

【评解】

这是一首借伤春来伤离别之词。春天匆匆过去，笛声悠悠，已觉幽情难遣；何况酒阑人散，柳风拂面，离亭凉月，此景何堪！词人对春天匆匆消逝而感慨万千，由此又开始埋怨别离，更感叹年华流逝。惆怅之情溢于言表。

蝶恋花

庭院深深人悄悄，埋怨鹦哥，错报韦郎到[①]。压鬓钗梁金凤小[②]，低头只是闲烦恼。

花发江南年正少，红袖高楼，争抵还乡好？遮断行人西去道，轻躯愿化车前草。

【注释】

①韦郎：古代女子对男子的爱称。

②金凤：古代妇女的头饰。

【评解】

这是一首春闺思远词。上阕由景写到人。夜深之后，一切都静悄悄的，埋怨鹦鹉错报郎归，引起烦恼。下阕侧重于抒情。红袖高楼，却没有还乡好。“轻躯愿化车前草”，展现了作者的怀念之情。全词刻画细腻，感情真挚，意境清幽。

庄 棫

【作者简介】

庄棫（1830～1878 年），字中白，一字利叔，清代词人，学者，号东庄，又

号蒿庵。江苏丹阳（今江苏镇江市）人。生于道光十年（1830 年）。官主事。后校书淮南、江宁各书局。著有《甲白词》四卷，《蒿庵遗稿》等。

定风波

为有书来与我期[①]，便从兰杜惹相思[②]。昨夜蝶衣刚入梦，珍重，东风要到送春时。

三月正当三十日，占得，春光毕竟共春归。只有成阴并结子，都是，而今但愿著花迟。

【注释】

①期：邀约。

②兰杜：兰草和杜若，均为香草。

【评解】

这首词侧重于抒情。作者用景物来衬托人物，情景交融之中表达了惜春怀人之意。全词委婉含蓄，细腻轻柔，一语双关，耐人寻味。

周之琦

【作者简介】

周之琦（1782 ~ 1862 年），字稚圭，号耕樵，一号退庵。有《心日斋词》。其第一种为《金梁梦月词》。其风格与元张翥相近。

好事近

杭苇岸才登[①]，行入乱峰层碧。十里平沙浅渚，又渡头人立。

笋将摇梦上轻舟[②]，舟尾浪花湿。恰好乌篷小小[③]，载一肩秋色。

【注释】

①杭苇：语出《诗·卫风·河广》：“一苇杭之。”苇原指草束，引申为小舟。杭，通“航”。

②笋将：语出《公羊传·文公十五年》：“笋将而来也。”笋，竹舆。

③乌篷：小船，船篷竹编，漆成黑色，故称。

【评解】

这首词描写的是秋日之旅。舟行后乘舆，舆行后又乘舟，对途中的山水风景进行了描绘，并无枯寂之色。“恰好乌篷小小，载一肩秋色。”情景俱佳，极具情致。全词写秋景却不落俗套，独具特色。

王鹏运

【作者简介】

王鹏运（1849～1904年），字幼遐，一字鹜翁，晚号半塘僧鹜。广西临桂人。同治十二年（1873）举人。官礼科给事中。曾汇刻《花间集》以迄宋、元诸家词为《四印斋所刻词》。其词学承常州派余绪而发扬光大之，以开清季诸家之盛。有《庚子秋词》《半塘定稿》二卷，《剩稿》一卷。

点绛唇

饯春

抛尽榆钱[①]，依然难买春光驻。依春无语，肠断春归路。

春去能来，人去能来否？长亭暮[②]，乱山无数。只有鹃声苦。

【注释】

①榆钱：即榆荚。

②长亭：古时道旁十里一长亭，五里一短亭，用以暂歇与饯别。

【评解】

作者将抽象的事物具体地表现出来。上阕咏春光难驻，正借词人造语之新颖，给人留下了深刻的印象。下阕写到“春去能来，人去能来否”两句，笔触突然从春天转到了人，由此让此意更深一层，点明了离愁比春去更让人难过，遂使“饯春”有了双重含义。全词构思巧妙，语句凝练，含蓄而多情。

浣溪沙

题丁兵备丈画马[①]

苜蓿阑干满上林[②]，西风残秣独沉吟。遗台何处是黄金[③]？

空阔已无千里志[④]，驰驱枉抱百年心。夕阳山影自萧森。

【注释】

①丁兵备：丁日昌，兵备指其任苏松太道。后官至江苏巡抚。

②上林：上林苑，汉代长安苑囿，汉武帝自西域引入苜蓿，植于上林苑以饲马。

③“遗台”句：用郭隗说燕昭王千金购马骨故事。昭王后筑黄金台以待贤者。

④空阔：反用杜甫诗“所向无空阔”句。

【评解】

这首词借咏马来自诉怀才不遇，用典自然。“空阔已无千里志，驰驱枉抱百年心”，既在写马也是在写人，语意双关，表达了词人心中的无限感慨。“夕阳山影自萧森。”一句飘逸、空灵，为全词增色不少。

文廷式

【作者简介】

文廷式（1856～1904年），字道希，一字芸阁，号葆岩，别号纯常子。江西萍乡人。其出清代浙西、常州两词派之外，别具一格。著有《云起轩词钞》一卷。

好事近

湘舟有作

翠岭一千寻[①]，岭上彩云如幄[②]。云影波光相射，荡楼台春绿。

仙鬟撩鬓倚双扉，窈窕一枝玉。日暮九疑[③]何处？认舜祠丛竹[④]。

【注释】

①寻：古代以八尺为寻。

②幄：帷幕。

③九疑：九嶷山，在湖南省。相传为舜的葬地。

④舜祠丛竹：指湘妃竹。相传舜死后，娥皇、女英二妃哀泣，泪滴于竹，斑斑如血。

【评解】

这首词描绘了一幅美丽的画面，水光山色，亭台楼阁。翠岭彩云，波光荡绿，加上想象中的仙女，让画面颜色绝美而富有情致。全词意境优美，立意新颖，造语工巧，美艳多姿，韵味悠长。

祝英台近

剪鲛绡[①]，传燕语，黯黯碧草暮。愁望春归，春到更无绪。园林红紫千千，放教狼藉[②]，休但怨、连番风雨。

谢桥路，十载重约钿车[③]，惊心旧游误。玉佩尘生，此恨奈何许！倚楼极目天涯，天涯尽处，算只有濛濛飞絮。

【注释】

①鲛绡：轻纱。相传为鲛人所织之绡。

②狼藉：散乱不整貌。

③钿车：饰以金花之车。

【评解】

这首词是借景抒情之作。几日的风雨，让满园的春色变得一片狼藉，极目望去，只有飞絮。回首旧游，令人心惊，不禁感慨万千。全篇委婉含蓄，意境凄凉，寓意深远，富有感染力。

天仙子

草绿裙腰山染黛[①]，闲恨闲愁侬不解。莫愁艇子渡江时，九鸾钗[②]，双凤带，杯酒劝郎情似海。

【注释】

①黛：青黑色。

②九鸾钗：古代女子头饰。

【评解】

这首词描写的是爱情。先以景物预示着春天的到来，转而写自己的闲愁无法排解。然后写不要担心渡江之时，说自己的情意跟海一般深。语言自然流畅，灵动而自然，别具风格。颇有民歌风味。

彭孙遹

【作者简介】

彭孙遹（yù）（1631～1700年），字骏孙，号羡门，又号金粟山人，浙江海盐人。清初官员、文学家。著有《廷露词》《金粟词话》等书。彭孙遹词多写艳情，尤工小令，有“吹气如兰彭十郎”之美誉。

生查子

旅夜

薄醉不成乡①，转觉春寒重。枕席有谁同？夜夜和愁共。

梦好恰如真，事往翻如梦。起立悄无言，残月生西弄②。

【注释】

①乡：指醉乡。

②西弄：西巷。

【评解】

这首词先写说自己借酒入眠，但薄醉仍难入梦，一直写到梦中和梦醒。意境清幽。下阕“梦好却如真，事往翻如梦”两句，从李商隐诗“回肠九叠后，犹有剩回肠”翻出，让词句更具哲理，韵味悠长。

李慈铭

【作者简介】

李慈铭（1830～1894年），字爱伯，号莼客。浙江会稽（今浙江绍兴市）人。光绪六年（1880）进士及第。官山西道监察御史。著有《霞川花隐词》。

临江仙

癸未除夕作

翠柏红梅围小坐，岁筵未是全贫。蜡鹅花下烛如银①。钗符金胜②，又见一家春。

自写好宜祛百病[3]，非官非隐闲身[4]。屠苏醉醒已三更[5]。一声鸡唱，五十六年人。

【注释】

①蜡鹅花：古代年节会以蜡捏成、或以蜡涂纸剪成凤凰作为饰物，蜡鹅花指的也是这一类。

②钗符金胜：都是女子的发饰，菱形者称方胜，圆环者称圆胜。

③好宜：旧俗除夕写"宜春帖"或吉利语来祈福。

④"非官"句：李慈铭在清光绪间曾在京担任闲职，不掌政务，读书著作遣日。

⑤屠苏：古俗，除夕合家饮屠苏酒以避疫，屠苏为茅庵，相传屠苏中一仙人所酿，故名。

【评解】

这首词写的是除夕夜全家宴的场景，场景十分热闹，到处喜气洋洋。彻夜狂欢，对来年寄予希望，结句"一声鸡唱，五十六年人"。鸡鸣添岁，语言质朴却颇富情味。全词描写细腻，刻画传神。

郑文焯

【作者简介】

郑文焯（1856～1918年），字俊臣，号小坡，又号叔问，晚号大鹤山人，再号冷红词客。奉天铁岭（辽宁铁岭县）人。著有《樵风乐府》九卷，《词源斠律》等。

浣溪沙

从石楼、石壁，往来邓尉山中[1]。

一半黄梅杂雨晴，虚岚浮翠[2]带湖明，闲云高鸟共身轻。

山果打头休论价，野花盈手不知名，烟峦直是画中行。

【注释】

①石楼、石壁、邓尉山：均在江苏吴县西南，因汉代邓尉隐居于此而得名。

②虚岚浮翠：形容远山倒影入湖。湖：指太湖。

【评解】

这首词上阕咏梅子半黄，乍晴还雨，在邓尉山中来往，然后写了眼前的景观，让人心神向往。下阕写了咏山行时野果打头、野花盈手，烟雾缭绕，让人仿佛置身于画卷之中。全词勾勒出一幅清幽的山林画卷，同时让读者感受到了作者愉悦的心情。

朱孝臧

【作者简介】

朱孝臧（1857～1931年），一名祖谋，字古微，号沤尹，又号彊村。浙江归安（今浙江湖州市）人。著有《彊村语业》二卷。身后其门人龙榆生为补刻一卷，入《彊村遗书》中。

乌夜啼

同瞻园登戒坛千佛阁

春云深宿虚坛[1]，磬初残[2]，步绕松阴双引出朱阑[3]。

吹不断，黄一线，是桑干[4]，又是夕阳无语下苍山。

【注释】

①瞻园：指张仲炘，有《瞻园词》。戒坛：寺名，位于北京门头沟区。

②磬：一种乐器。

③双引：谓两人一起走。

④桑干：桑干河。

【评解】

这首词写的是佛阁之高，先写了“春云深宿”，是从仰视的角度来写的；然后又写了“吹不断，黄一线，是桑干”，则是从俯视的角度来写的。写天色将晚，先从“磬初残”的听觉入手，然后又从“夕阳无语下苍山”的视觉下笔，如此一来不仅富有变化，而且结构相称，给人以不同感官，让人如临其境。本篇意境考扩，结构精妙，耐人寻味。

清平乐

夜发香港

舷灯渐灭，沙动荒荒月[1]。极目天低无去鹘，何处中原一发[2]？

江湖息影初程，舵楼一笛风生。不信狂涛东驶，蛟龙偶语分明。

【注释】

①荒荒：月色朦胧。

②“极目”二句：化用苏轼《澄迈驿通潮阁》诗：“杳杳天低鹘没处，青山一发是中原”句意。

【评解】

这首词写的是船发香港时的夜景。舷灯渐灭，月色朦胧，极目远望，景色疏淡空旷。下阕记水上夜行。狂涛东驶，龙语分明。舵楼一笛风生。光景幽隐而深邃。本词意境幽深，描写细腻。

陈洵

【作者简介】

陈洵（1871～1942年），字述叔，广东新会人。生于清同治十年。晚年任中山大学教授。著有《海绡词》。

南乡子

己巳三月[①]，自郡城归乡，过区莘吾西园话旧

不用问田园[②]，十载归来故旧欢[③]。一笑从知春有意[④]，篱边，三两余花向我妍[⑤]。

哀乐信无端，但觉吾心此处安。谁分去来乡国事[⑥]，凄然，曾是承平两少年。

【注释】

①己巳：公元1929年。

②不用问田园：不用求田问舍。《三国志·陈登传》载：刘备批评许汜说："君求田问舍，言无可采。"

③故旧：老朋友。

④从知：从来知道。

⑤余花：剩在枝头上的花。

⑥谁分去来乡国事：谁分，谁能判别。分，判别。《易》："分阴分阳。"去来：谓过去未来。乡国：家乡。

【评解】

这首词抒发了作者重返故乡时悲喜交加的心情。上阕写了自己十几年后重归故里，亲朋相聚的欢乐。下阕写了俯仰今昔时的心情。"哀乐信无端"，除了欢乐之外，还有伤心。当年作者跟区莘吾都还是少年，家乡当年还是一派和谐景象；如今重新回到这里，却发现早已物是人非，不禁让人感叹。本词感情真挚，富有感染力。

梁启超

【作者简介】

梁启超（1873～1929年），字卓如，一字任甫，号任公，又号饮冰室主人、饮冰子、哀时客、中国之新民、自由斋主人。广东新会人。清光绪十五（1889年）年举人。戊戌变法失败后，逃亡日本。辛亥革命后，曾拥护袁世凯，出任司法总长。后又讨袁。晚年在清华大学任教。中国近代思想家、政治家、教育家、史学家、文学家。著有《饮冰室词》。

金缕曲

丁未五月归国[①]，旋复东渡，却寄沪上诸子

瀚海飘流燕[②]。乍归来、依依难认，旧家庭院。惟有年时芳俦在[③]，一例差池双剪[④]。相对向、斜阳凄怨。欲诉奇愁无可诉，算兴亡、已惯司空见[⑤]。忍抛得，泪如线。

故巢似与人留恋。最多情、欲黏还坠，落泥片片。我自殷勤衔来补，珍重断红犹软[⑥]。又生恐、重帘不卷。十二曲阑春寂寂[⑦]，隔蓬山[⑧]、何处窥人面？休更问，恨深浅。

【注释】

①丁未：光绪三十三年（1907年）。

②瀚海：波澜壮阔的海。周邦彦《满庭芳》词："年年，如社燕。飘流瀚海，来寄修椽。"

③俦：同辈之人。

④差池双剪：燕尾如剪。《诗》："燕燕于飞，差池其羽。"

⑤已惯司空见：即司空见惯。唐刘禹锡为苏州刺史，李司空绅罢镇，慕禹锡名，邀饮，妓侑酒，刘于席上赋诗云："高髻云鬟宫样妆，春风一曲杜韦娘。司空见惯浑闲事，断尽苏州刺史肠。"

⑥断红：指落花。

⑦十二曲阑：《阑通栏》。费氏宫词："锁声金掣阁门环，帘卷真珠十二栏。"

⑧蓬山：即蓬莱，神山名。

【评解】

在这首词中作者自喻为瀚海飘流燕，表达了对国家命运的担忧。上阕"依依

难认，旧家庭院”，写了作者东渡归来时的心情。“年时芳俦”至“泪如线”写了当年一起参加变法的同伴就像是“差池双剪”的燕子，“相对向”无限凄怨。下阕抒发感慨，含蓄委婉，语意双关。

麦孟华

【作者简介】

麦孟华（1875～1915 年），字孺博，号蜕庵，广东顺德人。少时与梁启超齐名，在草堂弟子中有“梁麦”之称。著有《蜕庵词》一卷。

解连环

酬任公[①]，用梦窗别石帚韵[②]

旅怀千结，数征鸿过尽，暮云无极。怪断肠、芳草萋萋，却绿到天涯，酿成春色。尽有轻阴，未应恨、浮云西北[③]。祗鸾钗密约[④]，凤屧旧尘[⑤]，梦回凄忆。

年华逝波渐掷。叹蓬山路阻，乌盼头白[⑥]。近夕阳、处处啼鹃，更划地乱红[⑦]，暗帘愁碧。怨叶相思[⑧]，待题付、西流潮汐。怕春波、载愁不去，恁生见得[⑨]？

【注释】

①任公：梁启超号。

②梦窗：吴文英号。石帚：南宋词人姜石帚。

③浮云西北：曹丕诗：“西北有浮云，亭亭如车盖。”

④鸾钗：妇女的首饰。

⑤凤屧（xiè）：绣凤的鞋荐。屧，亦可解作屐。

⑥乌盼头白：燕太子丹质于秦，秦王对他无礼。太子丹求归，秦王曰：“待乌头白，马生角，当放子归。”

⑦划地：平地。

⑧“怨叶相思”三句：用御沟题红典故。《唐诗纪事》：卢渥应举之岁，偶临御沟，见一绝句，置于巾箱。……卢后任范阳日，获其退宫人，睹红叶，验其书，无不惊讶。诗曰：“流水何太急？深宫尽日闲。殷勤谢红叶，好去到人间。”

⑨恁生见得：怎么知道。恁生，怎生。

【评解】

这首词是在咏梁启超和戊戌变法事。曲折有致，寓意深远。“鸾钗密约，凤靡旧尘，梦回凄忆。”借用男女之情，来指代君臣之间的关系。“蓬山路阻”三句，用来暗示君臣分手，无法相见。“近夕阳”三句，用暮春黄昏光景，来指代国家的命运。全词含蓄蕴藉，其情真挚感人。

王国维

【作者简介】

王国维（1877～1927年），字伯隅、一字静安，号观堂，浙江海宁人。我国近现代国学大师、学术巨子。光绪年间，曾以诸生留学日本。归国后，从事中国戏曲史和词曲研究，著有《宋元戏曲考》和《人间词话》等。晚年任清华大学研究院教授。1927年，自沉于北京颐和园昆明湖。有《观堂长短句》《海宁王静安先生遗书》等。

点绛唇

厚地高天，侧身颇觉平生左，小斋如舸，自许回旋可。

聊复浮尘[①]，得此须臾我[②]。乾坤大，霜林独坐，红叶纷纷堕。

【注释】

①浮生：老庄以人生在世，虚浮无定。后世相沿称人生为浮生。

②须臾：片刻。

【评解】

这首词描绘的是作者的生活感受，极尽含蓄委婉，寄喻颇深。小斋如舸，自身能够回旋即可。聊复浮生，又得此片刻自由。天地之大，独坐霜林。结句“红叶纷纷堕”，更是为全词增添无限情韵。

点绛唇

屏却相思[1]，近来知道都无益。不成抛掷，梦里终相觅。

醒后楼台[2]，与梦俱明灭。西窗白，纷纷凉月[3]，一院丁香雪。

【注释】

①屏却：放弃。

②“醒后楼台”二句：指梦中的空中楼阁，醒后还仿佛依稀可见。

③纷纷凉月：形容丁香院落的月色。杜甫诗：“絺衣挂萝薜，凉月白纷纷。”

【评解】

这首词抒发了词人为相思所扰的惆怅心情。上阕写了明知相思无用，决心将其丢弃，但是却发现这样做没有任何作用。就算生活中不想起，但是梦里也会出现。下阕写了梦醒之后的场景，隐约可见，若明若灭。最后以景作结，用月下丁香烘托人物的孤寂与惆怅。全词描写细腻感人，让人称道。

秋　瑾

【作者简介】

秋瑾（1875～1907年），原名秋闺瑾，字璇卿，号旦吾，乳名玉姑，东渡后改名瑾，字（或作别号）竞雄，自称“鉴湖女侠”，笔名秋千，曾用笔名白萍。浙江山阴（绍兴市）人。光绪年间（1904年）留学日本，参加反清革命。归国后，与徐锡麟分头准备发动皖、浙两省起义，殉难于绍兴。有《秋瑾遗集》。

菩萨蛮

寄女伴

寒风料峭侵窗户，垂帘懒向回廊步。月色入高楼，相思两处愁。

无边家国事，并入双蛾翠。若遇早梅开，一枝应寄来！

【评解】

这首词表达了词人对女伴的思念之情，更表达了对国事的担忧。词中语意双关，寄喻颇深。“若遇早梅开，一枝应寄来”，含蕴无限，极富情味。全词匠心独特，颇具特色。

王蕴章

【作者简介】

王蕴章（1884～1942年），字莼农，别号西神残客，江苏无锡人。辛亥革命后，曾任商务印书馆编辑、新闻报馆秘书等职。著有《秋平云室词》。

醉太平

西湖寻梦

炉烟一窗，瓶花一床，更添十里湖光，对南屏晚妆。

藕风气香，竹风韵凉，等他月照回廊，浴鸳鸯一双。

【评解】

这首词描绘的是西湖晚景，透露出了作者闲适情趣。上阕写炉烟瓶花，晚对南屏，十里湖光，景物宜人。下阕抒闲适之情。竹风韵凉，藕荷清香。月照回廊，“浴鸳鸯一双”。全词清新婉丽，幽美自然。

参考文献

[1]（唐）温庭筠，等. 婉约词（插图本）[M]. 江苏：凤凰出版社，2012.

[2] 王兆鹏. 婉约词选 [M]. 江苏：凤凰出版社，2012.

[3] 惠淇源. 婉约词全解 [M]. 上海：复旦大学出版社，2011.

[4] 赵琍. 唐宋婉约词研究 [M]. 北京：中国社会出版社，2015.

[5] 罗立刚. 婉约词 [M]. 济南：山东文艺出版社，2014.